斧头开花

张旭 张文峰 著

陕西师范大学出版总社·西安

图书代号　WX24N1940

图书在版编目(CIP)数据

斧头开花 / 张旭, 张文峰著. -- 西安：陕西师范大学出版总社有限公司, 2024. 11. -- ISBN 978-7-5695-4588-3

Ⅰ. I247.5

中国国家版本馆CIP数据核字第2024ND2006号

FUTOU KAI HUA
斧头开花

张　旭　张文峰　著

出 版 人	刘东风
责任编辑	马凤霞
责任校对	陈君明
装帧设计	安　梁
出版发行	陕西师范大学出版总社
	（西安市长安南路199号　邮编710062）
网　　址	http://www.snupg.com
印　　刷	西安市建明工贸有限责任公司
开　　本	880 mm×1230 mm　1/32
印　　张	8
插　　页	2
字　　数	180千
版　　次	2024年11月第1版
印　　次	2024年11月第1次印刷
书　　号	ISBN 978-7-5695-4588-3
定　　价	59.00元

读者购书、书店添货或发现印刷装订问题，请与本公司营销部联系、调换。
电话：（029）85307864　85303629　传真：（029）85303879

1

北宋建国后，延州地处北宋与西夏之边境，一跃成为战略要地。此地曾两次汇集全国英才。一次是北宋中期，另一次是新民主主义革命时期。公元1038年，李元昊在兴庆府称帝，建立西夏国，后派大军包围延州。西夏若攻克延州，即可长驱直取关中；北宋若守住延州，即可向西北推进攻取西夏国都兴庆府。情急之下，北宋朝廷任命文武兼备的名臣范仲淹为陕西经略，兼知延州，掌西北军事。初到延州，文豪赋词《渔家傲·秋思》表达当时状况之艰难："塞下秋来风景异，衡阳雁去无留意。四面边声连角起，千嶂里，长烟落日孤城闭。　浊酒一杯家万里，燕然未勒归无计。羌管悠悠霜满地，人不寐，将军白发征夫泪。"难归难，范仲淹修筑工事整军鏖战成效渐显，延州局势扭转。西夏直捣关中的美梦破灭，两国和谈，李元昊称臣北宋。几年后，范仲淹千古名篇《岳阳楼记》"先天下之忧而忧，后天下之乐而乐"之感言，可为其戍守延州之注脚也。

公元1975年，延州出土成年男性头盖骨化石，测得该男性生活的时代距今3万—5万年，谓之"黄龙人"，属晚期智人，系该地区发现的最早人类。恰于挖出头盖骨这一年的冬夜，一个名叫李文海的学子与几个同学在延州东部的洛水县交口中学附近吃散伙饭。由款酌慢饮到飞觥献斝，酒力发作，拍桌子，抒胸臆，相拥难舍，甚而流下两行滚滚热泪。道别后，李文海轻飘飘回到家，倒头便睡，一觉醒来晚上十点。这个点，继续睡吧睡不着，不睡吧，离天亮远得很。毫无困意的他，披上外套，打开灯翻开一本牛皮纸封面的笔记本，回味同学们亲笔写给他的临别赠言。一行一行看去，就瞥见了邢小莉那两行瘦金体字："你像一柄斧头，一头锋利，一头愚钝，只愿你能劈开生活的荆棘，锤烂生命的桎梏，终有所成！"文海将目光从笔记本移开，忽觉心中空荡。他想，没学上了，是不是该回家种地了？

仪表堂堂的文海，品学兼优，在同学中间有威信，深得老师赏识，因而担当一班之长。各方面的优秀似乎淡化了他与城镇子弟的差别。如父辈一般一辈子面朝黄土背朝天，让他一时难以接受。辗转反侧至半夜，他忽而想到，冬季招兵快开始了，农民子弟，当兵比较现实，兴许能在部队里干出个名堂亦未可知。想到这里，心定入寐，做了个怪梦。梦中的他身着绿军装，欢送的队伍里站着秀美端庄的邢小莉，白净的面庞分外明媚，一双大大的眼睛暗送着秋波，忽然之间，眼眸里荡漾的秋波展成了一汪湖水，湖岸边有一木桩，桩上砍插着一柄锈迹斑斑的短斧，斧柄的末端，竟生出一朵血红色小花，花儿颤巍巍在风中抖动……

文海积极参加了征兵体检。体检各项指标基本正常，只剩一项，在公社中心医院进行。房间里大铁炉的半截烟囱烧得通红，厚门帘捂得室内燥热难耐。十几个刚成年的小伙子一丝不挂排成行。一个中年男大夫穿白大褂缓步进来，透过厚厚的眼镜片扫视眼前这道人墙，开始了他的工作——检查生殖器。

他走到排头的小个子身旁，用白胖的手捏了捏他的睾丸。小个子前倾着鹅一般细长的脖子，脸比铁炉更红，低头俯视着这件不可思议的事。大夫眼珠上翻问道："怎么只有一个？"小个子连忙道："可能钻肚里了。"说着，伸手想找回那颗捉迷藏的睾丸，却被大夫一手打开。大夫又向上捏："噢，还真有。"这一捏确乎是下手重了，疼得小个子瞪目咧嘴大喊疼。大夫在他屁股蛋子上拍了一巴掌，其余人纵然紧张兮兮，却也忍不住弯腰弓背哧哧发笑。大夫不免正色道："笑什么笑，都站好！"

文海蓦然想起，学校里有个老师曾参军上过战场，冲锋时冷弹飞来，不偏不倚打掉一个睾丸，因而退伍，后被保送上大学，毕业后留校任教。如此看来，事先检查一下是有必要的。于是乎，他背起双手，挺直腰板，叉开双腿，昂头站立，避开大夫的眼睛，望向房顶，一副要杀要剐随你便的意思。经查，他的睾丸并无异常。

2

文海的家——李家村，坐落在延州东部洛水县交口公社川道沟口，向西二里多地是交口街道。河对岸是陕北最大的国有企业——延州炼油厂。矿区繁荣，使得交口镇比洛水县城人口还多，被戏称为洛水县的"小上海"。李家村是交口公社李家村大队的一个自然村，村里只有四十多户人家，主要集中在沟口山坡下。村口形似簸箕，一条小河绕村而过，汇入洛水河。河边前后坪两块百亩水浇地，是村里主要产粮区。矿区周边的农村条件比山沟里略好，主要是交通和用电方便，但依然都是黄土地里刨吃食的受苦人。

文海家住在村中半坡，院子不大。一排四孔窑洞，他家和他大妈家各占两孔。文海家在西头，一大一小两孔窑洞。大窑洞窑口以烂石垒砌，后掌为安全起见用一排柳椽拱着，因常年被灶台烟熏火燎，显得破旧不堪。窑掌虚张声势摆着一排柳条囤子，但多半是空的，只有秋后才能派上用场。其他摆设无非是一些坛坛罐罐，和别人家没两样。唯有一个绘着彩画的红油漆柜子，尽管有些年头，已见斑驳，但总算给这个不起眼的旧窑添了点亮色。近两年孩子们大了，大窑洞住不下，才将小窑洞收拾出来凑合住人。

文海的哥哥叫文博，比文海大两岁，上学早。文博学习成绩不错，却是个文艺青年，爱捣鼓乐器。他接触的第一件乐器是二胡，技艺粗糙，拉起来像在磨盘上滚碾子，哼哼唧唧不入耳，惹得邻里笑话。过了一段时间，又爱上小提琴。这可是个洋玩意，交口这小地方没几个人见过。凭他家里的光景，买琴太奢侈，总不能为一把琴让全家人把嘴挂起来。还是外爷疼他，资助他买了一把。倒不是外爷家有钱，外爷住在十五里外的小山村，育有一儿一女，有供子孙上学的优良传统。1947年文海的舅舅在安定中学上学，赶上胡宗南部队进攻延州，被彭德怀将军的西北野战军选拔走，成为解放军，新中国成立后又参加了抗美援朝。战争无情，子弹没长眼，不会因为他是独子就绕着他飞，他壮烈牺牲了。文海妈因而成了独女，外爷的身后事只能靠她了，故把外孙当孙子养，看得重，从牙缝里抠出钱满足了文博的心愿。这文博也是猴子掰苞谷，小提琴刚学出点样，偏又爱上了小号。家里人气得不给买小号了，他便从学校借了一把，得空就嘟嘟地吹个不停，驴叫似的。当时文海还在上初中。大妈的独子李顺顺与文海在同校读书，一天下午放学回来路过果园，见泛红饱满的桃子挂在枝头，便流出涎水来。李顺顺是个结巴："这桃子熟……熟透了，肯定好吃呢！"文海问他想不想吃，顺顺说道："想吃！有……有人看着呢，吃不着。"文海便提议第二天上学早起，趁天不亮摘点尝尝。顺顺心领神会。也是巧了，那天文博一改往日晨练的时间，竟半夜跑到河滩吹起了号。那会儿家里没挂钟，文海和顺顺听得号音以为天快亮了，便起床穿衣背书包出门。走到坡洼地，文博看见他俩，就问这么早上哪儿去。文海说："上学去。"文博说："这也太早点了吧！"文海心想你都练完号回来了还说早，我们正要趁天不亮去偷桃呢。别看俩人是亲兄弟，却从不一起干坏事，相互还遮遮掩掩的。文博自己也没戴表，不知几点，不理二人，自顾回家睡觉去了。文海和顺顺进得桃园，就像天宫蟠桃园里的孙猴子，肆无忌惮摘了满满两书包，心满意足朝学校走去。来到学校，大门紧锁，天仍未亮，满天繁星像钉在夜幕上，一点褪去的迹象也没有。文海纳闷道："这么长时间了，天咋还不亮？"顺顺搔着头皮道："没……没去处了。"学校不远处有个新开的煤窑，此刻正亮着灯，文海便说道："去煤窑待会儿，天也就亮了。"俩人来到煤窑，值班人见是两个背着书包的学生娃，不解道："才三点就跑来上学了？"俩人傻了眼。李顺顺瞪眼道："文博这家伙可把咱们害……害苦了！"一听说才三点，俩人瞌睡虫顿时上了身，上下眼皮直打架，站都站不住了。煤窑不让待,他们只好翻墙进入校园,敲开住宿生的门,半夜打扰,免不了受人冷脸,但好过在户外冻着。二人终于熬到天亮去上课。

　　文博高中毕业回村后不想受苦,觉得种地不是读书人该干的事。村里召开过一次社员会,讨论降低文博的工分。在会上,分管生产的副队长杨志福说道:"文博受不下苦,偷奸耍滑,心思不在劳动上,按壮劳力算十个工分高了,别人也有意见。"文博的父亲李金富为儿子申辩道:"村里和文博同岁的后生,都按壮劳力对待,单单将文博的工分降低,说不过去!"杨志福瞪眼道:"其他人不论锄地还是耕种,都有个样子,文博呢?农活基本一窍不通,就知道捣鼓乐器,嘴里哼哼唧唧唱个不停,不知道他是受苦哩还是唱戏哩!"文海忍不住替哥哥说话:"刚毕业回村不熟悉农活,这很正常,你说他偷奸耍滑,证据在哪里?是哪天干什么活偷懒了?不能张口就来吧!"杨志福翻了个白眼,一时不好作答。公说公有理,婆说婆有理,农村这杆秤很难定出准星。最后还是队长李文治发话,让文博逃过一劫:"文博的工分暂时不动,回村时间不长,能理解。但是必须给文博提个醒,警示一下。既然回到村里,就要像个受苦人,吃得下苦,受得了罪,再不要搞吹拉弹唱这些无用的事情。"

　　一个机遇让文博逃离尴尬处境。李家村后沟七里地外,有个刘庄村,地处两县交界,十分闭塞,全村竟无高中生。这给文博带来了好运。经亲戚举荐,他成了这个村的民办教师。

　　文博任教的学校里有个名叫刘燕的女孩,芳龄十四,读小学五年级,不仅人长得水灵,还有一副亮堂堂的好嗓子,六岁起跟着农村小喇叭学唱歌,一学就会。稍大些,就跟着大人到处闹秧歌,成了村里的小明星。如今年纪不大,却已出落得大姑娘似的,色艺俱佳,惹人注目。

放学后,文博把刘燕叫到办公室里,用二胡给她伴奏,听她演唱,听完直夸:"你这娃嗓子好,身段好,是个好苗子,好好培养,肯定有个好前程!"一串好,夸得刘燕小脸通红。文博进一步问道:"想不想跟我学唱歌?"刘燕重重点头。从此,文博便花心思开小灶指导刘燕唱歌。刘燕虽有天分,但见识有限。文博自己业务平平,倒会教人,将乐理知识传授给刘燕,使她的野路子唱法略合规范。一年后,文博调到五里外的公社中学当老师,刘燕也随之考入这所学校念初中。走出村庄,来到公社学校,刘燕跟随文博多次参加地区、县文艺调演,担任独唱,获得奖项,成为县上小有名气的业余文艺人才。

学校放寒假,文博给刘庄生产队帮忙闹秧歌,带着刘燕在交口集上置办了些简单道具,顺便回了趟家。此时文海正待在家中做着当兵的美梦,第一次遇见了刘燕。文博提到过这个学生,说她歌唱得好听。今天见人,长得也漂亮。半新不旧的衣服,压不住她的皮肤白净气质不俗,几乎看不出她是穷人家的孩子,和城里工人干部子女没两样。文海不免寻思:"这珠圆玉润的女子,活脱脱一个唐朝美少女。穷乡僻壤里出一个这样的佳人,可不容易。"

吃完饭,文博想让刘燕展示才艺,让家人见识他得意门生的水平。刘燕初来乍到,感到羞涩,但老师有言在前,不便推辞,就红着脸问:"唱什么歌?"

"唱延州调演时唱的那首《初一捎话十五来》!"文博说完,拿起小提琴,定了音,抬头扫刘燕一眼,便拉起了前奏。刘燕清了清嗓子，丁字步站定，拿起架势唱了起来："一道道深沟哎，一溜溜崖……"一唱歌，她便恢复自信，歌声嘹亮，明眸善睐，看起来像是吃定这碗饭的样子。一曲结束，文海心中称奇："山圪崂竟有如此人才！"

刘燕端起炕上放着的一杯温开水，喝了一口润润喉咙。唱完歌整个人都打开了，面色红润，青春十足。松弛下来的她，坐到炕沿上磕起了文海妈炒的南瓜子。

文博问文海道："你当兵的事咋样了？"文海坐在矮凳上道："还没出结果呢。"文博道："希望大吗？按说你条件不错。我觉得应该差不多。"文海道："不好说。尽力争取吧。"尽管文海心里觉得问题不大，但他不愿把话说满。

刘燕没有正面盯着文海看，却时不时扫几眼。她用女性细密的心思忖度，常听文博说他弟学习好，今天见到，长得也挺帅。棉袄外罩着一件洗得发灰的制服，头戴一顶发白的劳动布帽，稳健中透露着几分刚毅。刘燕从文博平日的话语中多少听出点意思，似乎想把她介绍给文海。

而此刻的文海对刘燕只限于欣赏，尚无别的想法。他心里早早就住下了另一个人，那是他高中班主任尚老师的千金——邢小莉。关乎文海和邢小莉，有必要简述一番那似有似无的前情。

有一年学校召开春季田径运动会。文海吃罢早饭去参赛。他的行头很不堪，衣服补丁密布，运动鞋也破得离谱，右脚大拇指若隐若现，再烂些就成凉鞋了。他站在校外犯怵，担心这双鞋掉链子。校园里彩旗飘飘，《运动会进行曲》震耳欲聋。没办法，一咬牙，也就混入了选手队。800米决赛一声枪响，六名选手跟羚羊似的蹿了出去。弯道200米处，文海排在第一，而且把第二名甩开一大截。他憋足劲儿迎风跑得正欢，要命的事终于发生了，脚下一滑，一个跟跄栽倒了，鞋底竟然掉了。纵然如此，啦啦队没放弃文海。文艺委员邢小莉带着一帮女生站在跑道边齐声喊道："文海快追！文海加油！"邢小莉的加油声仿佛一针兴奋剂，他顿时亢奋起来，甩掉烂鞋，光脚狂奔，心中只有一个念头：追！道旁其他班级的同学也被感染，情不自禁齐声呐喊："加油！加油！"在一片助威声中，文海仿佛脚下生风，踏上了哪吒的风火轮，飞速追上了第二名，向第一名快速靠近。可惜还是晚了，俩人几乎同时闯过终点线，最终裁判判定文海屈居第二。第二天早晨，一首革命歌曲播完，校广播里突然传来邢小莉播送的《这种顽强拼搏的精神，是我们学习的榜样》通讯稿。报道的竟是文海昨日800米赛场上英勇顽强的事迹。邢小莉一口标准普通话，声情并茂。寻常小事，竟让她渲染得还真有点感人。失去第一的荣誉，得到美人的赞美，文海深情地望着高音喇叭，脑海里出现邢小莉的靓影，心里像吃了冰糖葫芦似的甜，竟不自觉向广播室走去。门虚掩着，文海推门而入。邢小莉正收拾东西准备离开，见他进来有点意外，一时脸红起来。文海开口道："谢谢你，我这个事情不足挂齿呢。"邢小莉闻言道："怎么就不足挂齿呢？精神可嘉，应该宣传。再说了，是老师让报道的。"最后一句是谎话，是她自己写了稿子拿来播的。文海一时不知该说什么。邢小莉收拾完东西走了，临走时两人对望了一眼，文海的心忽而变得像豆腐脑一样柔软。

邢小莉身材高挑，长发飘飘，深眼窝，高鼻梁，大大的嘴巴配以整洁的牙齿和浅浅的酒窝，颇有异域风情。她的父母曾在关中地区大城市任教。父亲1958年被打成右派；母亲出身于上海一个富商家庭；大姨在美国侨居：这种背景不被社会待见。1974年初她母亲被下放到这座贫瘠的偏僻小镇，在交口中学任教。邢小莉随母亲来到交口中学上学。在大城市生活多年，她是父母唯一掌上明珠，受到母亲悉心调教，喜爱读书，苦练舞蹈。虽然政治背景给她美丽洁白的羽毛留下斑点，但她依然成为学校男生心目中的女神。

但情思隐晦，文海与邢小莉眉目传情只在不经意间发生，并无实质往来，这是两人心中的秘密，朦朦胧胧，游荡在心头。毕业后，文海已经有阵子没见过邢小莉了。

3

参加了地区文艺调演的刘燕，心开始大了，想法也多了，零敲碎打的业余舞台，已经盛不下她的梦想了。从文海家回去后不久，刘燕得知安定县剧团招人，机遇难得，便想报考。然而县城离家远，刘燕家贫，仅吃、住、行就仿佛三座大山横在面前。也是车到山前必有路。一年前，村里来了个姓马的插队学生当民办教师。马老师热心帮刘燕，竟请假带着刘燕去参加考试。说来也巧，赶考路上，刘燕和马老师行至李家村沟口，撞见了文海。刘燕跳下车步行，想与文海打个招呼，但忽觉害羞，竟低头与文海擦肩而过,并未搭话,把文海晃了一下。马老师觉得车变轻了,正纳闷,刘燕却几步小跑又跳回车上,车身摇摆几下,扬长而去。刘燕没和文海打招呼,文海也不识马老师,当下愣了片刻,不知何意,摇头走开了。

刘燕来到县城,吃住在马老师家。马老师有个堂妹在县剧团,跑前跑后行了不少方便。非亲非故麻烦人,总归不好意思。别人会不会说闲话?但刘燕也顾不了这么多,她想参加考试,头皮只能硬起来。县剧团有不少人参加过地区文艺调演,见识过刘燕的演唱水平。刘燕也自认为考得不错,便回家静候佳音。

马老师当然不是学雷锋做好事,他是放长线钓大鱼。他中意刘燕已久,苦于没有机会,机会逮着了,忙帮了不少,胆子也大了。见刘燕考得不错,有望进县剧团,更铁了心,找各种由头去刘燕家串门,把省下的大米、面粉、油送至刘燕家,讨她父母欢心。没几日,马老师便提了亲。

刘燕父亲是个耳背的老实人,在家不像一家之主,倒像个雇来的长工,除了干活外不管事,也不说话。尺有所短,寸有所长,刘燕父亲性格虽木讷,却长得白净端正,无师自通会吹笛子,还能提笔作画,画的下山猛虎栩栩如生。他没怎么念过书,却写得一手好字,邻里的春联都被他包揽了。刘燕的艺术基因或许主要遗传于他。

刘燕的母亲五官倒算精致,但个子瘦小,皮肤暗黑,因一双缠过又放开的小脚,走起路来像鸭子似的摆动。老头不拿事,家中里里外外全凭她撑着。日子过得艰难,风风雨雨几十年,靠省吃俭用维持着,努力给孩子们营造一个栖身港湾。

刘燕妈娘家哥在西安工作，给她家不少帮助，也让她见识了公家人美好的日子。在她看来，自己这辈子不中用了，只盼漂亮女儿能踏进公家门，因而对这门亲事动了心。瞅刘燕一人在家，她便探问道："你觉得马老师咋样？"刘燕愣了一下，体会出母亲这话背后的含义，头一次面对这种事情，一时无措。刘燕妈见刘燕不言不语，便继续说道："人家可是正经城里人，全家吃国库粮的，现在是民办教师，以后肯定会招工进城。你是不是考虑一下？"话挑明了，刘燕满脸通红道："我不愿意。我还小！"刘燕妈诧异，农村女娃十六岁订婚的多的是，便继续劝道："找个公家人受罪少，好好想一想，过了这个村就没这个店。以后不一定能找下这号人家，将来后悔就晚了！"刘燕道："咱是农村人，人家看不上。"事实相反，是她看不上马老师，年轻女娃对男方长相十分在意。她知道马老师家境好，对她也很好，她考县剧团马老师帮了不少忙，年前还给她家垫了粮钱，她家至今没还上。她感激马老师，但觉得他长得胡子拉碴，不像个年轻人，性格也温温吞吞。总之，看见他，自己心底毫无火花。

母亲觉得这孩子好无道理，非找个农村人才算门当户对？心里便来气，但女儿意志坚定，一时也拿她没办法，只得耐着性子开导："咱家情况他都知道，人家愿意，是他主动托人来说媒！"如此这般，母亲说个没完没了，刘燕心烦不已，噌地一下站起来，把门一摔出了院子。

刘燕妈愣在屋里想不通，条件这么好咋就不愿意呢？但说到底，她不是个独断的母亲，尽管觉得十分惋惜，但也深知强扭的瓜不甜，只好将此事暂且放下不提。

没有不透风的墙，马老师提亲之事被文博得知，文博不禁着急上火。好不容易发现和培养的苗子，被人抢先摘桃？这哪儿成！文博自有隐痛。自己的婚姻大事被父母早早包办，订婚对象是刘庄大队高沟村人，不算漂亮，大字不识。他心里不情愿，但拗不过父亲。已然订婚，不是说退就能退的。他自己没办法了，但弟弟尚可寻个称心的。他只觉刘燕年龄尚小，不便早说，不料马老师竟捷足先登。不成，刘燕必须是自家的人！找谁撮合此事？文博父亲的姑舅姐是刘燕的大妈，他叫姑姑，就住刘燕家隔壁，自从文博来此地教学，两家往来密切，姑姑待他很好。她和刘燕家的关系更不必说，叔娘近乎半个娘，虽做不得主，但找她搭桥说媒再合适不过。

见刘燕大妈一人在家，文博便问她："姑姑，你见过我弟文海，长相为人都不错。我觉得他和刘燕很般配，您能不能给撮合一下？"刘燕大妈初听得，以为唐突，再一细想，也觉正常，男大当婚女大当嫁。在她看来，刘燕不小了，可以谈婚论嫁了，便问道："刘燕属猪，文海属什么的？"文海道："猴，腊月初八生，猴尾巴。"刘燕大妈掐指一算道："年龄倒合适，就是有点大婚不和。"文博道："新社会谁还信这个呀！"大妈道："那咱就按新社会来论。你们两家做亲，门三户四倒不用打问。你们家什么成分来着？"文博道："中农！"大妈道："噢，那就好。那就看俩娃和两家大人愿不愿意了。"文博道："父母和文海不用担心，我回去说，肯定行。但刘燕那边，我听说马老师已经托人去说媒了。"大妈道："好像有这事，但还没订婚。我抽空问情况。你爹我了解，勤快，还做点小买卖补贴家用。你们村在油矿地界，条件好，作为庄户人家光景可以了。你弟我见过，是个好后生。"文博高兴道："那这事就全靠您了！"

应下差事，刘燕大妈没耽误工夫，得空把刘燕叫到家里，和文博一起给她做工作。刘燕大妈开门见山道："文海你见过，是个不错的后生吧？家里光景也不错，你跟了他吃不着苦。"

最近真奇怪，提亲还排队？刘燕低头抠着纽扣一时无语。她对文海印象固然不错，但毕竟自己年纪还小，说到婚姻大事，便觉得是遥不可及的事情。她已拒绝了马老师，但马老师锲而不舍。她不想欠人情太多，又不好意思伤人家的心，感到压力很大。马老师家和文博家都帮助过自己。文博在文艺上给予她教导，才有今天考县剧团的机缘。刘燕当然是偏向文海些，但前番刚拒绝马老师，扭头就和文海订婚，让马老师情何以堪。于是刘燕道："人好着呢，但我太小，不想这么早订婚。"大妈拍了一下大腿道："不小了！我像你这么大，已经生下你堂哥了。又不是让你现在就结婚，只是订婚嘛！"刘燕大妈这辈人，十二三岁订婚不为怪，想用这条理由堵住她的嘴是不可能的。见刘燕犹豫，文博在一旁插话道："文海今年要去当兵。按他的条件，应该问题不大。将来说不定能在部队提干。你去了县剧团，他转业和你在一起，多好呀！"这一招倒是有点作用。刘燕打小就喜欢军人风采，爱军装，甚至自己也想当兵去。自己当不成兵，找个军人嫁了似乎也不错。她很单纯，文博老师如此说了，她便当真了，心里痒痒的。她经事少，不世故，只在乎感觉，不考虑实际。在她看来，只要喜欢一个人，吃糠咽菜也未尝不可。于是刘燕便怀着复杂的心情，羞答答地说："我不懂，那你们看着办吧。"

过了第一关，大妈和文博喜出望外，松了口气。但事儿还没完，还要做刘燕妈的工作，恐怕这一关更不易过却更重要。这一天，刘燕父亲出山，孩子们都去了学校，只剩刘燕妈一人在家。刘燕大妈不失时机地来到她家，开门见山道："文博想把刘燕说给他兄弟文海呢。刘燕同意了。你有什么想法？"事发突然，刘燕妈愣住了，一时不知如何作答。刘燕大妈见她犹豫便继续说道："这是好事啊！他家是正经人家，你应该知道。文海也是个好后生，还是高中生哩，刚毕业。"

刘燕妈是个实在人，凡事不爱张扬，女儿考县剧团的事，在她看来八字没一撇，虽有期盼，但觉得很难。从进刘家门，她没过几天好日子，也无好事临门，真有喜事，也会怀疑是在做梦。从过日子的角度来看，她想把女儿许配给马老师，可刘燕不同意。既然排除马老师，如果非找个农村人，文海似乎也不赖。虽然没见过文海本人，但知道他父母口碑不错，家里光景尚可，算是个有样的人家。女儿虽然人老实，可眼光不低，不会随随便便把自己嫁了。现在的娃不像她们那个年代，婚姻大事父母做主。作为旧时代过来的人，她不觉得自由恋爱好，只感到世风日下，年轻人越来越没规矩了。有啥办法呢？只得暗自叹气，女儿也就做农村人的命。

"文海家大人啥意见呢？"刘燕妈问。刘燕大妈道："你没意见我就去问。试试看，不成还把咱什么短了？"刘燕大妈听出刘燕妈有思想松动的迹象，暗自高兴。目的达到了，嘴上却卖个关子，没把话说死，方显媒人的不易。

谝了几句闲话，她便起身回家，将进展告知文博。文博听完很兴奋，觉得应该趁热打铁，以免夜长梦多。与马老师相比，自家不占优势，万一有变故呢？于是当日便将此事告知家人。文海父母见过刘燕，觉得是个好女子，自然满意。

父亲曾给文海提过两次亲，文海连面都不见就顶回去了，有一次竟大闹一场。文海见过刘燕，对她印象不错，但说到婚姻大事，文海不禁想起了邢小莉，总觉得当初和邢小莉没把那层窗户纸捅破，心有不甘。她那含情脉脉的眼神揣在心里，像猫爪似的，时不时挠一下。但理性有时候占上风，也觉得这不过是水中月镜中花，捞不得摸不着。说是恋人，没任何约定；说不是又像有那么点意思。另谈对象吧，总怕把曾经的这段缘分给耽误了。冷静想想自己现如今的处境，又泄了气。邢小莉虽然政治背景不好，但将来好赖有口公家饭吃，这不是文海可比的。随着社会地位的变化，人的思想也可能会变，与她谈婚论嫁是不现实的。

他对刘燕不熟悉，没跟她聊过天，更谈不上感情，初次相见，觉得她人漂亮，歌唱得好。听文博说，她要进县剧团了，这都愿意订婚，足见真心，一个受苦人有何资格挑剔人家？文海内心活动剧烈，嘴上却没表态，既没同意，也没反对。文博学校忙着，在家耗了一天，没得准信儿，就有点生气，摔门去了学校。

生气归生气，一母同胞，得罪不了。没过几天，文博自作主张，带着刘燕和她大妈来家做客。都是亲戚，刘燕大妈不见外，一住就是两天，专门讨论订婚大事。刘燕大妈竟把此事看得比自家女儿的事还当紧，大有事不成不罢休的意思。文海父母满脸堆笑，送上门的漂亮媳妇谁不喜欢？梦里都偷着乐呢。

当晚，文海妈和文博把文海单独叫到隔壁小窑说话。文博开门见山,再次提及刘燕考县剧团的事,仿佛一张王牌,时不时拿出来亮一亮:"人家就要进县剧团了,你还扳啥价钱呢!你有啥了不起的?你以为你是谁?"说得文海无言以对。

文海也留意刘燕的举止。这一瞧,似乎比上次更惹人喜爱了。人家前程在望,文海还不知路在何方。当兵的事八字没一撇,即便能当兵,提干也不是容易的事,退伍回家的多的是。细想来,迎娶刘燕,似乎是打着灯笼难找的好事。事到如今,他唯一顾虑的是:自己窝在农村,刘燕出去了还能跟他好吗?就怕到头来竹篮打水一场空。文海道出了他的疑虑。文海妈只怕这二小子冒傻气,就哄着他说道:"问过。人家说即便如此也不退婚。"文海一时无法向刘燕求证。反正最坏就是退婚,人家女方都不怕,男方还矫情什么?想着想着,文海心里也美了起来。他从小就做娶女演员的美梦,看到电影里漂亮女演员,遐想要是自己媳妇该多好。电影演员遥不可及,剧团演员也不错。实实在在,近在眼前。于是他低了头说道:"那你们看着办吧。"口气和刘燕一样,交给大人定夺,不言而喻是同意了。

4

文海当兵进入最后政审阶段。按理说没问题。他祖上原本是殷实人家,爷爷赌博成瘾,输掉不少田产,解放初核定成分,李家二十多户,大多是贫雇农,只有他家定成中农。到他父亲这辈，实现人民公社合作化，即便有点田产也早已归公。

　　刚入社会，文海略知些人情世故，不找关系恐怕不好办事。父母都是谨小慎微的本分农民，靠不上。母亲算个精明女人，但作为农家妇女，整天围着锅台转，能有多大能耐？父亲小农意识重，干农活过日子不辞劳苦，堪比老黄牛，也十分节俭，钱到手能攥出汗，一辈子不欠人的，但谁要从他手里多拿走一分钱，也是万万不能的。论过日子，老两口是一顶一的好手，但要说寻人办事，也真是墙上挂门帘——没门。

　　公社武装部长姓吕，身高体肥，一脸横肉，一对牛眼珠子发起火来瞪得圆溜溜的挺吓人。每次公社召开批斗"阶级敌人和坏分子"大会，他带领基干民兵维持会场，猫妖吼叫，煞有气势。农村婆姨遇着孩子不听话哭闹，常吓唬道："不敢哭，吕胖子来了！"还真能把孩子唬住，藏在怀里，吃着母亲的奶一声不吭了。可惜文海家没人能和吕部长搭上话。文海想到另一个人——公社驻队干部陈国雄副主任。陈主任四十开外，五官周正，一副深度近视镜架在鼻梁上，有几分脱俗。他原是县文化馆馆长，能说会道，善于表演，快板编得好说得更好，属文艺特长型领导。两年前到李家村大队驻队，辖三个自然村，权衡利弊，觉得其他两村地处深沟，自然条件差，难搞出名堂，就把工作重心放在了川道口的李家村。他走马上任，带领村民大搞农田水利，推广小麦川道种植，与村民同吃同住同劳动。不到半年光景，皮肤粗粝黝黑，与本地受苦人没啥区别了，只有走近瞧，才能发现他还透着股文人气质，是个公家人。

　　搞宣传整舆论是陈国雄强项。他利用自身文艺特长，春节前后组织村民闹秧歌,参加县上调演,使从来没闹过红火的李家村在县上亮了一回相。李家村人的艺术细胞被唤醒,走起路来不自觉地扭一扭,不经意间哼一哼,精神面貌发生了巨大变化。

陈国雄会造势,在村头沟口高崖上镌刻"李家村"三个隶书大红字,交口川道老远望去十分醒目。他真抓实干,仅两年就把村子搞成了全县农业学大寨先进队,自己也因此被县委任命为交口公社副主任,继续驻队。他和文海家住一个院子,低头不见抬头见,虽无多少交往,但不陌生。

这天晚上,陈主任躺床上看书,见文海进来,从床头拿起眼镜戴上,直起身子。文海尚未开口,陈主任便先说:"高中毕业了?好啊,咱们村正需要你这样的年轻人!"他以为文海是来谈毕业回村的事。这倒让文海一时不好意思开口,想好的话给噎住了。他一边和陈主任寒暄,一边脑子飞速运转,人生大事马虎不得,此时不说更待何时,便硬着头皮开了口:"招兵开始了,我报名了,体检已经通过,想麻烦您在公社帮忙说个话,我想在部队里锻炼几年。"

陈主任有点意外,但他久经沙场,随机应变不在话下:"噢,当兵是好事嘛!过几天,我得空去公社,替你说说看。"文海见他没推辞,心里寻思,这么大的官答应帮忙,这事应该妥了,心中石头落地。话说到了,就别待着让人嫌烦,便告辞离去。陈主任继续躺下看书。

一段时间后,文海听说公社招兵已经确定。早晨九点,他在院子徘徊许久,仍不见陈主任起床,实在等不及,就站窗外问道:"陈主任起来了没?"陈主任早醒了,听见文海的声音,没去开门，他不愿这时有人进屋，屋内乱七八糟，尿盆还没倒。遂抬头问："有事吗？"文海连忙道："听说别的公社招兵已经研究过了，咱们公社咋样了？"

身为党委委员，前天公社党委开会研究此事，陈主任参加了。吕部长在会上提及文海高中时曾挑动社会闲杂人员到学校打架闹事，影响不好，建议不予考虑。凡重大问题，往往是领导事先碰头商量好，再拿到会上带着已经划定的圈圈研究，走个合法程序。陈主任事先没和有关领导沟通，会上自然也不便发表意见。

"你当兵没通过。"陈主任知道文海会来问，早有准备，"主要原因是你上高中的时候，叫社会上的人殴打同学，影响不好。"

一道闪电在文海脑中划过，轰隆一声炸响。那是最后一学期，他与外班的一个痞子发生矛盾，对方纠缠不休，他年轻气盛，不愿认怂，找交口街上初中时的好哥们，以恶制恶，来学校吓唬吓唬对方，只是将该同学推倒在地，擦破点皮。事后学校出于警示目的，撤掉了他的班长职务，责令他写了检查。考虑到一贯表现，也没造成多大影响，就没给处分。事隔半年，文海早将此事淡忘，没想到今天会有人拿来说事，竟影响到前程。其实问题关键不在于打架，主要还是没人真心替他说话。陈主任嘴上答应帮忙，心里不愿文海当兵。在他看来，公社征兵不差文海一个，可他手底下多个文海这样有文化的年轻人却大有用处。陈主任在李家村开了好头，还有更大的政治抱负，需要文海出力。他不帮倒忙就算不错了，找他等于瞎子点灯白费蜡。文海满怀希望的心，一下子跌入谷底，沮丧情绪扑面而来，差点站立不稳。出于礼貌,也是个性使然,他不想让陈主任看出他的情绪波动,便强打精神回说知道了,随即扭头就走。

在校两年,文海各方面可圈可点,两次被评为优秀班干部,参加文体活动多次获奖,政治条件和身体素质对当兵来说是有益的。这些成绩不看,偶然的一次过失揪住不放,真是好事不出门,坏事千里行。文海一个姑舅与他同时高中毕业,在另一个公社报名当兵,因堂兄是村支书帮了点忙,便顺利通过。文海在学校各方面表现都比他强,结果却截然相反。踏入社会第一个目标就此挫败。回到家,文海一声不吭,只躺炕上盯着窑顶发愣。

5

毕业一个月,文海一直没参加生产队劳动,兵没当上,再不劳动说不过去。队里社员,无论男女,一天不出工也要请假,何况年轻后生。冬至这天,背阴处的雪还厚厚一层,阳坡的残雪已经融化。这天也是文海生日,新的起点,他换了身补丁摞补丁的破棉袄,衬上垫肩,去油矿担茅粪。这个季节农村主要的营生就是清早送粪,日间打坝修梯田。茅粪是抢手宝贝,交口周边的几个村子在矿区都有各自管辖的公厕。李家村管理油矿医院厕所。

文海要送粪到村子前台,需走山路,无法用牛车拉运,只能肩挑。刚进厕所,茅粪搅起来非常臭,熏得他无法呼吸,不禁嘀咕:"这公家人吃得好,拉出的屎倒比村里茅坑的臭多了。"站在一旁往桶里盛粪的李顺顺笑道:"这么臭的粪施到地里,肯定足……足劲!"

李顺顺一张葫芦脸,嘴鼓得像只猩猩,露出两颗大板牙。他比文海大三岁,却与他同年级。李顺顺的父亲是老红军,早年病逝。两个姐姐早已出嫁,留下他与母亲相依为命。提起他的结巴,没少闹笑话。公社农机站司机来村办事,拖拉机掉头,车斗长,地方窄。李顺顺担水路过,好意指挥:"倒……倒……"眼看快到墙根了,想喊停,可"停"字死活喊不出口,憋得脸通红。车咚一声撞墙上了,他才无奈把手一甩说道:"哎呀咋碰上了!"这句话却说得溜。司机下车怒道:"倒倒倒,你就不会说个停?成心添乱!"李顺顺瞪着杂面疙瘩似的眼,涨红着脸说:"好……好心当成驴……驴……"愣是说不全乎。司机恍然明白,自叹倒霉,无奈愤愤开车走了。

文海担了两趟粪,鼻子麻木,臭味不强烈了,但肩膀却吃不住了。单程三里地,上下坡,中途不歇。虽然以前常给家里担水,给自留地送粪,但路近也好走,走快走慢没人管。在队里干活不一样,累了得扛着,不到时间不得歇,不熬到点不回家。累点也不算啥,他担心的是碰见同学。当了几年学生,刚回村还放不下面子,心态不正,怕同学笑话。怕什么来什么,偏偏赶巧,最后一趟了,文海担着粪刚出医院大门,迎面碰上此情此景最不想见的人——邢小莉。他们差点撞上。邢小莉盯着文海的粪桶下意识捂着鼻子道:"小心啊,臭死了!"文海盯着邢小莉手中的饭盒道:"对不起,不好意思。"

邢小莉很洋气,围着红围巾,戴着棉手套,抬头一瞧,担粪的竟是文海,惊讶地放下了捂鼻的手。文海一瞧是邢小莉,尴尬得脸上红一阵白一阵。邢小莉道:"是你呀!我走路太急没留意。咱们好久不见了。"邢小莉越客气,文海越觉得不自在。学校里曾经的那点尊严此刻已土崩瓦解。毕业后最让文海记挂的是邢小莉,他很想见她,但绝不是在这个场合。身上的破棉袄袖口露着棉花,粪桶里漂着屎卷——粪桶和饭盒无论如何不能共处。他尴尬地说道:"好久不见。时间不早了,我先走了。"邢小莉自觉失礼,偏要寒暄几句,文海也就继续尴尬着回话。聊了几句,他心下又忽而觉得,也不能自轻自贱,便放下粪桶道:"你什么时候下乡插队去?"这么问,无非是想说,过不了多久,大家都会下乡接受贫下中农再教育,乌鸦笑猪黑,其实差不离。邢小莉愣了一下,随即露出两个浅酒窝道:"年后吧。"忽而刮来一阵寒风,她见文海衣着单薄,上衣还敞着,便关切道:"你穿得太少了,不冷吗?"文海擦了一下额头道:"热出汗了,不冷。你来医院干什么?"邢小莉道:"我妈病了,在这儿住院,我来送饭。"文海道:"哦,那你赶快去吧。代我问候尚老师,祝她早日康复。回头我去看她。"

匆匆道别后,文海挑着担子过冰滩,提臀收腹,两腿使劲,脚趾紧抠,碎步走过。他脑子里反复播放着刚才与邢小莉邂逅的画面,心中恍惚,不留神脚底一滑……他单手撑在地上,才没摔个四脚朝天,但桶里的腌臜粪水泼出去一半,裤子上溅了不少污点。他心里窝火,只觉得今日倒霉,仿佛上天有意捉弄。他无奈返回厕所把粪桶再次填满。这一耽误,别人已走远,他只得快步撵去。因落后,走得急,到田里便累得气喘吁吁。他把粪桶重重放在地上，拉下棉帽擦了擦脸上的汗。

这时，油矿的高音喇叭突然传来沉重的哀乐。

谁去世了？文海这会儿满脑子都是邢小莉的影子，下意识想：不会是尚老师吧？又摇头否认：乌鸦嘴，怎么可能呢？即便尚老师真去世了，也不至于在广播里放哀乐。

伴随着沉痛的哀乐，传来了中央人民广播电台播音员熟悉的声音："中国共产党中央委员会、中华人民共和国全国人民代表大会常务委员会、国务院以极其沉痛的心情宣告：中国共产党中央委员会委员、中国政治局委员、中央政治局常务委员会委员、中央委员会副主席、中华人民共和国国务院总理、中国人民政治协商会议全国委员会主席周恩来同志，因患癌症，于1976年1月8日9时57分，在北京逝世，享年78岁。"

文海以为自己幻听，听了两遍才反应过来，整个人都蒙了。总理在人民心中那么崇高，怎么突然就殁了？李顺顺也惊讶不已，不敢相信这个事实，喃喃道："总理咋……咋逝世了！"文海语气沉重道："周总理对咱延州人民有感情，给延州很多支持。"他想起1972年总理来延州，因看到延州人民的贫困而落泪，向当地政府提出"三年大变样，五年粮食翻一番"的脱贫要求，给延州争取了不少援建资金，帮助建设了钢铁厂、化肥厂、毛纺厂，动员各地支援了大量农业机械和水利灌溉设施。李顺顺不解道："听说总理没儿没女。这……这么大的人物，怎么连后代也没有？"文海怅然道："那是一种咱们普通人理解不了的境界。每个人都活在自己的精神世界里，每个世界都不一样……"李顺顺发愣道："听……听不懂你说啥。"文海摇头道："唉，这点活干完，回家吧。"俩人默然把茅粪倒入刨好的土坑，拌上黄土堆起，挑着空桶回村了。

没过多久，刘燕考县剧团的事黄了。据说是被某领导的亲戚挤掉了。刘燕哭了好几回。在延州工作的堂哥刘维新得知后愤愤不平："以后就算县剧团来找你，你也别去，我直接给你联系延州歌舞剧团！"刘燕与堂哥年龄相差十几岁，刘燕懂事的时候，堂哥已参加工作。县剧团都这么难考，考延州歌舞剧团必定难上加难，堂哥的话让她觉得异想天开，但人逢挫折亟须鼓励，这样的话听了也能稍微好受些。在半信半疑中，她一边上学，一边期盼着堂哥的好消息。

6

李家村自陈主任驻队以来，年龄偏大的队干（大队干部）几乎全部退出舞台，换成清一色年轻人。他认为年轻人思想解放，有朝气，能按他的套路行事。他深知，在农业学大寨成绩单上，不光生产要搞好，思想教育和文化宣传同样要出色。腊月初十后，李家村开始排练春节秧歌。此事由新上任的大队书记李文治具体负责。李文治是文海同族叔伯哥，现年二十七岁，老牌初中生，浓眉大眼，性情豪爽，工作颇有成绩，受到陈主任器重。文海作为队里社员协助李文治排演秧歌。

文艺活动，文海不陌生，在校时经常排演节目，在假期里也参加过村里的秧歌队，但主要是搞乐器，倘若让他腰里系上红绸带，脑袋扎上羊肚子手巾，再画个红脸蛋，扬手打脚扭屁股，就颇感难为情了。他为难道："我还是负责锣鼓家什和乐队吧，扭秧歌就算了。"李文治坚持道："锣鼓家什和乐队你要管，节目你也要演。人手少不够用，你这样的年轻人，必须以一当十！"新媳妇坐轿头一回，只能硬着头皮干了。尽管动作不熟练，肢体不舒展，但排练十天后，好歹天性解放开些了，扭起来脸不大红了。

大家各司其职，李顺顺被安排敲鼓，歪着脖子，抡起鼓槌敲得欢，倒像心里挂着个钟表，声声都在点上。陈主任担当伞头，那是秧歌队的灵魂。紧随其后的斧头和镰刀分别是男女队的领头人，举镰刀的是李文治媳妇，没多少文化，却天生文艺坯子，从小爱闹秧歌，扭起秧歌技艺熟练，就像水上漂。

有个女娃叫赵星星，父亲是村里有名的能人赵兴国，母亲是民办教师。赵星星上学早，现年十五岁，是文海之后村里唯一在读的高中生。她算不上漂亮，但身段玲珑，穿着红条绒罩衫，扎着两条小辫，拿着粉绸扇子，让人不由得多瞅几眼。队伍外的婆姨们议论着："看人家赵星星，人不大扭的秧歌多好看！"

有两人竞争独唱名额，一个是赵星星，另一个是村里人称"土财主"的杨志福的女儿。为公平选拔人才，文治和文海商量让她俩现场演唱陕北民歌《赶牲灵》，由大家评判。赵星星先唱，歌声委婉动听，社员们叫好，站在人群里的母亲觉得女儿争气，喜得满面红光。杨志福的女儿却别别扭扭不好意思唱。杨志福站在人群后面干着急，不过嘴上什么也没说。他的胖婆姨急坏了，把女儿瞅一眼恨道："你倒是唱呀！怕什么？门槛大王，家里哼哼唧唧唱不够，出了门就没你的了！"激将法起了作用，女儿强打精神张口唱。原生态唱法，前半段紧张没唱好，后半段发挥得还不错。

杨志福为啥外号"土财主"呢？两年前他花1600元修了三孔新石窑，一时引起轰动。他家虽是富农成分，但修窑的钱并非都是祖上遗产。老两口能吃苦，会持家，舍不得吃穿，像屎壳郎滚粪球一点点积攒下了些钱。老婆体胖，像个地主婆，肚里好似怀着七八个月的胎儿圆滚滚的，在吃糠咽菜的年代罕见，常被人笑问："你吃什么好的？养一身膘！"她便咯咯乐着自嘲："吃啥？喝油呢！"这膘不是吃出来的，她就是个揽膘人，喝凉水也长肉，走路像鸭子屁股一摆一摆，左瞅瞅右看看，碰见地上有个杏核也要捡起来揣兜里。她家女儿多，总是大的换下小的穿，补丁摞着补丁，一点看不出是个有钱人家。只有进了村，看见她家齐刷刷三孔新石窑，才知家底厚。

大伙觉得赵星星的歌声更胜一筹。副队长杨延雄没等文治宣布结果，便大嗓门嚷嚷道："我看都好着呢，干脆俩人一起上！"

杨延雄二十三岁，高大黝黑，体壮如牛，小名黑锤。他不是读书的料，小学毕业即回村劳动，年龄不大，已属资深社员了。杨家在李家村有几户，成分都不好，受此影响，合作化以来杨姓村干部最大就是副队长，曾由杨志福担任。黑锤的爷爷是个"戴帽富农"，黑锤家在村里地位不高，饱受歧视。但陈主任来村后，既往不咎，把"土财主"多年的副队长这个职务换给了黑锤。黑锤便觉得自己是尿盆上碗架——受了抬举，感恩戴德，常年把陈主任的水缸担得满满的。这两年，虽然当了队干，年纪也不小了，但村里没人叫他大名，还是黑锤黑锤地叫。外乡人不知情，以为他姓黑，竟有人叫他小黑，甚至黑队长。

　　队干有分工，副队长只管生产，排秧歌不归黑锤管，但这竞争独唱的两个女娃一个是他同族妹，另一个也是亲套着亲，明知不可能，他却卖个人情提出俩人都上的主意。听了黑锤的建议，文治不以为然道："那不行，独唱独唱，咋能俩人都唱？那不成二重唱了吗？"文海低头在文治耳边悄悄说了几句，文治点头补充道："可以有AB角，俩人都准备，平时是赵星星上，赵星星有事来不了就B角顶替。"方案折中，也算给了杨家人一个面子。

7

　　陕北秧歌都是年前排练，翌年正月登场。结冰的小河似长龙蜿蜒，伴着乡间大道伸向后沟。山川大地一片苍茫，路边的枯草落满薄霜。户外的人呼出一串长长白雾。大胡子老汉另有一番好看，眉毛和胡须凝结了冰霜，像个圣诞老人。

　　这一天九点多，太阳高升，文海走出硷畔向大队部走去。自从几年前队里修起一排五孔砖窑后，队里大小活动都在这里举行。按往年的惯例，上午秧歌队给社员拜年，下午迎接后沟刘庄大队的秧歌队。

　　刘庄大队村子不大，却热衷闹红火。文博和刘燕作为骨干，不仅是节目编导,还是主要演员。寒假没闲着,比在学校还忙。文海料想,刘庄秧歌队里既有未婚妻刘燕,可能也有未过门的嫂子,到时村里那些婆姨女子定会耍笑一番。

文治喊道:"文海,把钟敲一下!"文治家在后村,从院子出来见文海从硷畔往下走,急忙喊了一声,省得再跑腿。文海想着心事低头走路,忽听文治让他敲钟,便扭头敲响了钟,边敲边喊道:"秧歌队集合了!"

走进队部窑洞,已经有人提前到了。李顺顺到得最早。"土财主"随后进来,打了个饱嗝,笑呵呵的,牙上粘着一块胡萝卜渣。文海站在门前等人齐,调侃道:"一看就是吃了饺子,还是胡萝卜馅的。""土财主"笑道:"你咋知道?"牙上的萝卜渣更明显了。文海摆着手不忍直视。李顺顺凑上来问道:"你吃了多……多少个饺子?""土财主"叹了口气道:"馋了一年,也没吃多少,才吃了八十个。"李顺顺惊讶道:"八十个还嫌少!我才吃……吃了四十个。""土财主"讥笑道:"就你这饭量,放在旧社会,揽工都没人要。"文海闻言不解道:"依你的意思,地主喜欢长工饭量大?那不怕把他家吃穷了?""土财主"解释道:"你以为呢,到地主家揽工,首先要看你能不能吃,饭量大才有力气,能受苦。"文海又道:"照这么说,以前长工在地主家干活能吃上饱饭?""土财主"忽觉自己话多了,忙改口道:"那倒也不是……我的意思是能吃才能干。"

说话间,人到齐了。随着锣鼓家什响起,陈主任打着伞,领着秧歌队从学校院子出发,开始挨家挨户拜年。李文治缺乏音乐细胞,扭秧歌恐怕连文海也不如,只能作为书记挑头立杆,起组织后勤保障之用。他一点不闲着，秧歌队也的确离不得他，这会儿他正领着一个后生为秧歌队收答谢礼。这是农村的讲究，用烟酒糖果之类犒劳秧歌队员。他走在秧歌队前，来到前村"土财主"家坡洼。胖婆姨正立在硷畔，身旁站着一只黄母狗，朝着秧歌队汪汪叫。李文治和"土财主"是多年的熟搭档，便与他媳妇开玩笑道："还不把你亲家母拴住，看把人咬上了！"胖婆姨的嘴也不饶人："是你亲家母！见了你亲得要命呢，欢迎你呢！"李文治道："把好烟好酒拿出来。掌柜的不抽烟喝酒，放着小心起霉子！"胖婆姨道："你先进来扭一会儿秧歌。"李文治道："不给的话就不进来！"两人你来我往笑着拌嘴。陈主任领着秧歌队进了院子，把伞向锣鼓队一点，锣鼓即刻停了，他提高嗓门唱道："全村社员问声好，志福家里藏着宝，新春佳节吃得饱，幸福安康万年长！"秧歌队应道："哎嗨咿呀嗨，幸福安康万年长！""土财主"和胖婆姨满面春风双手抱拳道："谢谢啦！快进屋喝水。"陈主任笑着摆手，他需带着秧歌队挨家挨户走一圈，没时间在一个地方耽搁。胖婆姨拿着两盒九分钱的羊群烟塞进后生的包里。李文治瞧见了调侃道："啬皮！这烟你也能拿得出手？"胖婆姨道："还挑肥拣瘦呢，不要就算了！"说着做了个假意往怀里揣的动作，然后又放回去。李文治笑道："本来也没指望你能给个值钱东西！"说着便跟在秧歌队后头，向下一户人家走去。

　　拜完年已是中午，秧歌队稍事休息，各自回家吃饭。下午两点多，后沟忽然传来一阵锣鼓声。打前站的人到队部报信，说刘庄秧歌队即将入村。闲着的婆姨娃娃一窝蜂跑去看热闹。文海随文治走出队部窑洞,招呼秧歌队集合,排起长长的队伍,敲锣打鼓朝村头去迎刘庄村秧歌队。一碰头,两家秧歌便像麻花似的扭在了一起,比试谁的技艺高一筹。锣鼓敲得震天响,整个村子沸腾了。男女老少,穿上压箱底的新衣裳,拥在道路两旁兴奋地观赏着。

刘庄村这头刘燕举着镰刀,穿着红平绒外套,长长的辫子扎着红头绳,随舞飘动,上妆的脸蛋更显俊俏。她与文海迎面相遇,莞尔一笑。刘燕私下纳闷:文海不苟言笑,怎么也竟扭起了秧歌?文海看到刘燕,原本就不大自然的舞步更笨拙起来,脚步与鼓点节奏不一。看热闹的婆姨女子挤眉弄眼嬉笑道:"这么多女娃,还数人家文海婆姨俊呢!"见文博媳妇扇着扇子扭过来,又道:"这大媳妇没二媳妇好看。大媳妇黑,又是个单眼皮;二媳妇白,还有一对大花眼。"有婆姨指着李金富道:"看把二大高兴得合不拢嘴!"李金富在锣鼓队里负责敲锣,辈分大,这些年轻婆姨大多是同族侄媳妇,都叫他二大。一群孩子跑来聚成一堆,哄笑道:"文海家婆姨!文博家婆姨!"整得俩姑娘面红耳赤,无法正视众人。文博在刘庄锣鼓队使劲打鼓,声音聒噪听不见,但秧歌队里的文海可听得真切,他皱着眉头一门心思看自己的脚步,生怕错乱。

刘庄村秧歌队有假扮的老头和媒婆形象,这是农村老套秧歌的看点。这二人拿着长烟斗,弯着罗圈腿,屁股扭上天,脸上画个大黑痣,挤弄出各种夸张滑稽的鬼脸,引得大伙儿阵阵发笑。重头戏"对秧歌"开始了。一问一答,伞头接不上茬就把人丢了。本人脸上不光彩,秧歌队也没面子。没那金刚钻就不揽瓷器活,伞头都是村里嘴皮子最灵光的人,有即兴发挥出口成章的本事。随着锣鼓声落下,陈主任唱道:"正月里来正月正,欢迎刘庄来贺春;扭起秧歌敲起锣,衷心感谢心意诚!"秧歌队齐声应道:"哎嗨哎嗨咦呦嗨,衷心感谢心意诚!"

刘庄村伞头是老支书,刘燕同族里的叔,五十来岁,没上过几年学,但口才不错,爱闹秧歌,刘庄村的秧歌队就是他一手张罗起来的。他从容应对道:"正月里来是新年,瑞雪丰年好山川;正月初七来拜年,感谢招待好喜欢!"刘庄村秧歌队应道:"哎嗨哎嗨咦呦嗨,感谢招待好喜欢!"锣鼓再次响起。老支书用伞一点,起头道:"李家村里好气象,农业学大寨是榜样,艰苦奋斗人人夸,传经送宝风格扬!"

秧歌队应道:"哎嗨哎嗨咦呦嗨,传经送宝风格扬!"

陈主任这边接道:"吃水不忘挖井人,成绩全靠毛主席;邻里帮扶懂感恩,全村老少志成城!"秧歌队应道:"哎嗨哎嗨咦呦嗨,全村老少志成城!"

两个队的伞头你来我往高潮迭起,迎来阵阵喝彩。人群中,"土财主"扭头对身边的堂哥杨志伟说道:"陈主任秧歌对得滴水不漏,张口就来,肚里是真有东西呀!"杨志伟是生产队饲养员,也是黑锤的父亲,说道:"人家是文化馆馆长,专吃这碗饭呢!"

"对秧歌"结束,刘庄秧歌队被迎进学校院子。文博用二胡给乐队定音。看热闹的人围成个大圈,圈内便是舞台。老人们不愿挤在人堆里,就站在学校垴畔居高临下观望。演出开始,刘燕走到台前,手拿《语录》贴于胸前,报幕道:"刘庄大队春节秧歌文艺演出现在开始。第一个节目《敬爱的毛主席,我们心中的红太阳》。"说完举起《语录》摆个造型,退至后台。顺顺站在人群里笑道:"说的还是洋……洋话呢!"刘燕经常参加文艺演出,也曾在公社主持过文艺节目,平时说方言,但主持节目就尽量说普通话,农村人听着见怪。

刘燕领舞,四个姑娘随着音乐跳"忠字舞"。压轴戏是刘燕的独唱《初一捎话十五来》。刘燕去年代表县上参加地区业余文艺调演,在延州上千人的大礼堂舞台上唱响这首歌,经过大江大浪,眼前的小河湿不了脚。只是在未过门的婆家村里献歌,多少有点羞涩,但凭着过硬的唱功,还是赢得一片喝彩。李文治媳妇平时也爱哼哼唧唧唱几句,在村里算得上半个行家,她听完刘燕的演唱,不禁赞叹:"常听说文海婆姨唱得好,没想到这么好,声音亮哇哇的,和广播里一个样样!"

赵星星听了刘燕的演唱,心里也暗暗称奇,但她不会讲出来。年轻女娃,同为文艺爱好者,多少有点嫉妒。她见文海在后台露着半截脑袋往里瞅,便笑着对刘燕说:"你情哥哥在背后看你呢,看得眼都直了!"逗得一群婆姨女子哈哈大笑。胖婆姨添油加醋道:"文海呀,你还不去给你媳妇伴奏?这阿伯子和兄弟媳妇一个拉一个唱算咋回事嘛!"文治婆姨改了一句时髦话:"要是你给媳妇伴奏,那叫妇唱夫随!"

文海笑着摆手,躲进大队部窑洞。刘燕听着这群婆姨七嘴八舌调侃,红着脸把头歪向一边。坐在乐队里的文博有点急,节目没演完,被这群婆姨女子编排进去,又不好制止。他挥手示意刘燕准备下一个节目。刘燕便鼓起勇气压住众人的议论,大声说:"下面由我再给大家唱一首《绣金匾》!"

一开嗓，大家渐渐不再耍笑，开始专注欣赏这首家喻户晓的民歌。厚道老实的陕北人，祖祖辈辈生活在这贫瘠闭塞的黄土高原上。穷困没挡住人们对红火热闹的向往。闹秧歌是陕北人正月农闲时重要的娱乐方式，烦恼抛于脑后，驱晦气，迎喜事。

演出结束，各家各户给秧歌队管饭。前后沟儿女亲家多，亲戚关系不少，各叫各家的人。没亲戚的由队长指派。文海家把刘庄村老支书和队长请到了家。不光沾点亲戚，更重要的是，文博能去教书，全凭人家照顾，贵客必须优待。两个媳妇本来是要请的，被李顺顺家叫去，就在隔壁，饭后文海妹妹把两位嫂嫂请回家，文海妈泡了白糖水，炒了南瓜子招待。文海没好意思和刘燕多说话，只同他嫂子客气了几句。农村男女订婚，多是媒妁之言，婚后之恋。没过门就亲热，有人会说三道四。

闹秧歌结束后，日子回归平静。一段时间的户外体力劳动，让文海的肤色变黑，健壮了些，大部分农活都能应付。高中专业班学了些科学种田知识，也有了用武之地。他被安排在川地里干活，是高产玉米的配种员。李家村川地多，近两年增修水利设施，扩大水浇地，更显出川地在丰产中的地位。平日里，除了统一耕种、除草和收割庄稼外，劳力被分为两部分：一部分是由书记李文治带领的婆姨女子、年老体弱者和从学校毕业懂点技术的人，在川地里干活。川地里平进平出，不用爬山下洼，离村也近，劳动强度相对较小，算是农村人眼里的好活路。另一部分是由副队长黑锤带领的所谓的精壮劳力，在山地耕种。光秃秃的黄土高坡，水土流失严重，广种薄收，劳动强度大，但为了多打点粮食，弥补亏空，不得不将荒山陡坡也开垦出来。文海不是懒人，只要收心，不干则已，要干就干得出色。除干农活外，他还协助文治把春节秧歌搞得有声有色，陈主任和文治很欣赏他，他在群众中间的威信也提高了。经大队两委会研究，他被任命为大队团支部书记、民兵连长兼出纳，成了李文治的得力助手，全大队上百号年轻人的领头羊。

8

　　李家村原本只有李姓老户，不知什么年代，从无定河一带来了几户赵姓和杨姓人家，他们亲套亲，一拉二扯又来了蔡姓和苗姓几户人家，农业合作化时入了社，成为李家村生产队社员。一晃几十年，李姓人家仍占全村人口六成以上，住在后半村，惯称后庄子。赵、杨、蔡、苗等外姓人家合起来人口不到全村的四成，住在前半村，称作前圪崂。由于亲缘关系，形成两股力量，合作化以来，前后村时有摩擦。平日里相安无事，一旦遇事顶在一处，便会闹起派性斗争，有时甚至斗得你死我活。

　　凡派性重的村落，自然会有个掌事人。既非选举产生，也非旧社会所谓的族长，更不是哪一级组织任命，是在复杂多变的群众生活中自然形成。外姓人中的赵兴国，就是这样一个人。他三十七岁，"文革"前高中肄业，这样的文化程度在当时农村很少见。他个头不高，体型瘦小，猴腮脸上布满雀斑，大分头显得与众不同。村里同龄人一般不叫他名字，只称"赵能人"，既是褒义，也藏着贬义。大家承认他有能力，但又觉得他能过了头。他曾在延州炼油厂工作过几年。1962年困难时期，一个月工资买不了一筐萝卜，觉得干下去没劲便回了村。一张巧嘴八面玲珑，把死人能说活。平时笑眯眯的，爱开玩笑，毫无凶相，但做事手段阴狠。1964年他从舅舅手里夺走李家村大队书记的交椅，手段便可见一斑。

赵兴国的舅舅姓蔡，外号"蔡强人"，李家村蔡姓只他一户，但仗着亲套亲，并非势单力薄。"蔡强人"性格强悍，好走极端，在村里也算个人物。据说胡宗南进攻陕北时他曾当兵打仗，从死人堆里爬出来。部队南下时他跑回了村，手里没退伍本本，政府没承认他退伍军人的身份，他却不时向人炫耀当年的英勇历史。老资格的"蔡强人"手段却不及年轻的"赵能人"。"蔡强人"当队干多年，得罪过一些人，便败在了外甥手里，外甥当上了大队书记。在"蔡强人"看来，这个外甥不过是个乳臭未干的毛头小子，输给他是奇耻大辱。连这毛头小子都斗不过，以后还怎么在李家村立足，岂能咽下这口气？明争不过便使暗箭，风险越大回报越大。于是他一狠心，八月十五晚上，趁赵兴国一家人去油矿大礼堂看电影的功夫，把毒月饼从窗口抛进他家的前炕。赵兴国第二天一早醒来，注意到月饼，拿起一瞧，和自家月饼图案不一样，问婆姨咋回事。婆姨也说不清。天上竟掉馅饼？狐狸般的赵兴国掰开月饼闻了闻，有股异味，心里一惊：不会是有人投毒吧？他立马将这几个月饼装进挎包，去派出所报案。经派出所验证，月饼里果然有毒。此事引起极大重视。农村支书虽然官小，但也是党的基层组织负责人，这次投毒事件性质上升为重大政治案件，派出所加大了调查力度。经排查，有人反映，当晚"蔡强人"去过赵兴国家门口，加之俩人矛盾白热化人尽皆知，"蔡强人"便成为重点嫌疑人。干警多次找"蔡强人"谈话，他都矢口否认，但做贼心虚，心里怕得要命，趁晚上没人，偷偷来找姐姐（赵兴国的母亲）说情。一进门，见他姐一人坐在炕头，便哭丧着脸说："你给兴国说一下，不要到公安局告了，你就我一个弟弟，我有个三长两短，你心里能好受吗？我的婆姨娃娃一大家子又咋活呀？"他姐年龄大了，身体不好，很少出门。当年她嫁到赵家，因父母死得早，只有姐弟俩相依为命，她带着弟弟来到李家村安家落户，像母亲般拉扯弟弟长大成人。弟弟年轻时在外跑了几年，回村后成家立业，一度成为大队党支部书记，令姐姐欣慰。但是，手心手背都是肉，弟弟虽亲，亲儿子更是娘的心头肉啊。一年来，舅舅外甥争权夺利，水火不相容，谁都不听劝，让她苦闷至极。时至今日，到了你死我活的地步，她的心都碎了。尽管是道听途说，但说得真真的，她就想问个究竟："你说实话，那月饼的事，是不是你干的？我不信你能干出这种事，他可是你的亲外甥呀！""蔡强人"支支吾吾道："唉！我……我咋能干这种事儿嘛！"姐姐道："没干你怕什么？让我给兴国说啥，怕把你冤枉了？"在姐姐的追问下，"蔡强人"额头冒汗，不知是否该说实话。

恰在此时，赵兴国回来了，正欲推门而入，却听得窑里有人说话，细听是母亲在数落舅舅，他便在门外偷听起来。连番追问下，"蔡强人"终于把持不住，觉得话要明说，不然没法让姐给外甥做工作，便趴在炕沿上呜呜地哭起来，抬头把自己扇了两巴掌,痛哭流涕道:"我不是人……我被他气糊涂了!"无须多言,他姐一听就明白了,眼泪像断了线的珠子往下掉。舅舅和外甥能有多大仇?竟能做出这等事!她用疑惑和近乎仇恨的眼神看着弟弟,好像一下子不认识眼前人了。这还是曾经那个可亲可爱的弟弟吗?

门外赵兴国闻言怒不可遏。尽管他早就觉得这事是舅舅干的,但没亲耳听到不敢确定,现在确凿无疑,你不仁我不义,你敢要我的命,我让你不死也脱一层皮!他二话不说,蹬上自行车就往派出所跑。他知道母亲虽然心里恨,但关键时刻未必会站出来做证,因此一刻不敢耽误,只怕舅舅逃之夭夭。公安正为案子没有实质进展头疼,听得赵兴国报信立即行动,不到一顿饭工夫,便来到门前潜伏下来,听着窑里姐弟俩对话。

此刻"蔡强人"眉头拧成个疙瘩,老老实实听姐姐训导。事情做过了,对不起外甥,也对不起对他有养育之恩的姐姐。他心里暗想:"一把年纪了,跟小辈计较个啥?实在不该。只要这事摆平了,再也不跟外甥叫板了,诚心诚意扶持他。也是不幸中的万幸,还好人没事,否则不堪设想。"他姐一方面恨得牙痒痒,一方面又觉得家丑不可外扬。此事万一传出去,外人会说:"你们姓蔡的都是什么人?"不只弟弟,连自己都没脸见人了。人没事比什么都重要,所以她想息事宁人,但她心里没底:儿子能按她的想法罢手吗?她无奈叹气道:"唉,你先回去吧。天不早了,明天再说。"几天以来,赵兴国一直在派出所催案,公安上劲得很,"蔡强人"心虚着,但在人前还得装模作样笑着,生怕别人看出破绽,寝食难安,恍恍惚惚度日,熬得脸色灰暗。现在终于和姐姐把话说开了,虽然没得到明确答复,但凭他的直觉,应该是能够大事化小,小事化了。心里踏实些了,他便下炕告别。刚出门,还没反应过来,就被门口潜伏的几个干警一拥而上按倒在地,铐住双手。他儿时生过头疮,落下疤痕,头发像山地麦苗一坨一坨,露着红头皮,只好常年戴帽遮丑,这会儿帽子滚落在地,被干警揪住头发,像拔萝卜似的从地上拽起来。他蒙了,大脑一片空白。恍惚间,看见赵兴国的影子一闪而过,忽然什么都明白了,自己的努力全白搭,谁也救不了。强中自有强中手。初生牛犊的外甥毫发无损,却把个性强悍的老江湖舅舅斗得一败涂地。"蔡强人"最终以谋害党的基层干部未遂罪,被判处有期徒刑八年。

赵兴国新官上任,完胜对手,巩固了书记地位,进一步树立了能人形象,更显得踌躇满志。他以大队名义在各队抽调基干(基层干部)民兵,组织起一支青年突击队,巡回各队搞生产突击。同时不忘抓革命促生产,以整治村风、村貌为由,开展了一系列运动。不得不承认,"赵能人"确实有两把刷子。原本散漫的农民,在他的组织和鼓动下,像打了鸡血,完全军事化行动。天不亮,一声哨响便上了山,干起活来竟有打仗攻克山头那股劲头。秋天里,他们像理发匠一般,让一洼洼成熟的庄家转眼间剃了光头。天一黑,放下饭碗,第二战场"批斗会"接着打响。对村里所谓的"村盖子""母老虎"和"二流子"进行毫不留情的批斗。更有甚者,把"破鞋"挂在有嫌疑的婆姨脖子上,敲锣打鼓游行。一时间,李家村大队,户户紧张,人人自危。一天早晨,李文治的老娘正在家做饭,听得赵兴国带着一帮突击队员敲锣打鼓从碥畔路过，竟吓得尿了裤子。

人无千日好，花无百日红。赵兴国整治村风村貌在一段时间里起到了遏制歪风邪气的作用，但他矫枉过正，下手过重，得罪不少人。1968年年底，许多被打倒的当权派恢复原职，但赵兴国没有。他虽有能力，但遭人忌惮，多数人不愿看到他重掌权力。他没闲着，靠三寸不烂之舌和些许办事能力，赢回了一些领导的赏识。容人之短，用人之长，领导安排他在公社农田基建和修路打坝指挥部当个头目，一干好几年。但他与人相处总是砂锅捣蒜一锤子买卖，时间不长。近几年，李姓后起之秀对赵兴国不服，背地里跟他较劲。前圪崂外姓人却一如既往，对他既怕且服，言听计从。"蔡强人"被他送进监狱，谁还敢与他一争高下？甚而不少事都仰仗他。

这两年，赵兴国患上风湿性心脏病，一时有点心灰意冷，不想折腾了，盘算着回村和媳妇一起当民办教师，把李家村学校办成二人独立小王国，舒舒服服过安逸日子。算盘打得不错，但李家村只是个自然村，学龄儿童不多，增加一名教师，无形中会增加社员负担。赵兴国便动员前圪崂差不多大的孩子，不论是否适龄，都报名上学，得了个滥竽充数的名单，捏造出师资不足的假象，绕过生产队，直接找公社教育专干暗箱操作，给学校增加了一个教师名额，并指名道姓由赵兴国担任。他奇迹般地达到了目的，和妻子一起教起了学。

李家村合作化以来，特别是因家族派系矛盾，互不信任，形成一套不成文的约定：李家户大出任队干正职，外姓任副职；会计和出纳一边各一名。记工分也是李家队长记外姓社员的，外姓队长记李家人的。这套方案沿用至今，从未打破。赵兴国夫妻俩把持村里学校，明显失衡，等于给李家人眼里揉了沙子，李家人自然不服，但碍于公社决定，陈主任也没明确表态，扳倒赵兴国有难度，只能暂且忍耐，伺机回击。赵兴国纵然美梦成真，但他知道不少人盯着他的位子，为了长治久安，便谋划着做出点成绩，让别人奈何不得。他紧跟形势搞起了勤工俭学，带着学生娃修建新式猪圈，买了两头母猪，精心配种。不久母猪下了两窝洋猪仔。他蹲进猪圈抱着小猪仔作秀，让人拍照挂在院墙上。校园还立了个宣传牌，喊出响亮口号："贯彻落实党中央号召，坚持勤工办学方针，力争三年内逐步减免学生学杂费。"并在上任的第二年兑现承诺，减免了学生的部分费用。在生活困难的情况下，社员多少尝到了点甜头，一些家长把原本不打算上学的女娃也送进了学校。他拉起横幅写道："走开门办学道路，培养又红又专革命接班人！"在教学上没下功夫，却在勤工俭学上做足文章。他还把公社教育专干邀请到学校，介绍勤工俭学取得的成绩以及办学蓝图。他们夫妇当民办教师，并未征求陈主任的意见，让陈主任心里多少有点不舒服，但碍于学校工作暂无纰漏，表面看上去比以前更有起色，所以即使李文治多次在他面前表达不满，陈主任依然没表态。赵兴国平日里对陈主任讨好不迭，但是他不以生产队的名义搞勤工俭学，不提陈主任这个领导，把学校树立成公社勤工俭学先进单位，以彰显他的个人成绩，似有另立山头的意思。在陈主任看来，李家村的一切都应在他的庇荫下成长，光环只能戴在他一个人头上。他终于觉得不能再迁就，得想办法治一治赵兴国。他知道李家人对赵兴国夫妇办学不满，而动赵兴国的教师位子，等于揪住了他的命根，于是开始鼓动李家人把赵兴国从教师位子上拉下来。

文治比文海大八岁，算不得文海的同龄人，但二人性格投缘，做事合拍，所以文治有什么好事总会想到他，有意推荐文海去当老师。文海求之不得。教书当然好，几乎是所有回乡青年梦寐以求的事。既不用上山劳动，还可利用空余时间学点东西。

一天傍晚，饲养室门前那口静静的挂钟被敲得铛铛响，李文治放下钟锤，喊了一声："全体社员开会了！"这天的会比往常热闹。窑洞不大，人不少。前圪崂多年不参会的老婆婆也拄着拐棍，摇晃着身子走进门槛。炕上坐满了人，地下靠墙也站了许多人。门外墙根蹲着几个没牙老汉，各自手里端着长短不一的旱烟锅，噙着玛瑙烟嘴，吧嗒吧嗒吸着烟，铜烟锅里的火星忽明忽暗。窑洞里四十岁以下的男人，抽着自制烟卷。个别年轻人嘴里叼着九分钱一包的羊群牌香烟，朝天吐着圈圈，一会儿又从鼻孔滚出两股烟雾，既时髦又过瘾。尽管门窗敞开着，窑洞里仍然烟雾缭绕。已到的男女开着玩笑，过门不久的年轻媳妇和女娃们听着酸不溜秋的话，红着脸抿嘴低头笑。三四十岁的男女们口无遮拦耍闹着，有意把张家的媳妇推到李家男人身上，自家男人见了并不生气，甚至开着玩笑说："有本事领走！"窑洞里看起来挺和谐。人到得差不多了，文治清了清嗓子说道："不说闲话了，现在开会，讨论一件重要的事情！"大伙安静下来，文治接着说："有不少社员反映赵兴国夫妻俩在同一所学校教书不合适。今天咱们讨论这个问题如何解决。"面对这样一个沉重话题，一时间窑洞里沉默起来。只见赵兴国的堂弟赵兴利把烟头在鞋底踩灭,打破沉默道:"我觉得现在这样挺好。搞勤工俭学,减免学生娃的学杂费,减轻社员负担,换了别人未必能做到。没必要换人!"

赵兴国没来会场,这种场合不宜露面,但他绝不会坐以待毙。在他的策动下,前村人并不单单将此事看作赵兴国个人的事,更多视为前后村权益的较量。一入正题,单从他们的眼神中便能看出,他们都带着赵兴国的灵魂而来。不等会议结束,赵兴国已然什么都知道了。赵兴利的说法显然是赵兴国事先授意,代表了前圪崂人的普遍意见。不能说没道理,但牵扯上派性,后庄人考虑不了这些,他们担心自己的娃在学校成为后娘养的。李顺顺接话茬道:"我认为应……应该换。赵兴国当老师,没……没通过社员会研究,让生产队负担不合理。再……再说了,学校是村里的学校,不是一家人的学校。夫妻俩管着,成……成他家的了。咱们村又……又不是没人了。我看文海就……就挺合适!"顺顺这个说法也是后庄人普遍的看法。

大家只强调自己的观点,不考虑对方是否有道理,很快,社员们七嘴八舌吵成一锅粥,难有结论。文治也不能用他书记的权威做出最后裁定,便想了想说道:"这么吵下去,明天也吵不出个结果!干脆举手表决,少数服从多数。年满十八周岁的社员都有表决权。"尽管文治没统计两方人数,但大体看李家人应该不在少数,不会吃亏。黑锤听李文治要举手表决,担心前圪崂人不占优势,带着质疑口气说道:"这事表决合适吗?既然社员意见不统一,就应该报公社决定。"文治坚持道:"当然要报公社,但队里得先拿出意见。投票最公道。"众人谁也拿不出更好的办法打破这个僵局,便没人再反对。文治大声说道:"同意赵兴国继续当老师的请举手!"前村人齐刷刷举起手。黑锤和李顺顺做起了监票人。坐在炕圪崂的胖婆姨,个子矮,在人堆里明显低人一头,只怕没看见漏了自己,急忙站起身把手举得高高的叫道:"还有我,还有我!"李顺顺失笑道:"看把你急的!早……早记上了!""土财主"指着他家爱唱歌的女儿说:"我女儿咋没算上?"文治看了一眼他那上初二的女儿问:"她才多大?"

"刚好十八。"

"哪年出生的?"

"六〇年四月。"

"才十六周岁。国家选举法里说的是周岁。不能算!""土财主"自知不占理,红着脸笑了笑不再吭声。

投票结果让人惊讶,前后村居然票数相等,一票不差!怎么会这么巧?不是后村人多吗?按全村人口比例的确如此,出现这种状况,主要因为后村一些上了年纪的人没来。他们倒不是怕得罪赵兴国。村里人不论哪一派,在大是大非面前毫不含糊心很齐,只是没想到会采用举手表决的办法,自认为人老了,说话没人听,来不来无关紧要,就不来了。但赵兴国认为这是一场生死较量,听说开会,为了壮势,提前给前村家家户户打招呼,恨不能把死人从坟里刨出来凑数,才有了今天的结果。面对这样的局面,文治也只好无奈宣布:"今天的会就开到这里,下次再议,散会!"

文海的父亲参会回家见文海躺在被窝里,不由说道:"看把你无事的！"瞧父亲的脸色，文海猜想会议结果不好。他理解父亲的感受，但也觉得会议虽与自己有关，去了也没用，总不能当面争吧？母亲询问，父亲叹口气叙述了投票经过。母亲遗憾道："早知道这样，我也该去！"父亲厉声说道："没后悔药，晚了！"

其实投票结果没文海家想得那么重要。即便罢免票过半，赵兴国也未必就真能被罢免。即便赵兴国真被罢免了，文海也未必就能当上民办老师。公社那里才起着决定性作用。

9

换教师一事，一旦动手，不搞出点动静，不把赵兴国弄尿，陈主任今后在村里恐怕就难以一言九鼎了。当初是赵兴国抢风头让他不舒服，现在却成了陈主任说话算不算数的问题。陈主任此前把事想简单了，现在看来只靠李家村人恐怕很难扳倒他。他必须亲自出马，也不能泛泛说赵兴国当教师不合适，要给他寻事。前阵子有人反映赵兴国利用勤工俭学作幌子，在延州炼油厂总务科包工，把部分工程分包给别人，没入学校账目，从中捞钱。当时陈主任有些犹豫，不到万不得已不想动手，这几天他觉得该使撒手锏了。为避免打草惊蛇，陈主任没在李家村谈论此事，就把文治和文海叫到办公室问道："有人反映，赵兴国在油矿假公济私包黑工，你们怎么看？"文治说："无风不起浪，肯定有问题！"陈主任点点头，又看了看文海，想听听他怎么说。其实文海不说，陈主任也知道他的想法。讨论这个话题，主要是想激发他们的斗志。文海说："我觉得队里应该派人调查，有问题绝不放过，没问题还他一个清白。"陈主任欲擒故纵，脸挺得很平，不急于表态，继续听他们说下去。文治又说："前几天社员会后，赵兴国总往公社跑。就在刚才，我们看见他进了教育专干办公室，又不知道在搞什么小动作。"文海添油加醋道："肯定是活动他教书的事。不然来公社干什么？"

这正是陈主任担心的事。他知道赵兴国走关系有一套。陈主任不分管教育，公社教育专干不会全听他的，没有充分理由不会轻易撤换人，所以一定要抓住赵兴国的把柄，使他难逃其咎。想到这儿，便直截了当说："你俩去油矿，把事情查个水落石出，回来汇报。注意一条，没搞清楚之前，必须保密，防止走漏风声，让他做手脚！"二人领命，前去调查。

几天后的一个下午，陈主任主持召开大队两委会，根据文治汇报的情况，对赵兴国包黑工等问题进行了专题研究，做出三项决定：第一，赵兴国利用学校名义包工所得收入须交李家村学校；第二，赵兴国在村党支部大会上做深刻检查；第三，建议公社撤销赵兴国民办教师资格。

开完会，陈主任一直忙到晚上十一点多才回到公社。洗漱完，困意袭来，倒头便睡。刚进入梦乡，就听见一阵急促的叫门声："陈主任，睡了吗？我是赵兴国，有事向您汇报！"陈主任一听是赵兴国，心里犯嘀咕：这么快就找上门来，消息真灵通。不能见他。几天没在村里住，就是有意躲他。陈主任支起身子说:"睡下了,有事明天再说。"赵兴国哪能等到明天,被戳中要害,心里急了。能人的名号不是徒有虚名,能屈能伸。他自知成了缸里的王八没得跑,不认尿不行了,就连夜赶到公社找陈主任求饶。他低声下气道:"陈主任您把门打开,我现在回去也睡不着,无论如何今晚得见一面,我有话想对您说!"陈主任坚持道:"有话明天再说,深更半夜我要休息。你回去吧!"他知道赵兴国两面三刀会来事,怕一时把持不住被他忽悠着答应了什么。赵兴国带着哭腔说道:"几句话,说完就走,不影响您休息。求求您了啊陈主任!"无论怎么撵,他就是不走。把话说到这份儿上,陈主任陷入两难。开门吧实在不想见,还没想好怎么应对;不开门吧这大半夜隔门说话,毕竟是机关单位,还有别人住着,让人听见不好。一点面子不给也不行,何况他不是一般人。反正说什么由他,答不答应是自己的事。陈主任就让他进来。赵兴国进屋几乎跪倒,一把鼻涕一把泪诉说难肠。"陈主任啊,您可不知道,我有风湿性心脏病!"说着颤颤巍巍把医院开的诊断书递给陈主任,"大夫说了,不能干重体力活。我不教书待在家里,一个大男人让婆姨养着,我丢不起人啊!我有什么不对的地方,您只管批评,骂我一顿也行,我一定改正。以前都是我不好,您大人不记小人过。只要让我继续教书,我一定配合您的工作,让我干啥就干啥。在您的英明领导下,把学校办好!"

赵兴国的架势恨不能把陈主任叫声爹,再磕一个响头。陈主任多少生出点恻隐之心。当然,陈主任也不是那么容易被忽悠的,几句好话就能改主意,主要还是两人本无多大过节,工作中产生矛盾,矛盾也不可谓大。陈主任的目的是让赵兴国服软,有所收敛，不是成心要整他。换教师也只是给他个下马威，不是真正目的。见他话说到这份儿上，似乎真有悔过之心，就觉得目的基本达到，再把事往绝路上做，未必合适，留有余地也好拿捏他。另外，陈主任也没打算安排自己什么人教书，让别人或赵兴国教书，对他而言没有区别。甚至让文海教书并不好，留他在队里还有别的用处呢。文海和文治会不会有看法？在大是大非面前，即便有意见，一时想不通，过一阵子也就淡了。想到这儿，他假意绷着脸道："这事是大队两委会研究决定的，我个人无权更改。书不是不能教，但既然是村里的学校，就要配合队上的整体工作。你要好好反省。今天先回去，我现在不能答复你。"锣鼓听音，说话听声。赵兴国见陈主任口气有所松动，便破涕为笑，眯缝着一对小眼说道："自从您来了李家村，李家村就有了翻天覆地的变化。公社领导我见过不少，像您这样既有理论水平又有实干精神的领导，我从来就没见过。这管理的水平和能力，当个县委书记也绰绰有余！"陈主任闻言心里受用，何况他本来就有点自命不凡。但他仍一本正经道："我哪有那么大能耐。不说了，先回去，你的事等研究后再说！"赵兴国心里有数了，道谢不迭，还不忘从门缝里伸头给陈主任留个谄媚笑脸，才带上了门。

第二天，陈主任把赵兴国如何承认错误、决心悔改告知文治，最后说："惩前毖后，治病救人。只要他能深刻反省，知错改正，我们就应该给他一条出路。"文治一听这话就别扭，怎么刚定了的事说变就变了？以后赵兴国还不飞上天！他拧着眉头道："他在总务科这事儿，秃子头上的虱子——明摆着啊！不加处理就轻易放过,咋给大家交代,以后还咋管他呀?"陈主任知道他的心事和顾虑,耐心解释道:"不是不处理,必须严肃处理。我的意思是教师暂时不换。他身体有病,不能参加重体力劳动,教书也算恰当。但是,必须让他在全大队社员会上做深刻检查,以观后效。"文治即便有一万个不痛快也无用,领导说了算,陈主任肯定是想好了,跟他通气而已。陈主任嘱咐道:"你找赵兴国谈一次话。他若接受这个决定就这样办,不能认错就按照原决定执行。"文治推脱道:"还是支委会集体谈吧,震动大一点。"他很少违背陈主任的意思,但他实在不想和赵兴国单独谈话。陈主任道:"也行,但没召开会议改变原决定前,不宜集体行动,大队两三个主要领导参加就行。提前把咱俩商量的意见通报一下,统一认识后再谈。谈话要严厉,让他有所触动。"

这次谈话,赵兴国心知肚明,态度好得出奇,当天就把工程款交到学校账上,事后不免向陈主任再次道谢。几天后的一个下午,赵兴国检讨大会在李家村学校院子如期召开。陈主任没参加,会议由李文治主持。全大队各生产队社员像看大戏一样纷至沓来。时隔十年,赵兴国再次被推上检讨台。人们没忘记他早年挨整的样子,早早来到会场,满怀好奇想看这位能人的笑话。

赵兴国站在台上,微微低头,刚开始还讲了几句反思的话,讲着讲着就昂首挺胸起来,规划着学校发展的蓝图和愿景,情绪激昂,唾沫星子乱飞,仿佛在做政绩报告,意思是假如这学校没他就完蛋了。这番姿态,令看热闹的群众大失所望。

散会后,文海灰心丧气朝家走去。真没劲!更改赵兴国处理意见他已觉得不可思议,听了这番所谓检查,更觉荒诞。文海不由感叹：凡事不能往好处想。当兵抱憾落空，当教师转眼泡汤，全是虚晃一枪闪着腰。好几个同学在校期间表现平平却已顺利当上民办教师，唯有他一事无成。文海未进家门，翻墙上垴畔，躺在坡洼望夕阳，一只苍鹰在高空翱翔。文海不禁想，自己变鸟该多好，想飞多高就多高。

赵兴国栽了跟头，没伤筋骨，只擦破点皮。一般人过去就过去了，谁还没个磕磕绊绊不顺心的时候？经此一事，就此打住，老老实实教书，本本分分做人。赵兴国不这样想。风头一过，他便想道："这个陈主任，你做你的官，我教我的书，井水不犯河水，为啥整人？猪尿泡打人不疼，但骚气难闻。就这么受了，别人怎么看？只要陈主任在村里，头上就架着把刀，不定哪天掉下来砍脖子。"想得赵兴国浑身像长了毛刺般膈应。他开始琢磨如何拔毛剃刺，让陈主任挪窝，将他赶出李家村。他也真敢想，以为自己是公社书记，有这大本事，但他就是有一副熊胆，而且还有策略。虽然心里记恨陈主任，表面却更殷勤了，见到陈主任他就笑眯眯的。背地扇风，和前圪崂人谈论陈主任，话里有话。在他潜移默化挑动之下，前圪崂人竟像喝了迷魂汤，渐渐对陈主任的态度发生微妙变化。特别是杨家人，以前总在陈主任面前献殷勤，最近和他走得也不那么近了，甚至黑锤给陈主任担水也不那么满了。

陈主任躺炕上一支接一支抽烟。他平时烟瘾就大，写材料或思考问题抽得更凶，食指和中指熏成焦黄色。他在炕沿上拧灭烟头，丢在地上。前圪崂人思想反常，虽然只是苗头，但解决不好必酿祸事。那天虽然没参加赵兴国的检讨会，但事后他什么都知道了，确实不像话，赵兴国明显不服，事后非但没收敛，反而变本加厉，在背后搞小动作，对他的工作造成干扰。农夫与蛇的故事，一时心软反受其害！必须吸取上次教训，伤其十指不如断其一指，要把赵兴国彻底搞臭，让他再也翻不得身。陈主任辗转反侧，琢磨着从哪里下手。

10

  农历四月上旬，川道玉米苗到了拔节期，春风吹过，嫩叶摆动，像蹒跚学步的幼儿，摇头晃脑十分可爱。春旱，为保墒增收，队里给玉米苗春灌施肥。

  杨志伟有个弟弟叫杨二娃，一点不像他哥，三十好几的人了却是个愣头青，做事毛手毛脚，成事不足，败事有余。队里让他看管水泵，顺带照料水渠，防止跑冒滴漏。水泵安装在高崖边交口河上，水渠比较长，一个人管护不轻松，腿脚要跑勤些，但杨二娃偏偏尿管没当回事，大白天竟躺在水泵旁睡着了。也不奇怪，他昨晚看了一场电影，回家路上碰见文海的高中同学韩梅和她男朋友。韩梅男朋友是北京知青，过河不留神把杨二娃撞了一下，俩人同时落水。杨二娃见人家是外地人势单力薄，就得理不饶人，纠缠不休想打人。小伙见杨二娃个头不小，来势汹汹，好汉不吃眼前亏，连忙道歉："对不起，踏空了，我不是故意的。"杨二娃却来劲了，抓住小伙衣领道："踏空了？我看你是瞎了眼,皮痒痒!"韩梅拉着男朋友劝道:"快走吧,惹不起还躲不起!"杨二娃像乌龟嘴巴咬住不放。兔子急了也咬人,小伙无奈只好应战。他两手抓住杨二娃肩膀,食指在杨二娃两耳根一顶,给他来了个老牛上坡。只这一招,杨二娃疼得直喊黑锤来帮忙。黑锤原本看杨二娃占着上风,与村里其他人站一旁看热闹,不知为何杨二娃忽然败下阵来,像只狗儿夹着尾巴直叫唤,不免失笑,但毕竟杨二娃是他亲二爸,立马上手,把小伙子拉开,给杨二娃解了围。杨二娃摸着耳根半天动不了脖子。这下给他败了火,不敢瞎咋呼了。回到家中,自觉丢了人,气不顺,连婆姨的奶子也不碰了,一夜失眠,早起难免困顿,误了正事。

文海和文治在地里给玉米苗施肥浇水,发现水流渐小。文治纳闷:"咋搞的!半路跑水了?"文海放下施肥盆子,撸起裤管捎着铁锨去查看,半道发现有两处水冲开了口子,他用铁锨堵上,但稍后水却彻底停了。俩人来到河边,发现呼呼大睡的杨二娃。文治气不打一处来,使劲推他一把道:"睡个屁觉!"杨二娃正梦见和韩梅的男朋友打架报仇,嘴里迷迷糊糊道:"日他妈的,打死你!"睁眼一瞧,文治和文海站在面前,他揉眼坐起来,不见水泵响动,反问他俩:"你们把水泵关了?"文治黑脸道:"问谁呢?你是干什么的?"

杨二娃自知理亏,查看发现闸刀保险丝没烧断——也不可能烧断,因为他换成了铝线。水泵灌溉区域地势高负荷大,线路容易发热烧断保险丝,需经常更换,有时还得停机降温。杨二娃嫌麻烦就给换成了铝线,还得意地想:"看你给老子再断!"他把闸刀拉下重推上去试,还是一点反应没有。打开水泵马达保险盒一看，保险丝烧断了。幸亏他没动马达里的保险丝，否则线圈烧坏麻烦就大了。

作为李家村掌门人的李文治，一边帮杨二娃更换保险丝重启水泵，一边批评道："春灌季节，水泵烧坏了上哪儿找！不浇地秋后社员吃什么？现在不抓紧，过阵子上游村子都开始灌溉，层层截流，到咱们这儿河里就没水了！你到底怎么回事？"杨二娃闻言拧了一下头道："瞌睡得不行，迷瞪了一下。"好像还不大服气。文海不禁笑道："那你就再接着睡？要不要给你铺上个毯子？"杨二娃白了他一眼，想回怼一句，但一时词穷。文治修好了水泵道："你别管水泵了，让文海看着。你跟我去施肥浇地！"杨二娃以为离了他文海玩儿不转这水泵。这事儿还真难不倒文海，中学物理课学过电常识，文治刚才的操作，文海留心观察，已经心里有数。杨二娃来到地里，抽了一支烟，慢腾腾地撸起裤腿，心不在焉地端起施肥盆子，也不知哪根神经出了毛病，把一盆化肥全施到了一片玉米苗心上。这就好比烫水喂婴儿，太阳一晒，苗会烧死的。文治瞧见了，登时气得七窍生烟。他喊住杨二娃，让文海关闸，午饭也没吃，直接回村找陈主任，大发牢骚。

陈主任来地里查看，那片玉米苗在阳光下蔫头耷脑，眼瞅着快死了。他脸一沉，寻思着，如果不懂或者一时大意倒也罢了，但杨二娃早年曾同赵兴国一起在油矿干过几天，对电路多少懂点，经常被安排看管水泵，得空也帮着施肥，这些活儿他会干。现在干成这样，八成是故意的。再联想到近期前圪崂人的反常现象，陈主任觉得问题不简单。恐怕是受赵兴国挑拨，借机发泄怨气。不杀一儆百，以后还不定会发生什么大事。想到这里，陈主任立即召集社员到现场开会，上纲上线，口气相当严厉："能这么施肥吗？三十好几的人了，不是不懂，是成心搞破坏！"陈主任不点名地把赵兴国等人也捎带进去："最近，村里有那么一些人，思想不正常，无事生非，兴风作浪，唯恐天下不乱！这件事绝不能就这样不了了之，要结合杨二娃的一贯表现，包括两年前犯下的事，算总账。一定要把这股歪风邪气杀下去！不然，生产还怎么搞？"陈主任安排人保护现场，把文治和文海叫到一旁说："收工后你们召集有关人员商量一下，看怎么处理。我先到公社去一趟。"陈主任径直去了公社，想在这件事处理前给主要领导先汇报一下，争得公社党委的支持，从根子上解决问题。李家村的事不像从前了，在错综复杂的矛盾中，要讲究方法，不能总是自己一马当先，要用马前卒开道，利用前后村的矛盾，把握大局，从中渔利。最好让他们之间先较量一番，自己再去收拾残局。

　　杨二娃急了。他家成分不好，他本人也曾有过前科。新账旧账一起算，那还得了。说起前科，那是两年前的事。那会儿陈主任刚来村驻队不久，杨二娃被生产队安排到油矿医院看管厕所。医院离油矿职工食堂不远，杨二娃经常到食堂溜达，见人家吃热气腾腾的白馍，喉结便不由自主上下滚动。晚上回家睡下，本想与婆姨调情，但日子过得恓惶，晚饭只吃了两碗豆钱钱饭，腰里虚得慌。想起食堂的白馍，他把婆姨胸前两坨奶子摸来摸去，用嘴咬了一口道："这要是两个白馍多好。"没咬疼，但婆姨登时拉下脸来，一把推开杨二娃道："吃你的白馍去！"杨二娃嘿嘿一笑，忽觉有点尿意，便下地瞄准尿盆撒尿，身体不由自主抖了两下。尿完扒窗户朝外瞧："哎呀，下大雪了！"婆姨闻言也爬起身朝外瞅，果然是鹅毛大雪。杨二娃赶紧上炕搂住婆姨说："这要是下白面多好！"婆姨道："做你的梦去吧！"身边最小的孩子有动静，婆姨背过身招呼孩子去了。杨二娃信誓旦旦道："哼！过两天，我要让老天爷给咱下白馍！"第二天晚上，他回家吃过饭，棉袄里夹个布袋出门了。半夜三更回来，肩上扛着鼓鼓囊囊的袋子，走进隔壁闲窑，灯也没开，掀开事先腾空的一口瓮，将雪白的蒸馍呼啦啦倒了进去。这就是他所谓老天下的白馍。偷窃对他而言是第一次，心里难免紧张，但瞅着满瓮的白馍，就觉得自己发财了，有些激动。冻鼻子冻眼折腾了半夜，肚子咕咕叫，拿起一个馍，几口吃下去，真香啊！肚子垫了底，突然想起婆姨和三个孩子，就在怀里揣了几个回正窑。婆姨睡得迷迷瞪瞪，感觉有人推她，一看是杨二娃，睁开睡眼问："你干什么去了，这时候才回来？"杨二娃道："我给油矿一家人淘茅厕，人家给了几个馍。快把娃们叫起来吃。"说着从怀里掏出白生生的馍在婆姨面前晃了晃。婆姨见了白馍自然高兴，可她觉得这么好的东西晚上吃了可惜，便要等孩子们明早醒了再吃。杨二娃不管，把孩子们推醒。这些平时饿得狼崽子似的娃，尽管睡得死沉，但一瞧见白馍，眼睛发亮光，只怕你多他少了。老大是个儿子，九岁了，狼吞虎咽几口便吃掉一个馍，像猪八戒吃人参果，没咂摸出个味儿就没了。他妈又把自己手里的半块馍偷递给儿子。儿子是家里的顶门棍，当妈的总是偏袒些。其他两个女娃舍不得吃完，一点一点用手指拧着往嘴里送。杨二娃看着心疼，想给娃们再拿几个让他们吃个够,可又没舍得,想留着慢慢吃。吃了馍有劲,等孩子们睡下,杨二娃宽衣解带,抱着媳妇美美耍了一回。第二天一早起来,心情大好,担着粪桶,打算继续坚守岗位,脚刚踏出门槛,就被几个公安人员堵住了,人赃俱获,被绳子绑了,像牵牲口似的拉走,一瓮白馍也被同来的食堂管理员装袋收回。几个尚未懂事的娃眼看着白馍被拿走,好像比爹被拉走还心疼。最小的女娃只有三岁,哇一声钻进娘的怀里大哭。婆姨这才知道馍的来历,后悔没让娃们多吃几个——已经担贼娃子名了,却还是饿着。管理员纳闷偷来的馍没怎么动,临走时见几个娃实在可怜,发了善心,偷偷一人递一个。娘怀里最小的那个女娃接过白馍破涕一笑。杨二娃被油矿公安带走押了两天,公安人员见他家境困难,食堂损失很小,就没往县公安局送。陈主任来村不久,见此事伤的不是村集体利益,觉得既然油矿没深究,何不收买人心,就让队里出保,把杨二娃领回村。

  知道自己屁股底下有屎,杨二娃这两年还算老实,没再做露底的事。今日闯下祸事,陈主任揪住不放,还去了公社,看来有心把事闹大,杨二娃心里后怕,便找赵兴国求助。前圪崂头头脑脑的人物坐不住了,他们知道翻起旧账可够杨二娃受的,说不定还得蹲牢呢。从换教师起,在赵兴国的煽惑下,沉睡多年的家族派性斗争死灰复燃,一些正常的工作也被打上了派性烙印。亲套着亲,一条绳上的蚂蚱,凝聚力陡然增强。前圪崂人自发来到赵兴国家,你一言我一语,觉得陈主任小题大做,借题发挥,有意和前圪崂人过不去。赵兴国像《水浒传》里的智多星吴用,给大家出谋划策拿主意。这是他期待的机会,火点起来了,再煽几下，让火烧旺，借机和陈主任过招，让他知道马王爷有几只眼。赵兴国压低声对黑锤说："先摸清情况，看看动静再说。天黑以后，你到后庄转转，看李文治他们有什么动静。注意隐蔽，要装成没事的样子。"黑锤心怀使命感，点头领命。

晚饭后，文海召集几个年轻骨干来到李文治家，讨论杨二娃之事。门外墙角暗处，黑锤正窥视着他们的一举一动。侦察一番后，黑锤回去向赵兴国汇报："李文治他们正纠集一帮人在家里开会呢！"赵兴国急忙问道："说了些什么？"黑锤估摸道："有人出来进去的，不敢靠近，听不清楚……好像是说玉米地施肥的事。"赵兴国问陈主任是否在场。这是他最关心的问题，他知道只靠后庄几个泥鳅翻不起大浪。黑锤道："应该在吧，人挺多的。"赵兴国的堂弟赵兴利插嘴道："陈主任下午不是去了公社吗？"杨二娃反问道："他回来咱能知道？"赵兴国眯着一双小眼睛，阴沉着脸分析道："既不是队干会，也不是全体社员会，这是单独召集后村人背地开黑会。咱们的主要对手是陈主任，和他斗，只有找公社主要领导反映情况才行，不能牛鼻子穿环儿让他牵着走。要主动出击，直接找公社张书记反映陈主任开黑会，煽动村民闹派性问题。"大家佩服赵兴国敢想，但谁去反映情况呢？一说到关键问题都蔫了。这是明告陈主任，以下犯上。杨二娃道："要我说黑锤你应该去。他们开会，不叫上你这个队长，不就是黑会吗？"黑锤摇头犯难，虽然近来他对陈主任心存芥蒂，但去告状，可磨不开情面。赵兴国道："我看还是杨志伟和赵兴利去。他俩为人忠厚老实，在村里有威信，更能代表群众呼声。现在主要让公社知道，是社员群众有意见，不是哪个队干和陈主任闹情绪。"赵兴利二十出头的后生,无牵无挂自然无妨,而且他崇拜这个堂哥,一向堂哥指哪他打哪,从没二话;杨志伟心里发怵,按说他弟惹出乱子,作为兄长应该出面,但一把年纪了从没干过告人的勾当,也因为儿子是队长,家里和陈主任走得近,不好意思告人家。杨志伟嘟囔道:"我嘴笨,怕去了说不清楚。"赵兴国说道:"不要你说话,跟着去就行。让赵兴利说。"杨志伟一时难以推辞,怀着忐忑心情,跟赵兴利去了公社。

张书记伏案办公,一抬头见地上杵着两个老实巴交的农民,不明来历,便问道:"你们哪里来的,有什么事?"杨志伟跟在后面不吭气,赵兴利结巴道:"我们是李家村社员,来反映陈……陈主任的问题。"张书记警觉道:"陈主任?他有什么问题?"赵兴利长话短说道:"他正在村里开黑会,挑动村民之间闹派性哩!"张书记闻言一惊,思忖着,下午刚听陈主任汇报了李家村发生的事,尚在考虑如何解决,这会儿竟有人上门告陈主任的状,问题不简单。他说道:"你俩在这儿等着。"说完出门找到吕部长,压低声音说道:"你把我办公室李家村那俩人带到会议室去,别让走掉,再把陈主任叫到我办公室来。"

吕部长把二人带到会议室,让人看着,然后领着陈主任来到张书记办公室。张书记笑道:"没想到你会分身术。刚才李家村来了两个告状的,说你正在村里召集人开黑会呢。我让吕部长把他俩带会议室去了。"陈主任惊讶道:"人还在吗?我看看是谁。"他想到了赵兴国,但又觉得他不会亲自来。那会是谁呢?他走出门外透过玻璃窗看了一眼,便一切都明白了。此二人不过是马前卒，受赵兴国指使。他回到张书记办公室说道："年龄大的是杨二娃的哥哥杨志伟，队里的饲养员，是个老实人；年轻人是赵兴国的堂弟，叫赵兴利，他与今天上午发生的事毫无瓜葛。凭我对他俩的了解，没有赵兴国指派，他们不可能来这里告状。"

张书记思索着，李家村的问题和家族间的矛盾愈演愈烈，解决不好，农业学大寨先进村可能不保。派性斗争有可能引发群体事件，到时不仅是陈主任的问题，也有损公社党委和自己的形象。想到这里，便说道："李家村今天发生的事，不是孤立的，是有组织有预谋的，有一伙人借故闹事，必须高度重视。处理不好会出大事。绝不能因此影响农业学大寨的形势。要抓住线索，深入调查，严肃处理，把这股歪风邪气杀下去！"吕部长接话茬道："张书记说得对！三句好话不如一马棒。抓住闹事的人，狠狠批评教育。不信几个鱼虾能翻天！"他一提起处理人，便带着一股恶狠狠的凶相。

陈主任见张书记重视，信心大增。对杨二娃，他打算严肃处理，并汇报了张书记。若只是就事论事，解决不了李家村的根本问题，还得把挑弄是非的赵兴国揪出来。赵兴国竟然恶人先告状。幸好陈主任人不在所谓"黑会"的会场，谎言不攻自破，让领导看穿了赵兴国的把戏，引起重视，变不利为有利。有公社党委支持，事就好办了。想到这些，陈主任以一个知情人的身份说道："闹事人要处理，但追查到幕后指使者，才能解决根本问题。建议把两个告状人分开谈话，追问指使者。杨志伟是重点，他家成分不好，又有包庇弟弟之嫌，严厉批评，不怕不说实话。"

提起赵兴国，张书记岂能不知，公社干部无人不知那是个难缠的主。用对了是个人才，使不好便是个祸害。张书记对吕部长说："你和杨志伟谈话，赵兴利那边我另安排人同时进行。不说出幕后指使者，今晚不让回去，明天和杨二娃一起拉到集上批斗，借此杀一杀李家村寻衅滋事之风！"

吕部长把杨志伟带到办公室，板着脸问："你就是杨志伟，杨二娃的哥哥，你来公社干什么？"杨志伟见对方横眉冷对，便缩着头说道："我串门来啦。"说着便想走。上厕所屁股后头都有人跟着，先在会议室晾了半天，现在又来审问。他心里犯嘀咕，不敢再提告状的事了。吕部长脸一黑道："串门？骗谁呢！你不是告陈主任开黑会吗？我告诉你，陈主任今天下午一直就在公社。你这叫诬告，是要承担法律责任的！你家是富农，你父亲还戴着'帽子'。想翻天吗？听说你兄弟犯过事儿，现在又破坏农业生产，犯了毁坏青苗罪。你不揭发，反倒跑来诬陷追查问题的领导。这叫包庇纵容，包庇坏人和坏人同罪！"杨志伟被唬得哆嗦起来，四十多岁的人了，被吕部长上纲上线吼得一愣一愣，他嘴里嘟囔道："我又没干啥，咋来公社一趟就成了罪人……"

说话间陈主任进了屋。杨志伟自觉过去和陈主任关系不错，一时竟忘了今天干的事，把陈主任当成救命稻草，连忙说道："陈主任，你是了解我的，你说我这人咋样？"陈主任一听这话，气不打一处来，本来他对杨志伟印象不错，想不到他竟来告自己。他不是来给杨志伟解围的，而是来和吕部长唱双簧，让他供出赵兴国的。他板起脸道："我以前看错你了。看来你不是什么好人！"一句话说得杨志伟目瞪口呆。张书记随后进屋，添火道:"听说你是个老实人,那我问你,今天来公社,是赵兴国让你来的,还是你自己要来的?如果是赵兴国让你来的,你就是受人蒙蔽,另当别论;如果是你自己要来的,那就是有意包庇你兄弟,今晚就别回去了,明天和你兄弟一起到交口集上游街。你自己看着办吧!"张书记三十八岁,教师出身,在政法系统工作过,后来逐步升为公社书记。他身材微胖,眯着一对不大的眼睛,说话做事沉稳中带着坚毅,给人一种不怒自威的感觉。

杨志伟蒙了。游街?那还不如把人杀了。张书记是公社书记,比陈主任官还大,说了肯定算数。真话不能说,螺丝越拧越紧,不堪忍受,便用肩膀上搭的毛巾,不停擦汗。杨志伟说道:"赵兴利要来公社,说路上一个人怕,让我做个伴。我晚上回去还要喂牲灵呢。"

张书记提高嗓门,用起了公安常用套路:"你兄弟干坏事,关赵兴利什么事,他为什么要来搅这趟浑水?一个后生,走这点路还怕?实话告诉你,赵兴利已经承认了,是赵兴国叫你们来的。现在就看你老实不老实!"

杨志伟心里咯噔一下,残存的理智让他把到嘴边的话又咽了回去。他避开张书记那双威严的眼睛,虚着声说:"他是谁让来的我不清楚,反正我是没人指派。"

"你的意思是你自己要来的?想把水搅浑,帮你兄弟逃避责任?"张书记不让杨志伟有半点喘息的机会,抓住话柄继续施压。

"不是,我就是相跟着来的。我来了也没说什么话呀。"

吕部长瞪眼吼道:"说得倒轻巧。说你是个老实人,其实是个老狐狸!"他几乎要动手扇这个老家伙一耳光。

杨志伟苦不堪言。平时别人总说他本分老实,今天在这些领导眼里自己却成恶人,怎么说也不对。他不敢承认是赵兴国派来的,不仅是怕赵兴国拿他问罪,更因为赵兴国是在帮他弟弟。来公社告状是个馊主意,但出卖赵兴国,人品就坏了,以后怎么面对他,怎么在村里做人?所以,无论对方如何施压,杨志伟死活没敢牵扯赵兴国。公社领导知道他不是恶人,他要是咬住不承认,也不会把他怎样。所谓游街只是张书记吓唬他罢了。但杨志伟把领导的话全当真了,只觉得自己大难临头,即将坠入万丈深渊。

赵兴利那边公社两位干部吹胡子瞪眼吼叫半天,也没什么结果。愣头小子没什么思想负担,赵兴国又是他堂兄,他是秤砣吞进肚——铁了心,就是把自己卖了,也绝不会出卖赵兴国。越逼问,他越觉得问题严重,更是守口如瓶,不肯透露半个字。

文治和文海来公社找陈主任汇报工作。李顺顺及其他人在公社外路边等候。稍后,他们出来告知大家杨志伟和赵兴利告状之事。大伙深感意外,这岂不是飞蛾扑火自寻死路吗?文治说:"根据公社安排,今晚不让赵兴利回家,只放杨志伟回家喂牲口。领导让密切注意他回去后的动向,特别是有没有和赵兴国碰头。如果有,就当场揭穿。"大伙信心满满回村,潜伏在李顺顺家。顺顺母亲人缘好,晚上常有人来串门,队里饲养员成年累月坐在他家谝闲传,等给牲口拌完料才回家睡觉。这会儿不早了,屋里没外人,都坐在窑里等消息。文海和顺顺俩人猫腰蹲在硷畔墙角,居高临下俯视全村。月光下,杨志伟和赵兴国家一览无余。不一会儿,杨志伟果然回村了。出乎意料,他没找赵兴国，而是直接回了家。顺顺继续监视着，文海回到窑洞把情况告知大家。文治意外道："杨志伟没去赵兴国家？这就奇怪了。"不一会儿，顺顺突然跑进门喘道："赵兴国到……到杨志伟家去了！"

赵兴国派人去公社迟迟不归，估计事态不妙，担心二人经事少，人又老实，乱说话拔出萝卜带出泥，就一直没敢睡。得知杨志伟一人半夜回来，却没来找他，更觉问题严重。他像热锅上的蚂蚁坐立难安，便偷偷跑去杨志伟家探个究竟。

文治让顺顺继续盯着，又征求文海意见接下来怎么做。在这帮年轻人里，文治最信任文海，觉得他虽然年轻，但做事稳重。文海见文治纠结，便提示道："公社说，发现他们接头，就要当面揭穿。"文治闻言还在犹豫，倒不是他胆小怕事，毕竟是同村人，个人之间没什么冤仇，况且赵兴国又是个强人，撕破脸皮，场面肯定很难看。就在文治举棋不定的时候，顺顺推门进来道："赵兴国已……已经走了！"

"这么快就走了！"文治遗憾道。好机会没抓住，让赵兴国溜之大吉，大家不免有些沮丧。文海想了想说："走掉也没关系。公社让咱关注他俩是否见面。至于见面说了什么，估计也问不出个究竟。现在去问杨志伟，只要他承认赵兴国来过就行。"

"这是个补救的办法。"文治觉得这样既抓住了赵兴国把柄，又不伤个人情面，"咱们现在就去找杨志伟。"一帮人来到杨志伟家坡底，文治觉得三更半夜兴师动众不合适，便让其他人等候，带着文海进了杨志伟家院子。杨志伟家灯不亮，似乎人已入睡。文治对文海说："你去把他叫出来，咱不进门了，免得打扰家人。"文海迟疑了一下，倒不是不愿意，只是担心自己叫不出杨志伟来。但文治这么说了，他只好硬着头皮走到杨志伟家窗下问道："杨志伟，睡了没有？"

"谁呀？"杨志伟的声音。

"我是文海。"

"什么事？"

"李文治有事找你，你出来一下。"

窑洞里响起了磨磨蹭蹭的起床声，稍后杨志伟趿拉着一双破鞋出来了，文海把他带到李文治面前。杨志伟精神恍惚道："有什么事？"文治说道："没什么大事。赵兴国刚才到你家干什么来了？"语气看似不经意，但措辞却是板上钉钉不容置疑。杨志伟闻言不禁打了个冷战——哪壶不开提哪壶。

赵兴国见杨志伟时一再叮咛："咱都是为了你兄弟，你可千万不敢说事先有商量。不然咱们告人家开黑会，自己反成开黑会了！"杨志伟说道："我什么也没说。但公社的人说赵兴利已经说了。"赵兴国瞪眼道："不可能，那是在诈你，千万别信！"杨志伟环顾四周道："有人发现咱俩今晚见面咋办？"赵兴国说道："不能承认！不行你就说我来问兴利为啥没回来。其他一概不说，言多必失！"赵兴国说完几句话匆匆离开，但还是被人发现了。

杨志伟想否认，但似乎没有回旋余地，不承认反像有鬼，便有气无力对文治和文海说道："他来问赵兴利怎么没回来。"文治问还有没有说别的，杨志伟虚着声说没有。文治只好作罢，但也觉得目的达到了，便说："是公社让问的。你回去睡吧，我们走了。"文海站在文治身后当跟班没插嘴。离开杨志伟家，夜已深,虽然疲惫,但大家都带着胜利的喜悦。文海说道:"可算抓住了赵兴国的尾巴,这次跑不了了吧?"顺顺应和道:"谅他也跑……跑不掉了!"

尽管文治的问话传递出公事公办的态度,没有和杨志伟过不去的意思,但杨志伟不这样想,他已成惊弓之鸟,一听说是公社查问,更惶惶不可终日。回屋短短几步路,像踩在棉花上,门槛差点将他绊倒,手扶住炕沿才没栽地上。炕上躺着的老伴听见响动,迷迷糊糊问:"半夜三更,叫你出去说啥了?"杨志伟有气无力道:"没说什么。"抬起沉重的手拉灭挂在窗上的灯,躺下无话。老伴不知情,黑咕隆咚也没注意老汉的脸色,就没在意,翻身继续睡了。杨志伟毫无睡意,望着漆黑的窑顶,想着今日的经历,觉得窑顶将要塌下来埋了他。无意揽下破事,竟像豆腐掉在灰堆里——吹不掉,又拍不得,图个啥?公社几位领导吼叫的声音不绝于耳。生怕再惹事,赶紧跑回家躲着,赵兴国却又找上门来,还被人发现了当面质问,旧事未扯清,又惹新麻烦。杨志伟没干过这号事,更没受过这种气,肠子都悔青了。公社第二天会不会再审?他越想越乱,越想越怕。真拉去游街还不丢死人了?快五十岁的人了,儿女都大了,本身成分就不好,再经这一回就更臭了。周围十里八村不是亲戚就是熟人,以后还咋见人?游街他见过,"蔡强人"以前多威风,自从犯事游街坐牢,像染上了狐臭,回村后谁还把他当人看?大儿子成了老光棍,在社会上堕落。游街示众,以后儿女还咋成家?谁愿意和这样的人家做亲家?明明啥也没干,受这冤枉气。老实人受欺负啊!陈主任那句"你也不是什么好人"仿佛牛角刺入他的心脏,他的心在滴血，牛角尖一个劲儿钻，思想不会拐弯，无法安慰自己，毫无自洽能力，想着想着，竟然动了死的念头。

以死表清白，以死解忧愁，我死了，让他们好活去！两行泪水从眼角流到枕边，又不敢哭出声。做下窝囊事，不想让婆姨儿女知道，自己默默承受。老伴仍在熟睡，一无所知。儿子和女儿睡在隔壁奶奶家，也不知父亲心里的难肠和绝望。

无法面对天亮后可能发生的事。生存还是毁灭，成了需要考虑的问题。他满脑子想着死却不是生。天快亮了，一声鸡鸣，他竟觉得这是阎王在催他上路。

去年自留地种菜剩下半瓶敌敌畏，搁在水瓮圪崂。他起身穿衣，蹑手蹑脚，拿起农药瓶，却碰到了水瓮，咣当一声，惊醒熟睡中的老婆。老伴睡眼惺忪问道："干啥呢？"杨志伟把农药藏身后道："我起来喂牲灵去。"确实是平时给牛拌料的时间。老婆翻了个身又睡去了。

杨志伟来到牛圈。牛儿扬头望他，哞叫着示好。他精神麻木，没有理睬，钻进草窑，躺在草堆上，一切如料想的那样，他终于拧开瓶盖，眼睛一闭，咕咚咕咚将半瓶农药喝了下去。

11

李文治的父亲是队上喂驴的饲养员，天蒙蒙亮，去草窑揽草，突然发现草堆里躺着个人，以为是乞丐借宿，走近一瞧，分明是杨志伟,口吐白沫不省人事!这可把他吓坏了,丢下草筐跑出草窑,站在文海家院门口大喊:"金富!金富快来!杨志伟出事了!"没等金富起床,文治父亲又跑到窑背巷土台上,喊杨志伟家人。杨志伟婆姨听得消息,披头散发从门里跑出来,到牲口圈草窑一看,吓得面如土色,上前摇晃,像个面口袋,僵硬死沉,急得哭喊道:"哎呀!这是咋回事?早上出门还好好的,说喂牲口去了,这会儿咋成这样了?这可咋办呀?"

一颗炸弹引爆全村,不多时,牲口圈外面围满了震惊而疑惑的人。救人要紧,男人们不分前圪崂还是后庄子,七手八脚把昏迷不醒的杨志伟抬到架子车上,送往油矿医院抢救。中午前后,噩耗传来,没救活。

李家村人费解,好端端的杨志伟怎么就寻死了?文海震惊,没多大的事,竟然会寻短见?李家村的天被捅了个窟窿。前圪崂的头面人物不约而同来到老地方——赵兴国家,商讨如何应对这一突发事件。听闻杨志伟死讯那一刻,赵兴国吓了一跳,没想到杨志伟这么经不得事。悲剧与赵兴国大有关联,但杨家人不这么想,反认为赵兴国是伸张正义,把死人这笔账,记在了陈主任和李家人头上。赵兴国没考虑为杨志伟讨个公道,想到的竟是如何利用这一事件,把水搅浑,把事情闹大,逃避公社对自己的追究,整倒陈主任和李家头面人物。不好找公社的麻烦,他便把矛头对准了李家那些不知天高地厚的后生。听完杨志伟老伴的哭诉,赵兴国把脖子一歪说道:"谁把人叫出去的?你和他们要人。不能让杨志伟就这样不明不白死了!"前圪崂人七嘴八舌愤愤不平道:"对,绝不能轻饶了他们,必须给个说法!"赵兴国定了调:"就说他们把人叫出去整摆死了,出去再没回来。"在赵兴国的启发下,杨志伟婆姨来了个一百八十度大转弯,一口咬定是李家那群土匪儿子把他男人弄死了。文海和文治竟成了众矢之的。人是文海叫出去的。杨志伟婆姨带着儿子黑锤,气势汹汹杀到文海家要人。赵兴国嫌李文海目标太小,说主要对象应该是李文治,这样能造成更大影响,等于变相给公社施加压力。在他的教唆下,杨家人把死人抬往李文治家。院子外面里三层外三层围满了人。李家上年纪的人出面劝说,年轻人忙着阻拦,折腾半天,最后公社来人制止,杨家人才罢手。

杨志伟服毒是不争的事实,但赵兴国等人硬说是李家人毒死的。怎么毒死的?给饭菜里下毒?强行灌入?那也应该有打斗痕迹。说辞与事实不符。为自圆其说,他们捏造一套鬼话:"把人叫出去按在地上,用针管将毒药注入胃里毒死了。"然而,鬼话说多了,还真有人信。没几天,整个交口川传得沸沸扬扬,说什么的都有了。

人命关天,县上来了工作组,公安进村。李家村上空乌云密布,人们的心情压抑。文治成了焦点人物,无法行使书记职责。文海负责招待应酬,领着两个村上办事常用的厨子,在队部窑洞起灶做饭,给专案组人员压饸饹面。

那天参与行动的几个年轻人,都成了案中人,被公安叫去问话。公安局白科长,三十多岁,态度温和,没吆五喝六给谁脸色看。经尸检,得出初步结论:排除他杀。但这一结论并未正式公布。

天气转暖,尸体开始腐烂。吕部长和白科长带着一名公安干警来杨家动员埋人。吕部长进院看见佝偻在门前的杨志伟父亲,一改往日炮筒脾气,心平气和道:"您老身体还好吗?"杨老汉痴呆好几年了,好奇地盯着吕部长看,对着走出门的黑锤喃喃道:"杨志伟,咱家来人了。"老憨了,儿子死了也不知,把孙子当成儿子。白发人送黑发人的悲剧,在他心里似乎并未发生。这一幕让铁石心肠的吕部长生出一丝怜悯之情。走进窑洞坐定,吕部长和杨志伟婆姨寒暄几句,见她爱答不理,也就不再拐弯抹角,直奔主题说道:"天热了,再不能放着了。人死不能复活,摆着也没有作用。案子该怎么处理就怎么处理。还是尽早入土为安吧。"杨志伟婆姨蓬头垢面,嘶哑着说:"不行!必须得有个说法。不能就这样白死了!"黑锤黑着脸,话更刺耳:"非让他们顶命不可!"

做受害者家属的工作不易。白科长耐心说道:"这类案件,从来都是先埋人后处理。你们要相信组织,绝不会埋了人撂下不管的。"

"不说下个道道,这人就是不埋!"黑锤说。

杨志伟白发苍苍的老娘,突然从门外进来,一把鼻涕一把泪道:"儿呀,你怎么就死在老娘前头,还不如让我死了算了!"说着便瘫倒在地。几个人赶紧将她拉起来,扶她去隔壁窑洞。

杨志伟婆姨受婆婆感染,也哭成泪人,哽咽着说:"你们只说让埋人,别的不说,好好的壮劳力,家里的顶梁柱,一下子没了。三个孩子没一个成事,我一个女人家,往后的日子怎么过呀?我也不想活了!"

三位被这话噎住了。坐了一会儿,吕部长起身道:"今天先这样,回头再说吧。"回到公社,吕部长单独找张书记汇报情况:"杨志伟家三个孩子还没成事,半路上死了男人,的确有困难。他们要求解决一些实际问题。"张书记尽管从来不认为自己有错,但杨志伟为这点事没了命,实在让人唏嘘:"唉,这杨志伟,谁也没把他怎样,就自寻短见。解决问题可以,主要看解决什么问题,公社有没有权限。能帮尽量帮。"吕部长便说:"他有个大儿子,二十出头,是村里副队长,没上过几天学,照顾他,估计也就能当个煤矿工人。"张书记寻思解决一个煤矿工人岗位,对公社而言不算难事,但他想了想说道:"等定案后再解决。你先口头承诺,告诉他们,公社会认真考虑,适当解决家属的一些实际问题。"几天后,原班人马再次造访,吕部长将意思转达给杨志伟家人。虽有承诺,无凭无据,杨家人多少有点担心,但尸体的确不能再放了,已经腐烂发臭。又拖了两日,也就把人埋了。

　　杨志伟的死,让李家村发生巨变。陈主任因此从村里消失,村里人再没见过他。尽管杨志伟的死,也抓不住他什么把柄,但事总归因他而起,他在李家村的政治抱负就此画上句号。这件事在县上也造成不良影响,他今后的仕途恐怕也会受到重大影响。如此结局他万万没想到,但事已至此,没有后悔药,只能认命。没人再追究赵兴国幕后指使闹事的责任,他反而因"为受害人家属鸣冤"受到不少人的赞扬,"能人"的名号竟更响亮了。杨二娃的问题也云消雾散。他算不得好人,但人心都是肉长的,毕竟一母同胞,想起兄长因他而死,心里不免愧疚。他把仇恨记在陈主任和李家人头上。

赵兴国和陈主任之间的矛盾，随着陈主任的离去，转化为前后村的矛盾。前圪崂死了人，怪后庄；后庄人觉得你们的人自寻短见关我们屁事。杨志伟一夜之间死了，杨家人自然觉得冤；文治等人按公社要求问了杨志伟几句话，却被诬杀人犯，也觉得冤。矛盾并没有因尸首埋葬而淡化，反而在继续发酵升级。

12

人误天一时，天误人一年。李家村的农业生产没有因此事停滞。这天下午，社员在村子后坪烤烟地里锄草，黑锤给李顺顺派活，因话不投机发生争吵，继而发生推搡斗殴。前后村的年轻人心里都憋着气，干柴烈火一点就着。金富胆小，怕事闹大，便忙着劝架，在拉扯中被杨二娃用锄把在腰间猛戳一下，站立不稳，一个踉跄把黑锤十三岁的弟弟带到了梯田塄下，这孩子便坐地上哭着大骂金富。

黑锤以为金富有意作害他弟，加之两家曾因窑背巷水路结过梁子，关系一直不好，新仇旧恨涌上心头，便二话不说丢下正在纠缠的李顺顺，从杨二娃手中夺过锄头，向金富砍来。金富一看不妙，急忙闪开，躲入自家菜园西红柿地。黑锤穷追不舍。文海见黑锤拿锄头撵打父亲，怒火中烧，冲了上去，学着《钢铁是怎样炼成的》里保尔揍苏哈利科的拳法，左脚一晃，右拳猛出，正中黑锤下巴。黑锤挨了一拳，更加疯狂，举起锄头向文海砍来。

金富情急之中拔出地里一根西红柿架杆推挡，顺势回击，正好打在黑锤头上。黑锤往地上一躺，抱头叫唤骂金富，见没人理他，又爬起来拿锄头继续撵打。金富见他不依不饶，便顺着河槽朝家跑去了。

赵兴国躲在背后使阴招。在他的授意之下，黑锤兄弟俩当天住进了交口中心医院。医院给黑锤和他弟分别出具了轻微脑震荡和手臂骨折的诊断证明。脑震荡只是臆断，骨折片子文海家也没瞧见。文海家怀疑有假：细木棍敲一下，连头皮都没破就能脑震荡？

公安局来人调查斗殴一事，一一问了话。文海如实反映情况。办案人员了解完案情，什么也没说就走了。交口川舆论一片哗然，说李家人欺负外姓人。金富这个平时树叶落下来都怕砸破头的人，竟成了大恶人。不少人见了李家人就劈头盖脸问："听说你们李家人把人家大人弄死，把俩儿子打残，这是真的吗？"李家人只能生气地骂一句："胡说八道！"再把事情的原委解释一遍。问话的人听了将信将疑地长叹一声："噢……"解释被淹没在一片声浪中，风言风语弄得文海家抬不起头来。金富煎熬得夜不能寐，几天时间头发胡子白了一半，念叨着："我怕年轻人弄出乱子，去劝架，倒引火烧身，惹下这么大的麻烦，唉！"

挑头闹事的人游离在外，操纵事态，甚而成了受益者；恶果却砸在老实人头上。可悲的是，老实人不知自己被利用。杨志伟死了，却拉着金富垫背。前圪崂人谁都知道杨志伟的死与金富毫无关系，但他们把制裁金富看成对李家人的报复，看成李家人对杨志伟之死应付的代价。金富腰间黑青了一片，疼痛难忍，婆姨既心疼又憋气:"别人装猫赖狗,你为什么就不能去住院?别心疼钱了,黑锤兄弟俩住院,公安局已经跟咱家要了两回钱,有人家花的没自己花的?咱也住院去,花下钱看谁给报销!"文海也说道:"住院避避风头,堵住别人的嘴。让他们看看,咱也被打住院了。"商量好后,文海找顺顺帮忙,用架子车拉着父亲去医院。临行前,母亲准备了零七碎八的住院生活用品。

刘大夫接诊,他是医院的老人。交口川地界不大,见面人都脸熟。大夫是公家人,文海家是农民,没有交情。刘大夫戴着近视镜,用手撩起金富的上衣看了一眼伤处,什么也没说,趴桌上写处方。文海急忙说:"您看我父亲能不能住几天院?"刘大夫爱答不理道:"一点皮外伤,住什么院?用点药,过几天就没事了。"文海说道:"晚上疼得睡不着觉。"他还想争取,但刘大夫却把写好的处方往桌边一推,头也不抬,不耐烦地喊下一个病人。按常理,刘大夫说得没错。这点伤放在平时,医院门都不用进。农民哪有那么金贵?但现在是非常时期,两家人较劲:黑锤头上没伤,医院竟敢出具轻微脑震荡证明,让他住院;金富好歹有伤,掏钱都住不了院。恐怕是舆论作用。也许在刘大夫看来,他是为死者家属主持正义呢。谁让你们那么坏,让人家老子死得不明不白,尸骨未寒,竟又把人家两个儿子打伤,还有人性吗?金富父子无奈,只得按处方买药,原路返回。

几天后的一个下午,工作组在李家村召开杨志伟案件调查结果通报会,一批穿着白色警服、戴着大盖帽的公安维护秩序。公社张书记代表工作组宣读调查处理结果:"经法医鉴定和多方调查,杨志伟属服毒自杀,公社和生产队有关人员在处理此事中并无失当之处,纯属本人不能正确对待批评意见,一时糊涂自杀身亡……"听着张书记讲话,杨志伟婆姨脸上红一阵白一阵,嘴里嘟囔着,几次要站起来理论,被儿媳和女儿按住。张书记继续说道:"经研究决定,鉴于杨志伟不幸身亡,给家属造成生活上诸多困难,决定照顾其一个子女招工;杨志伟父亲现行反革命帽子即日起予以摘除。另外,对于打架斗殴造成杨志伟子女受伤案件,将另案处理,严惩不贷,还死者家属一个公道!"

听完最后决定,杨家人没再喊冤叫屈。他们得到了明确的招工承诺,这是他们一直想要的。人死不能复生,再闹也没用。牵扯上一级政府,假的真不了,也担心惹怒县上,把招工事情搅黄,就得不偿失了。公社领导当初确实给杨志伟施加了压力,但既没骂也没打,批评几句放回家。即便有威胁性的过头话,这时候谁还认账?谁又去指正?杨志伟死了,死无对证。张书记曾在法院工作多年,能因此事把自己套进去?县上使用干部不护短?倘或追究责任,以后谁敢做事?如果没有赵兴国出谋划策,杨家人闹腾,社会舆论挟持,杨志伟不定个畏罪自杀就算不错了。公社照顾他儿子招工,摘掉其反革命帽子,已经够意思了。

金富没来开会,文海来了,远远坐在一块背圪崂石头上。杨志伟之死,他知道牵扯人多,包括公社主要领导在内,所以不会轻易违背事实把谁冤枉了,何况自己本来就没做什么。起初他和文治遭受诬陷,他曾愤愤不平,现在水落石出,已洗清"罪名"。最让他担心的,是父亲。刚从学校出来那会儿,他总认为凡事只要行得端立得正,不干亏心事不怕鬼叫门。但世事和人性的复杂程度,让他措手不及。打架斗殴在农村是寻常之事，通常出点医药费了事，但这回连带前面死人事件，被大肆渲染，使问题恶化，造成恶劣社会影响，惊动县里。文海有了不祥预感。

农历四月底，春去夏来。沟洼里绿意正浓。除枣花外，林木多数过了花期，在阳光下一片翠绿，微风过处，沙沙作响。溪水清澈见底，夜间蛙声此起彼伏。午后孩子们赤脚跑山，在草丛捉蚂蚱喂鸟，拔起辣味蔓蔓根美滋滋地嚼着。二愣子后生爱使枪弄棒，举着弹弓到处追打麻雀。

春光固然美好，却没给文海带来丝毫欢乐。这天中午，他在后坪玉米地里锄地，忽然心里一阵莫名发慌。果然，回到家，多少天来担心的事终于发生，父亲被公安人员带走了。

没过多久，经审判，因伤害罪，父亲被判处有期徒刑三年。没考虑受害人骨折是否当事人故意，更没对脑震荡是否属实进行核查，草草宣判。陈主任和赵兴国两个强人之间的龙争虎斗，家族派系的战火，最终以老实人杨志伟的死亡和倒霉蛋李金富的牢狱之灾告终。

文海一家人沉浸在极度悲痛之中，像霜打的红薯秧，一夜间枯萎，抬不起头来。尽管早有预料，但听到父亲被抓时，文海还是犹如被雷劈了一般。他不满有关部门无视事实把父亲当成替罪羊，憎恶赵兴国造谣中伤，记恨杨家人装猫赖狗讹人。换教师不成，父亲竟然坐牢。他想为父亲叫屈，但孤掌难鸣。在政治第一的年代，父母的污点将成为子孙后代进步的障碍。走出农村原本就难，此番更是雪上加霜。判决书下来当天，文海躺在僻静山坡上，悲伤的乌云笼罩着他，泪水在脸上流淌。小虫爬上手臂，树叶落在头上,他浑然不觉。恍惚中坐起,望着远处交口街赶集的人群发呆,觉得人人都比他好活。半年前,恰同学少年,意气风发;到今日,希望总被辜负,信念崩塌。

他灵魂出窍,茫然游荡,也不知要去哪,只是低头默默朝前走,无意间走至自家祖坟。坟堆散了,杂草丛生,更添悲凉。在爷爷奶奶坟前,他潸然泪下。多少天来憋在心里的苦闷终于找到了发泄口,一声声悲泣道出心中委屈,一行行泪水洗刷心底尘霾。两只乌鸦飞落,疑惑地望着这个泪人,似乎受到感染,哇哇惨叫几声。劲风刮起尘土,盘旋成不断扭动变幻的尘柱,在祖坟四周移动,好似祖上有知,仙游而归。

话又说回来,道路艰辛未必是坏事,历经磨难的人,往往愈加坚强沉稳。文海连日来没怎么睡,恸哭过后,他在山坡上躺下来,西斜的阳光晒在身上,疲惫的双眼终于闭上,就这样沉沉地睡着了。

13

东边日出西边雨,道是无晴却有晴。几天来,亲戚邻里探望宽慰。文治媳妇来看文海妈,脱口说道:"二婶,把心放宽点,身体重要。坐上三年牢不就出来了?他们死了人可回不来了!"荒谬之言,哪有如此比较的?好像坐牢还赚了。她就这么个人,喜欢标新立异,却常弄巧成拙。文海妈无奈摇头。文治媳妇又说道:"唉,看我这张嘴。就是希望你能宽心些。"文海妈叹口气道:"全凭往开想哩,要不早气死了。"文治媳妇见文海家刚吃完饭,锅碗瓢盆还摆在灶台,便帮着收拾去了。

刘燕妈作为亲家,提着二十多颗鸡蛋来到文海家。文海妈把她让到炕上说:"孩子没逢上个好老子,无缘无故惹下事……"在文海母亲眼里,她的孩子都很优秀,村里四十多户人家,数她的孩子学习好,常引以为豪。文海妈说着哽咽起来:"这些年起早贪黑省吃俭用,供几个孩子上学不容易,就图个出息。孩子刚回村上,家里就出这档子事。大人受冤枉气,光景乱套,还连累孩子!"对丈夫心痛之余有些抱怨。刘燕妈是实在人,听文海妈哭诉,心里也不是个滋味。她有同感,嘴上不说,她是来安慰人的,不是火上浇油的,她想了想说道:"已经这样了,谁家门上也难挂无事牌。想开点吧,过几年也就回来了。"

在农村,若无特殊缘故不会轻易悔婚。刘燕妈看重承诺。在她看来,文海父亲虽然出事,但也不是干了什么偷鸡摸狗见不得人的事,不就是厮打斗阵吗?又不是文海本人出事。至于前程,自从刘燕考县剧团的事黄了,她预期也就不高了,同为受苦人,什么前途不前途的,都是戳牛屁股,老镢把还能被夺走不成?她见女儿一人在家,便试探着说:"好好一家人,出这档子事。唉……这就是命。咱也得认命,只要文海好好的就行了。"刘燕点点头,没吭气儿,把母亲的话记在心里。

第二天,交口逢集,赵兴国见刘燕父亲背着背篓从沟里往出走,便上前搭讪:"赶集去?"刘燕父亲把背篓往起背了背道:"哦,自留地种了点葱,捎带卖了。"赵兴国叹口气道:

"你们咋把女儿给了李金富家？不是个好人家。一朵鲜花插在牛粪上！"显出极大的同情。刘燕父亲没回话，只是笑笑，好像不是在说他家事。赵兴国热脸贴个冷屁股，自讨没趣，讪讪地走开了。

文海每日照常上山劳动。玉米冒出一人多高，像青春期的少男少女，羞答答地冒出它们的雄穗雌须。他带着两位妇女做起了月老，清理杂交玉米母本雄穗，嫁接培植高产玉米良种。玉米林密不透风，闷热无比，钻进去不一会儿便像蒸桑拿一般，浑身大汗。绿茵茵的叶子看着温顺，但那不起眼的碎齿，能将人露出的胳膊、腿和脖颈划伤，热汗一浸，好似刀割般疼痛。

起风了，凉快些了，但乌云更加浓密，天地间越来越暗。路边枯枝烂叶满地乱窜，河槽的柳枝像喝醉了酒，摇头晃脑，成片的玉米林更如波浪滚滚。弧光一闪，轰隆巨响，炸破了天，酝酿多日的雷雨，终于从破碎的天空倾泻而下。文海急忙喊道："拔出的雄穗丢掉，赶快回家！"话音刚落，豆大的雨滴便从天而降，天地间白茫茫一片，雨帘横扫大地，干渴的黄土地冒起一股股尘烟。文海把脸盆顶在头上，只听得叮咚直响。跑得快也没用，半路淋成落汤鸡。

恰逢星期天，文博也在家。文海换了衣服站在门口看那雨势，窑顶边沿成了小瀑布，一股疾风刮来，雨水打在窗纸上，窗台上汇起一摊水。院子坑洼处聚起水坑，溅起层层水花，像开了锅。水沟里的水不断涌向院外。

吃完午饭，雨停了。雷雨性急，来去匆匆，地未必饱墒，浑浊的山水却咆哮起来，滚滚而下。文海走出硷畔望了望，山水不算大，但出工是不成了。下雨天是补觉的好机会，他本想上炕躺一会儿，但母亲却绷着脸说话了："今天你兄弟俩都在，商量个事。我最近考虑着，想给文博把婚结了。"

弟兄俩瞪大眼睛看着母亲。母亲解释道："文博不小了，迟早要结婚。今年家里运气不好，给文博办事，添点喜气。你们父亲不在家，我身体也不好，婚后儿媳妇还能给家里帮些忙。这事我考虑一段时间了。今天说出来，征求你们意见。"文博坐在门前凳子上，把头一拧反驳道："没有心情结婚！"儿子的态度，早在母亲预料之中，她严肃道："以咱家现在的情况，也没啥好挑的了。她模样一般，但一看就是个能吃苦会过日子的媳妇。如果这门亲事退了，你敢保证能找下比她强的？你满意了还要人家愿意呢！"文博顶撞道："找不下就算了，打光棍的人多了！"

母亲把文海看了一眼，想让他也劝几句。但文海开不了口。他知道哥哥一直看不上未过门的媳妇，不满这桩包办婚姻，于是想了想说道："这事还是要看我哥怎么想。"母亲生气道："那就打光棍吧！家里这光景，拿什么再给你寻婆姨呢？你也不小了，再过几年二十好几的人，哪有那么大的女子跟你呢！"

文海妈不是心血来潮，是经过深思熟虑的，既然主意已定，不会轻易更改，她打起了迂回战，请文治等一些说话有分量的自家人，给文博做工作。在经历一段时间思想斗争后，文博最终同意了。这让文海有点意外，可仔细一想，与父亲出事家道败落有关，没什么挑剔的资本了。想到这些，他心里也有些隐隐作痛。

母亲张罗开了，找媒人"土财主"商量。晚饭后"土财主"来到文海家，听了文海妈的打算，喝了口特意为他准备的蜂蜜水,眨巴眨巴由于疲劳过度带着红血丝的眼睛,咧开露着牙床的大嘴说道:"要事先和女方家见面,明确一下。"文海妈便客气道:"那就让你费心走一趟了。""土财主"道:"不一定上她家去,在交口遇集碰上她家大人,我给你说说。"他可不会专程去一趟,路途不远,但他一天也舍不得误工。幸而文博未来的丈人是个时新人,爱赶集上会,逢集必到。"土财主"家住村头,沟里出来进去的人,站院子里看得清清楚楚,遇见不难。

天不遂人愿,倒霉了喝凉水也塞牙。没过几天,"土财主"带回女方家的话:"人家说了,你们儿子一直不同意这门亲事,结了婚也未必能过到一搭,不如退婚算了,彩礼如数退还……"

文海妈听得"土财主"的回话,心里拔凉。但她不想让人看笑话,表情依旧坦然,没有抱怨,只说道:"噢……那还有什么说的,那就算了!麻烦你白跑一趟。"

从来都是文博挑人家,没想到人家会退婚。文海妈人前坚强,人后沮丧。文博喜忧参半,终于解脱了,但一点也高兴不起来,这分明是把自己看扁了,心里不免有了阴影。文海自然也心生悲凉。此事也不能全怪文博未婚媳妇,文博平时看不上人家,伤了人家的自尊。有道是:"夫妻本是同林鸟,大难临头各自飞。"何况他们还不算真正意义上的夫妻。只是有点功利机巧,让人一时添堵罢了。

好事不出门,坏事千里行。文博被退婚的事很快在前后沟传开了,也传进刘燕的耳朵。村里和学校好事者议论纷纷,用异样的目光看她,揣度着老大媳妇退婚了,老二媳妇会不会也退婚。李家村的事尽管有了定论,但仍在发酵,社会上依旧传播着流言蜚语："文海等一伙年轻人用农药把人家毒死了。"

自从文海父亲出事，除文博外，刘燕再没见过文海家其他人。尽管文博一直说没事，但他父亲被公安局带走是事实。刘燕晚上做梦，梦见公安局竟连文海也抓走了，从梦中被吓醒，思想负担日益加重。十六岁的女娃订婚，原本就有压力，学校调皮男生叫她"文博兄弟媳妇"。不知心理作用还是别人有意，总觉得带点讽刺意味。

媒是她大妈说的，出了这事，她大妈心里也不是滋味。夫妻俩在家嘀咕数日，这门亲事亲套着亲，当初他们极力撮合，但此一时彼一时，发生变故，他们不想让刘燕家为难受牵连。这一天，她大伯特意来到刘燕家说："跟李文海订婚的事，你们也不用过分担心。订婚不算婚，现在都小哩，回头要真不愿意了，退婚也行。"算给刘燕家一个交代，趁早表明态度，将球踢出去，以免日后留下话把儿。

退婚的决心刘燕下不了。文博对她有栽培之恩。虽与文海接触不多，但她心里是喜欢的，同情他的处境。她倒想安慰文海，但一时难以单独见面，只是默默为他祈祷。

14

阴历八月初，玉米到了灌浆期，棒子甜嫩，人还没尝到丰收果实，却招来了饿狗。尽管公社和生产队早已贴出安民告示，让管好自家的狗，但总有一些游荡的野狗和没拴好的饿狗夜里偷偷钻进玉米地里啃食粮食。队里不得不派人晚上看护玉米地。今晚轮到文海和文治执勤。虽然阴历月初没有月光，但河对面延州炼油厂的灯火彻夜亮着，半山坡炼化原油释放出的废气被点燃，仿佛熊熊火炬，映红了半边山川。尽管隔着一条河，但地里到处泛着红光，手电筒也不必经常打开。他俩扛着铁锨巡视，绕着前坪玉米地来到畔上。夜晚寂静，如有狗儿偷食玉米，十有八九能听得见。没发现狗，俩人便坐地上抽烟。

文治关切道："二叔来信了没？那边情况咋样？"文海道："来信了。劳改农场有一个伯叔舅在那里工作，能照顾上。早晚凉，我爸想要点衣裳。这两天我去送一趟，顺便看亲戚，以后还靠人家关照呢。"文治挥赶着耳边的蚊子道："去了代我问好。就说不用担心，家里有这么多亲戚帮衬着呢。二叔去劳改农场半年多了，总共三年，再有两年多就回来了，快着呢。"

在文海看来，父亲像去了很久。文治经常安慰文海，也多次同文海母亲谈话宽心。李顺顺也是一有空就跑到文海家自留地帮忙。但这些都解决不了问题。父亲不在家，文博哥又在外教学，文海的负担重多了。里里外外的活都落他头上，中午队里劳动回来，不得休息，拖着疲惫的身躯，不是在自留地，就是在菜园里忙。菜园里菜上来了，自留地的梨熟了，需拿去集上卖，换油盐酱醋。父亲在时，卖梨都是父亲的事，现在只能由他担到集上和母亲一起卖。文海一卖东西就感到羞臊。有一次走半道竟看见邢小莉骑着自行车从公路对面过来。此情此景，没自信与邢小莉见面，只怕被认出来尴尬。他像做贼似的急忙压低帽檐躲过。有时年幼的小妹去油矿电影院门口卖梨,文海在一旁看着。小妹胆大,一点不怵,小生意人干得不赖。文海心里愧疚,妹妹年龄尚小,却担当哥哥应尽的责任。

文海去延州南川劳改农场看父亲。狱警把父亲从铁门里带出来,半年未见,父亲瘦了一大圈,颧骨高耸,胡子拉碴。不难想象,一个谨小慎微的人,走此一遭,日子肯定难熬。文海把两件内衣递给父亲。父亲接过问:"家里还好吗?你妈的身体怎么样?"文海道:"好着呢。别担心家里,有我们弟兄俩呢。你多保重身体。"见狱警离开了,金富小声对文海说:"你舅来过两趟,狱警对我很好,不用担心,这里吃得比家里还好点。"狱警回来催促时间到了。父子俩又匆匆说几句话,结束了会面。

离开监狱,文海去了舅舅家。舅舅不是亲舅,是文海妈的堂哥,连级中层干部。按这资历,当个场长也不为过。他高小毕业,1945年参加工作。家里孩子多,日子比较拮据,屋里没几件像样家具,光景不比农民强多少。但毕竟是公家人,而且在农场工作,嘴上能好过些,吃食不缺。他对文海说:"回去跟你妈说不用担心,已经帮你父亲说好了,过了年让他放羊去,放羊比较自由。"文海听罢放心多了。住了一晚,第二天起身离开,下午两点抵达延州,忽而想起同学宋强正在延州。宋强下乡插队没在村上干,通过他爸的关系,以生产队搞副业的名义,在延州钢厂货运站当临时工。他爸是交口供销社主任,不是大官,但在商品紧俏年代,哪个不求到他?文海寻思难得出来一趟,快一年没见面,顺便找他聊聊,若能在他那儿凑合一晚,第二天再搭顺车回去,岂不省钱。家里出事,东凑西借已欠了不少饥荒,能省则省吧。

　　钢厂货运站在延州东郊，文海找上门时宋强正忙着指挥拉货车装运钢筋，见文海来了，打了个招呼，示意他稍等。把车指挥到位后，宋强走过来笑着问道："好久不见，你去哪里了，怎么来这儿了？"文海道："南川劳改农场看了一趟我舅。"他没说实话，不想随意告诉别人自己家的事，况且那是他的一块伤疤。知心朋友才可吐露衷肠，宋强虽是同学，但要说知心话还差点火候。宋强把文海带到货场靠山脚下的小院，那里有两孔窑洞，一孔办公，另一孔堆放杂物。文海见屋里空余着一张单人床，便试探问道："你们这里几人上班？"宋强一边倒茶一边说："两人，我和厂里的一个职工合署办公，他是钢厂的正式工，有家室不经常来。我平时住这儿。你先喝茶，我到外面招呼一下。"文海客气道："你忙，我没事。"

　　宋强出门，文海喝了一口茶，拿起桌上一张旧报纸看，把字缝看完，也没见宋强回来，他出去瞧，只见宋强和司机说笑着，张罗着装车。看得出他干得很顺心，也很得意。文海有点后悔来找他，便想走，又觉得现在走太唐突，无奈回屋继续等候。宋强回到办公室的时候，后面跟着个司机，俩人说笑着胡扯了一会儿，车装好后，司机开车走了。文海说："你忙得很。"宋强喝了一口茶水道："没办法，就俩人，那人又不常来，我得看着装车，还要开单子，事不少。你还在村里吗？"文海叹气道："还在村里。唉，运气不好。不像你干得这么好。"宋强摆手道："马马虎虎，瞎凑合哩！我到这儿半年多了，只回过两趟家，来去匆匆，哪儿也没去。"话音刚落，外面又响起了汽笛声，宋强便又要起身出门。文海觉得实在没意思，便也起身道："你先忙吧，我也没啥事，顺路看看老同学。我走了。"说着拿起放在桌上的挎包就要走。宋强觉得有点过意不去，赶忙说："不能走，等一会儿，再过半小时就下班，吃完饭再走！"说着硬把文海拉回椅子旁，文海只好又坐下。

　　下班后，宋强带文海到桥沟街上吃荞面饸饹。文海不知宋强听说了什么还是当了临时工身份变了，总觉得二人距离拉远了，眼神里少了在学校时那份热忱。文海当初在同学中威信高，宋强刻意接近他，不到一年竟有如此反差。文海自尊心强，脸皮薄，你不亲，他就不近，特别是同学和同龄朋友，他不会因谁高了去溜须拍马。本想借宿，顺便说说心里话，此刻也打消了念头。心里觉得今后没必要再主动找宋强了。与宋强道别，走到东关时，太阳恰好挂在宝塔山顶，天色暗淡。文海站在车站大厅发呆，去交口的客车没了，显然今天回不了家。本想省钱，却适得其反，还需多住一晚。他走出大厅，望着东关街来往的行人，犹豫一番，找了一家便宜旅社入住。虽然心疼，但骨头得硬。第二天文海没吃早饭便饥肠辘辘坐车回到家。

15

　　中秋过后的一天，文海在垴畔收割谷子。文治婆姨去趟娘家回来，没带钥匙进不得门，来垴畔找文治寻钥匙。陕北农村婆姨汉之间不直呼姓名，总是用"呐""哎"或者以孩子的名字代称，特别在外人面前更是如此。名字就是让人叫的，夫妻间却难启口。人们习以为常，不觉不妥，倘若直呼姓名，反倒听着膈应，不禁调侃："看把你能的，骚情马趴！"尽管文治婆姨在农村算时髦人，但还是张了张嘴不知该喊啥，离这么远总不能再说"呐""哎"，喊了也不见效。只好杵着像个木桩等人看见，可广袤的山梁愈发显人小，没人发现她。等久了心急，不耐烦地抱怨男人："死人，咋就不抬头看看呢！"恨不能手臂变长把那颗不听召唤的头拧过来。文治身边的胖婆姨无意中瞧见了，不但不帮着叫，还有意与文治谝得更欢，抽空把文治婆姨瞅上一眼，诡秘一笑。文治婆姨几十里路走回来，水也没喝一口，实在不耐烦了，便喊起了文海："文海！文海！叫一声你哥！"文海回头一看，当下明白。其他人也停下手里的活，看着文治婆姨，只有文治还听着胖婆姨瞎掰，听到兴起，哈哈大笑。文海对文治道："我嫂子叫你呢！"文治这才恍然回头，看见坡底的媳妇。胖婆姨却耍起了怪，喊道："你究竟是要老汉呢还是要兄弟文海呢？半天没见男人，想得不行啦？"逗得大伙儿大笑。文治忙问婆姨："咋啦，要什么呢？"婆姨道："门上的钥匙！"文治道："在常放的那个窗孔里！"特殊年代，穷归穷，但社会治安良好，钥匙随便找个家人知道的地方放着，问题不大。当然，也没什么值钱的东西可偷。文治婆姨道："没有，我找过了！"文治道："就在那里，你再往里摸！"文治婆姨道："知道了！"说罢擦了擦脸上的汗水，气鼓鼓地扭着屁股走了。胖婆姨对文治嬉笑着说："看今晚回去拧你耳朵！"文治苦笑道："还不都是你害的!"

就在他们说笑间,油矿高音喇叭突然响起了令人悲痛的哀乐,传来中央人民广播电台沉痛的讣告。

"我党,我军,全国各族人民敬爱的伟大领袖、中共中央主席、中央军委主席毛泽东同志,因病医治无效,于1976年9月9日0时10分在北京逝世!"

话音落地,如同晴天霹雳!

人们惊诧,不知所措,停下手里的活,屏住呼吸,身子仿佛被点穴,动弹不得。没有人相信自己的耳朵,但广播里伴随着哀乐反复播送着讣告,人们又不得不信。人们面面相觑,半张着嘴,说不出一个字。文海壮着胆子首先打破沉默,低声道:"主席逝世了?这怎么可能!"

人终归是要死的。但当时的人们,天天喊着万岁,电视里的主席似乎永远精神矍铄,尽管近一两年出镜少了,但人们从未想过,也不敢想,主席竟会逝世。习惯了在主席领导下生活,无法想象没了他老人家中国会怎样,百姓怎么办。

1月8日周恩来总理逝世;7月6日朱德元帅逝世;7月28日唐山大地震,死亡24.2万人;现在主席竟殁了!文海在这磨难重重的日子里,深感怅然。

一时间神州大地处于极度悲痛、慌乱、茫然之中。延州炼油厂大礼堂召开悼念大会,悲痛的哭喊声像山洪暴发一样回荡在礼堂上空,文海站在对面山上都听得清清楚楚。刘燕所在学校也召开了悼念会,师生痛哭不已,总觉得天要塌了。为收看北京追悼大会实况,延州炼油厂在热头山上架起天线安装了电视。通过电视机的小小屏幕能看到外面的大千世界，不少人第一次看见电视。追悼大会的实况牵动着人心，人们无不受到感染，虽然身在黄土高原，心却系着北京。

不到一个月，"四人帮"被打倒，拨乱反正，思想解放，天地复又宽。交口街上学生排起长队，扛着红旗，举着标语，敲锣打鼓高呼口号："打倒'四人帮'！"人们欢欣鼓舞，迎接"第二次解放"。

文海正在街上赶集，望着身边的游行队伍，只觉得世界变幻莫测。他不知粉碎"四人帮"意味着什么，国家将会发生怎样的变化，将给他带来什么影响。

16

秋去冬来，李家村的风云人物，如四季般更迭。公社兑现承诺，安排黑锤到县古草沟煤矿当工人，尽管只是挖煤工，却也是名副其实吃国库粮的公家人。"土财主"接了黑锤的班，做了副队长。文海被公社组建的文艺宣传队抽走，但这和黑锤的工人身份无法相提并论。也不是公社照顾，是宣传队需要，是同学推荐他去的。同去的还有李顺顺。无论如何，这对文海来说也算好事。父亲出事，他一度灰心丧气，这份新差事让他暂别繁重的体力劳动，也有心理调节的功效。

一天晚上，文海听见墙外有人喊："文海在家吗？"声音耳熟，出门一看，是"土财主"在墙外露个头。文海问道："怎么站外边不进来？""土财主"说道："我记得以前你家有狗呢。"他有阵子没来文海家了，跟在文海身后猫腰往里走，两眼滴溜溜东张西望。文海说狗吃了死老鼠死了，"土财主"听罢才直起腰板来。文海妈笑道："好汉问酒，赖汉问狗。你这么大的人还怕狗呢？"她拿笤帚扫了扫炕，把"土财主"让到炕沿坐下。"土财主"笑道："怕哩，咬上一口疼哩！"

"土财主"突然到访，文海有点意外，两家住得远，平时往来少。"土财主"寒暄几句，切入正题："公社宣传队还要人不？我家女儿你知道，就爱唱歌，能不能帮忙推荐推荐？"文海问是不是还在上学。"土财主"说道："刚毕业，没考上高中。学习一般，咱这种家庭，升学推荐肯定没份。"特殊时期，老先人挣下的家底没沾着，倒被贴了富农子弟标签。文海不想揽这事儿，但见上了岁数的"土财主"硬着头皮为女儿说情，直接驳回有点伤情面，便说道："我可以去说说，就怕办不了，我可不拿事。""土财主"笑道："那你尽力而为嘛！总比我强，我在公社一个人都不认识。咱们同村人，就靠你帮忙了，我知道你活套着呢！"他这样说，文海不好再说什么，未置可否。"土财主"自嘲道："唉，我这辈子瞎忙活，不会和公家人打交道，就会在山里瞎刨挖。这么多年从来没到公社干部办公室里坐过。"此话不假，"土财主"当了半辈子队干，他的天地仅限于村子和周边几个邻村的亲戚熟人。人勤快，舍不得误工，一年四季几乎满勤。也从不吃药打针，有个头痛脑热都扛过去了。他不呆板，只是喜欢跟受苦人打交道，有时还挺会说笑,刚和文海说那几句,就挺得体,让文海一时不好回绝。

文海说道:"见当官的做什么,日子过好最重要。咱村谁家光景能比得上你呢?""土财主"不以为然道:"我算什么好光景,这不还是来求你了。我那事,你可不敢忘了噢!"文海应了一声说知道了。见"土财主"下炕要走,文海妈客气挽留。"土财主"摆手道:"说不忙吧,常忙着呢,正忙又忙不下个啥。今天不早了,以后再来。"

"土财主"走了,母亲问文海是否真打算帮"土财主"女儿。文海道:"他女儿条件一般,在农村闹秧歌凑个热闹还行,到公社宣传队,有点拿不出手,估计推荐也白搭。"文海还有一层意思没说,虽然"土财主"和他家从未闹过矛盾,但毕竟是杨家人,背后没少说他家的不是。

心存芥蒂的文海拖着没开口,没帮上"土财主"的忙。"赵能人"的女儿赵星星却来了宣传队。她和"土财主"女儿一样刚毕业,但级别更高,是高中毕业。她逮住机会进入宣传队,不用回生产队劳动,也算好运气。如此一来,"土财主"女儿更没戏了。

宣传队成员主要是近两年交口中学的毕业生,高七五级文体班有韩梅、文海、雷秉忠等人。邢小莉去其他公社插队。李顺顺也想来宣传队,文海建议他找陈主任。陈主任是公社分管领导,逢大事和重要活动出面,这点事对陈主任来说不在话下。陈主任在李顺顺家窑洞住了两年多,作为房东,顺顺妈端水递茶烧炕没少忙活。陈主任听明顺顺来意,欣然说道:"你让文海去办,就说我同意。"有尚方宝剑，文海给负责人说一声便成了。村里无意见，公社每年给各生产队分摊有义务工，年底统一结算，多得少补，生产队不吃亏。

宣传队小小团体，却也是个大舞台。凡到此地的青年，多是俊男靓女或有一技之长。出身不一，成分不同，有插队学生，也有回乡青年，不同身份预示着不同的命运。物以类聚，人以群分。韩梅等插队学生和文海他们回乡青年在接触上有高低之分，并非刻意分类，是社会环境使然。公社干部对他们的态度也有明显差异。

韩梅是油矿子弟，不算大美女，但像个洋瓷娃娃。她家境良好，能歌善舞，平时有点孤傲，对文海却挺客气，这其中有一段缘故。那是上高一时，为了迎接国庆节，学校准备搞台联欢会，要求各班出节目。韩梅作为文艺骨干，自然要参加。有一天晚上排练节目时不见韩梅踪影。文海和邢小莉带领大家排练完节目，夜已深了，其他上晚自习的同学早已回家。文海独自回家，路上既无月光也无行人，只有矿区远远的灯火在黑暗中闪动，更显得周围漆黑。到了村口高崖砭与矿区分叉处，一对男女并肩慢悠悠向前走，脑袋不时靠在一起。听见后面来人，俩人本能地拉开了距离。文海怀着好奇心擦身而过时瞧了一眼，四目相对，认出了彼此，那人竟是韩梅。她吓得吐舌，急忙遮掩，已经晚了，文海不仅认出她，也看到了那位男士——在供销社上班的北京知青。那个年代，作为一名在校学生，这种幽会的情事可算丑闻。事后，文海没向任何人提起，韩梅自知有短，平时对文海很殷勤。

宣传队的队长是韩梅。文海曾是她的班长，但此一时彼一时，如今文海只要在宣传队站住脚就心满意足了。在韩梅的提议下，文海被指定为乐队负责人，领导雷秉忠、李顺顺等乐队成员。在文海看来，公社里的头头脑脑可以决定他未来的命运，须加倍努力，好好表现，尽量消除家庭带来的负面影响。锐气藏于胸，和气浮于面，才气见于事，义气施于人，努力妥善处理各种关系。

宣传队要编排一台文艺节目。舞蹈好办，可以借鉴或自创，难度不大，但反映当前农业学大寨的人们喜闻乐见的小歌剧就不易了。吃别人的残羹剩饭不新鲜，重新编排要有剧本，一剧之本是难题。文海萌生自己写剧本的想法。他从小就喜欢听故事，村里来了盲人说书队，《西游记》《隋唐演义》《薛仁贵征东》听得他如痴如醉。上中学后《钢铁是怎样炼成的》《烈火金刚》《林海雪原》……只要能找到的小说，他都读得废寝忘食。他被英雄形象所震撼，也为爱情故事所感动。书读多了技痒，文海试着写了一篇反映农业学大寨的短篇小说《决战》，得到老师赞赏，在同学间传阅。文海想到，结合自己一年来在农村切身经历，若将《决战》改编成一部眉户小歌剧，能继续过那创作之瘾，也好展露才华，岂不美哉！决心已定，立即动笔。在没完成之前，他没让任何人知道，怕写不好别人笑话他没本事瞎咋呼。他利用工作之余夜以继日偷偷编写。虽有故事基础，但写剧本可是大姑娘上轿头一回，要增补大量舞台剧场景、唱词、道白、动作等，初次尝试，难度不小。创作半月有余，反复推敲，终于完成初稿。导演似乎也不用请，他对情节和角色了如指掌，也就由他来导了。

剧本交给陈主任,又传到张书记手里。张书记年轻时也爱好文艺,重视文化宣传工作,宣传队就是在他倡导下组建起来的。拿到文海的剧本,张书记有点意外,读完本子觉得基础不错,接地气,于是召开公社党委会,集思广益,充实完善。一听说党委会专题研究自己的剧本,文海受宠若惊。党委会对《决战》剧本进行了逐句讨论和斟酌,文海认真听取大家的意见后,又历经几次修改,终成定稿。根据公社安排,半月内完成排练任务,春节前后下乡演出,年后三月份参加县上文艺调演。时间紧,任务重。文海和从教师队伍中抽调的一名专职创作员,加班加点填词配曲,忙得不亦乐乎。

正赶上年底公社欢送新兵,这是重大政治任务,从红军建军那天起,就成为一种优良传统。这也是新兵最风光的日子,穿新军装,戴大红花,精神抖擞。为了这一天,公社做了大量工作。当天把家属请到公社设宴招待,晚上放电影,大小人物忙得团团转。事再大,也得辣椒一行,茄子一垄,编排小戏的任务照常进行。文海和专职创作员修改《决战》剧本熬通宵,白天也忙得抽不出时间补觉。连轴转不免头昏脑涨,实在写不下去,就看电影换脑子,又困得看不进去,只得回窑和衣躺着小憩,一挨枕头,俩人睡得死沉。电影放映完毕,要给新兵家属安排住宿,吕部长把门拍得震天响,俩人却还在做梦,最后翻窗进去才推醒。吕部长以为他们不愿让在自己窑里安排人,成心不开门,瞪着一双牛眼,不问青红皂白,对睡眼惺忪的文海厉声吼道:"来公社几天就不得了啦,尾巴翘天上了,为啥不开门?"文海一脑袋糨糊,被莫名其妙训斥一顿。他没吭气，在公社大院，他是最底层的人，只能忍着。但他心里委屈。写东西太累才睡成这样，再说，明摆着是两人，就因那位专职创作员的父亲是大队书记，跟吕部长有点交情，他就只对着自己吼，看人下菜。受委屈事小，在公社领导那儿造成不良印象事大。第二天，文海主动找陈主任解释情况。陈主任知道文海最近改编剧本辛苦，便宽慰道："我听说了，没事，回头我给吕部长解释解释。"文海听罢，心里才好受些。

小歌剧《决战》经全体演职人员共同努力，终于排练完成，搭配歌舞节目，形成一台较高品质的文艺晚会。山村一隅，自古少有上门演戏的，一群俊男靓女又唱又跳，让村民倍感新鲜。随着巡演场次不断增加，同事们和公社一些干部投向文海的目光，也多了几分赞许。

17

刘燕文化课成绩一般，文艺特长突出。公社教育专干惜才，在公社研究初升高专题会上说："刘燕这娃是个人才，应该让她上高中，回了家就把这副好嗓子糟蹋了！"教育专干发话，领导提携，虽然录取率低，刘燕却成为刘庄大队唯一被推荐的高中生，惹得同学羡慕。

春节将至。刘庄村老支书又张罗着闹秧歌，通过文博找文海寻剧本，文海把《决战》给他，随即编排成秧歌剧。刘燕担任女主角。她看罢剧本，觉得文海果然有文采。她被剧中情节和人物的唱词、道白吸引，满怀深情一遍遍反复排练，却不慎使劲儿过猛，嗓子哑了。文博让她保养嗓子，为免打扰，索性带她回了李家村。文海在公社宣传队干了两个多月，暂别风吹雨打，穿戴整洁，整个人更有活力了。刘燕看在眼里，亦有所动。但她在李家村刚住一天，老支书就打发刘燕弟弟来寻人："书记说，你走了弄不成，舞蹈没人教，戏也没法排练，都停下来了。他让我给你捎话，不能唱可以不唱，但人得回去！"刚住舒坦，刘燕自然不想回去。她虽不是社员，但毕竟是村里人，书记又是自家长辈，话不能不听。秧歌剧排一半停了，不抓紧的确会误事。文海虽是局外人，但他觉得还是以正事为重，见刘燕犹豫，就催促道："先回去吧，注意保护嗓子，不忙了再来。"文博知道老支书说的是实情，不仅刘燕应该回去，自己也得回去。吃完饭，三人一起回了刘庄村，继续排练，直到临近春节。

交口年前最后一个集，天气阴沉，川道的风比山沟更硬，但一点不影响赶集人的热情。方圆几十里的人们，或挑或拉着待售的货物，源源不断涌向这个位于三岔路的集市。刘燕吃完饭精心打扮一番去赶集。自从和文海订婚，她去交口越发勤了，也讲究了，每次都提前一天把衣服洗得干干净净，晚上睡觉放在枕头下压得平平整整，第二天穿上，在镜前照半天。辫子梳了又拆，拆了又梳，被闺蜜几番催促才动身。说是去赶集，主要目的却是到文海家转转，若没个由头，农村没过门的媳妇很少去婆家。眼看要过年了，年后闹完秧歌就得去县中学上学，离家远，回来就少了,甚而一年半载也见不上面。她想着赶集能碰上文海或文博,被领到文海家住两天,即便不去家,街上见见面也好。走到李家村沟口,她向文海家望了望,看见窑洞和硷畔却无人影。闺蜜看出她的心思,调侃道:"快去把文海叫上一起赶集去。"刘燕口是心非笑道:"我才不呢!"没见到想见的人,刘燕依依不舍路过村子,继续向交口走去,想着只能在街上碰碰运气了。交口集市,车水马龙,公路两旁及百货门市前宽大的广场摆满地摊,熙熙攘攘,人头攒动。过年吃穿用度必须在今天置办齐全,不然就没时间了。赶集人很少闲逛,多少总会带点东西回家。卖主急待货物出手,换回春节需要的各种年货,因而纷纷扯破嗓门叫卖;买家货比三家砍价,一片嘈杂声,像捅破了马蜂窝。刘燕没见着要找的人,只办了点母亲叮嘱采买的年货,无精打采往回走。路过交口公社大门,她又向里张望,还是没见着想见的人。凡文海可能去的地方,她都不自觉留意。通信条件差,找人除了登门拜访,就是捎话写信,要想碰着,全靠运气。今天不遂愿,她只好闷闷不乐离开。

文海没去公社,临近年根,宣传队放假了。一早起来,他忙着帮母亲碾小麻,又烧起大锅出麻油。顺顺妈、文治婆姨送来水桶,等着分麻汤。麻汤尽管澄得没几滴油花了,但毕竟是过油的汤,飘着一股香气,做出的麻汤面很好吃。农村人平时做饭舍不得倒油,只将几颗杏仁切碎放进锅里炒,其实就是一锅水煮萝卜青菜,吃不出油味。孩子偶尔喝小米饭,筷子在油罐里蘸一下滴几滴,拌起来就觉得香得不得了。

杨二娃家院子里传出猪嚎声,整个村庄都能听见。但凡村里杀猪宰羊都由"土财主"担当屠夫。只见他紧搂着猪下颚，手握尖刀捅进粗壮的猪脖，却没戳准要害，四只猪蹄仍然乱蹬，只得狠狠补了几刀，一股殷红的热血顺着刀刃喷将出来。杨二娃婆姨赶紧把脸盆放地上，接半盆猪血。杨二娃的婆姨有病在身，只在家看孩子，顺便每年养一头肥猪，过年杀猪卖肉添补家用。

文海听得猪嚎声，便来到杨二娃家院子里买肉。"土财主"正伸着脖子，像个吹鼓手鼓着腮帮，抓住割开口子的猪蹄吹着，躺在石床上的肥猪如气球一般充盈起来，愈显肥壮。文海以为早来能抢占先机买块好肉，但有人比他心更急，来得更早，围观着"土财主"用娴熟的手艺给肥猪开肠破肚。不一会儿，两扇猪肉挂在架上，足足二指多宽的膘。可不知咋的，那肉上竟密密麻麻生着米粒大的痘痘。"土财主"探了探舌头对杨二娃低声说："米猪肉！"杨二娃的脸霎时蒙上一层霜，用指尖抠了抠尚未冻硬的肉，几粒银光闪闪的"珍珠"落在地上。他不禁哭丧道："倒霉啊，这不是要人的命吗！"盼了一年的希望破灭了，婆姨更是眼泪都飙出来了。这一家子，只有杨二娃一人上山劳动，劳力少，年底欠生产队粮钱还等着偿还；过年的各种费用，平时的吃喝拉撒几乎全压在这一宝上。猪岂能狠心长出一身虫卵？日子还怎么过？

在场的人探头探脑瞧肉，没人愿意掏钱割肉了。李顺顺低声对文海说："这猪肯定是粪……粪便吃多了，一个冬天在队里的粪……粪堆上找食吃。"文海失笑："那就更不能吃这猪肉了。你去不去交口街？时间不早了，再迟买不到肉了。"俩人遂出了杨二娃家院子，向村口走去。

文治父亲围着两扇猪肉踅摸半天，忽然问道："这肉怎么卖呢？"一旁的文治媳妇看了公公一眼，惊异道："你要买米猪肉？"文治父亲把腰直起来道："我这把年纪了，没什么好怕的。价格合适我就买。"灰不溜秋的杨二娃听得有人询价，就问"土财主"道："你说能卖个什么价？""土财主"板着脸说："半价处理！"杨二娃也只能放血，没办法。文治父亲伸出两根手指道："割上二斤，要肥的。"说着从怀里掏出钱来递给杨二娃，接过一条白生生的肥肉，趿拉着肥大的毡窝鞋离开了。一旁几个上岁数的老人见有人买米猪肉，便纷纷议论道："听说这种虫卵长得慢，十年以后才能长成虫，咱们这年岁到时候早死了。"说话间又有人掏钱道："给我也来二斤！"这个要一点，那个要一些，不一会儿竟卖出半扇猪肉。

杀猪是有回报的，一顿猪肉翘板粉是管饱吃的，临走还要带走猪尾巴。"土财主"给人杀猪，米猪肉不敢吃，白忙活半天，还耽误了挣工分，只能提着猪尾往回走，扫兴至极。猪尾也吃不得，他和婆姨年龄不算大，孩子们更不用说，嘴馋归嘴馋，命当紧，只能炼成猪油，沾点腥罢了。

文治父亲回到家，将买来的猪肉递给老伴说："等娃们睡了，把肉做着吃了。"老伴不解道："什么肉，还怕娃看见？"文治父亲瞪着眼道："米猪肉！娃们吃不得，别让见了嘴馋。"老伴点头道："噢！"不再言语，连忙把肉藏起来。

18

十五过后，刘燕在延州工作的堂哥刘维新突然捎话："延州歌舞剧团招收学员，建议报考。"刘燕闻讯兴奋不已。文艺团体招收学员几年一次，机会难得。刘燕上次与县剧团失之交臂，此番又重燃起希望。刘维新不是大官，曾在组织部门工作，现已调离权力部门，到延州食品公司当政工科长，平时却很关注文艺界。前年地区文艺调演，他听过刘燕的独唱，觉得刘燕是块料。他通过熟人结识了两位有分量的老演员，特别是陕北民歌女高音歌唱家陈老师，这次招生信息就是她提供的。

刘燕原本打算去学校报到，堂哥的这一消息让她推后了报到计划，转而抓紧备考延州歌舞剧团。无论闲在家，还是忙在外，嘴里总哼着歌儿，把考县剧团的科目反复练习着。二月初，她如期来到延州，住堂哥家，参加延州歌舞剧团招生考试。

由于特殊的历史地位，延州歌舞剧团承担着接待中外贵宾的任务，受到省、地党政机关高度重视，设施条件和人员配备都很好，专业水准响当当，创作、演出了大量在省内乃至全国都有影响力的剧目。学员招生面向全省，延州和省城分设两个招生点，录取后先学习三年，部分学员将送往省城院校培训，招录工作非常严格。刘燕报考歌唱演员，需经三轮考试，越往后竞争越激烈。第一轮，大浪淘沙，淘尽有想法无天赋的沙粒，刘燕自然不属于此类，所以顺利通关。第二轮，经一轮筛选，能入围的已是小有能耐的考生了。小小排练室坐满剧团领导和专家，后排还站了不少剧团里的热心观众，场面隆重严肃，考生难免紧张。刘燕唱的第一首歌曲是《老房东插曲》，初生牛犊不怕虎，她站在钢琴旁，凭着一套原生态唱法唱完一曲，在座的老师相视点头。坐在专家席位的陈老师问："你会唱《山丹丹开花红艳艳》吗？"刘燕脸红扑扑答道："会呢！"陈老师便让她加唱一曲。陈老师觉得她音色甜美，音准和乐感都很不错，是个好苗子，好好培养也许可担当陕北民歌独唱，也能替自己分担点工作，加之有她哥一份人情，便有心收她为徒，想让她最大程度展现能力，也想进一步观察她实力究竟若何，这才提出让她试唱这首音域更宽的歌曲。刘燕擅长高音，陈老师点的歌，正合她意。不愧是金嗓子，高音段落发挥得淋漓尽致，一曲唱完，大家更满意了。分管业务的郑副团长是一位著名舞蹈家兼编导，问道："你受过专业训练？"刘燕摇摇头。她唱的歌都是从广播里模仿来的。

第三轮要求化妆，身着正式演出服登台献唱，看综合效果。大舞台风水硬，不是谁都能行，有人平时看着不错，但上不得台面，着妆后别扭，胖了、瘦了、脸型也不对，动作呆板，站在台上不好看。舞台艺术讲究综合呈现之美，身段姿态也重要，要声形合一。刘燕虽没有十分姿色，但也有八分俊秀。曾经的演出活动磨砺了她，第三轮表现依旧良好。

在定夺录取与否的会议上，作为地区政协委员资深专家的陈老师明确表态："如果将来让我带学员，我看好刘燕，她是有潜质的好苗子。"经领导和专家研究，刘燕通过考试。

上次考县剧团落选，这次延州歌舞剧团考试居然十分顺利。县剧团以戏曲表演为主，讲究唱、念、做、打并重，对演员的要求比较全面。而延州歌舞剧团更讲究分工细作，就像大医院，越大分工越精细。歌唱演员主要看声乐条件，这正是刘燕的强项，加之其他方面也没有明显短板，录用也属正常。

招生进行到一半时，赵兴国得知消息，通过关系找到郑副团长，好说歹说，竟给女儿赵星星争取到了参加考试的机会。无奈部分科目已考过，只得另行补考。此次共招收歌唱演员六名，省城和陕北两个考点各招三名，赵星星最终成为六名之外的候补。她声音条件不错，算中上等水平，但在人才济济的参考大军里，外形条件一般，个头一米五六，能进后备军，已属不错。凡进入预选名单的学员，都让回家等候政审和体检，如正式入选者出问题候补顶替。刘燕和赵星星是一道沟人，考完试，相伴回家。

刘燕此番考试文海事先不知，是文博告诉他的，但不知考得如何。赵星星考完试回到宣传队，几位女同事将她围拢，询问考试情况，在她们看来能参加就了不起，一般人想都不敢想。文海好奇凑上去听。赵星星瞅文海一眼，口气怪异道："刘燕考得好着呢，有你的好事哩！"文海听了丈二和尚摸不着头脑。啥意思？说是好事，口气却怪怪的，似有弦外之音。

赵星星和文海曾有误会。文海比赵星星大几岁，当年文海读高二，赵星星才刚考入交口中学。开学那天"赵能人"找到文海委托道："你晚自习回来，把我们赵星星叫上，她年龄太小，又是个女娃，一个人不敢走夜路。"晚自习九点多下课，冬季已是繁星当空,寒风凛冽。进村有段小路要过条河,小伙子独自走也怕,文海就被吓过。有次放学回家,月黑风高,河边有"不明动物"晃动,文海捡起一块石头砸过去,却听得一声惊叫:"谁呀!"竟然是人!文海走近一瞧,是"土财主"在河里洗猪下水。"土财主"气鼓鼓道:"愣后生,砸到还不把我老命要了!"文海庆幸没砸着,连忙道歉。男孩尚且害怕,何况小女娃。"赵能人"拜托文海,文海应道:"行啊,可是我怎么找她呢?"赵兴国说:"不用你找,她下课后在你教室后门等你。"当晚,赵星星如约在后门等候,文海因事打岔,竟将此事忘得一干二净,从前门走了,赵星星被放了鸽子。文海当夜想起,直拍脑门,第二天主动找赵星星,人家已办了住校手续。文海不知赵星星那晚怎么回的家,事后难免有愧。

  赵星星那番话,自然是话里有话,她觉得刘燕考好了对文海而言未必是好事。赵兴国知道后不服气,对婆姨道:"想不到刘燕老子老实巴交,生个女儿厉害得很,比咱星星考得还好,是不是背后有啥人呢?好像她有个堂哥在延州,不知道现在是干什么的。"

  "文海找了个好婆姨。"婆姨说道。

  "等刘燕出去了,是不是婆姨还难说!"

  "也是,文海很难出去。"

  "不是难,是根本不可能!"

19

考完试已一个多月，刘燕在家等通知，一直没去学校报到。县中学已经开学，音乐老师和刘燕一起参加过文艺调演，欣赏她，又与马老师是高中同学，便通过马老师捎话，让她先来上学，这样如果考不上剧团也不至于影响学业。刘燕犹豫，一则觉得剧团的事应该没问题；二则学校在县城，离家远，须住校，需交学费和伙食费，家里捉襟见肘有困难。万一剧团考上了，岂不是白忙活？

赵星星家离交口近，抢先一步得到通知。领导还捎带给她一项任务，让她转告刘燕，第二天上午，和她一起带着本人所在大队或学校政审材料到延州炼油厂医院体检。外调人员觉得俩人刚从校门出来，政审应该没问题，就让本人带着盖章的政审材料来，省得他们再跑腿。剧团让转交，赵星星不敢怠慢，但让她跑好几里路送到刘燕家，就觉得麻烦，便决定将政审表交给文海，既保险又省事。文海正为自己成了局外人过意不去，赵星星恰好给了他表现的机会。尽管赵星星的目的不是帮他，甚而巴不得他俩关系破裂，却客观上起到了搭建鹊桥的作用。文海接过崭新的政审表兴奋不已。他本以为刘燕只是碰碰运气，毕竟全地区乃至全省人外有人、天外有天，好事怎能落到她头上，因而此刻不禁对刘燕肃然起敬。事关重大，耽误不得，须尽快把政审表送到刘燕手上。

　　这段时间，刘燕考延州歌舞剧团的事在文海家亲戚和邻里间传开，尽管八字还没一撇，但不少"好心人"杞人忧天，对文海妈说："刘燕出去了，这门亲事可能就完了。"文海妈笑笑说："那只能去碰命，有什么办法呢。"文海与母亲看法一致，不管别人怎么说，即便真有一天刘燕出去了退婚了，做个朋友也行。何况自己万一有朝一日也出息了，岂不圆满？

　　文海到刘燕家已是下午四点，学校距家七里路，刘燕去开完证明再返回来，有人陪同才安全，幸好文海来了。文海第一次陪刘燕办事，心情喜悦。行走在山间小道，置身于霞光之中，望着连绵起伏的山峁沟岔和蜿蜒曲折的河流，瞅一眼身边如花似玉的美人，他被这氛围深深陶醉。他俩上路已是后晌，夕阳的余晖越过河滩爬上东山半坡，河道路面随着阳光的隐没，像变凉的甑糕，表层渐渐硬化，不再难行，他们很快便到了学校。毕竟是农村，且刘燕是到学校办事，人多嘴杂还得注意影响，文海便去附近同学家等候，等刘燕办完事再找文海一起回家。

　　学校老师见了刘燕十分热情。刘燕在校时经常外出参加文艺演出，老师们对她刮目相看。现在刘燕竟然要进延州歌舞剧团，颇让这些山沟里的民办教师啧啧称叹。延州歌舞剧团是陕北地区的文艺殿堂，引领着时尚潮流。团里的男男女女在这贫瘠闭塞的黄土地上，算得上是最洋的一群人。老师们为有这样一位学生而感到骄傲。

　　马老师从刘庄小学调到这里教学，明知刘燕和文海订婚在先，却从未停止追求。在村时，他有一次借口到刘燕家串门，刘燕不在，家里老少没人和他谈得来，觉得没劲，便起身出门，在院子里被刘燕大妈撞见。刘燕大妈觉得有辱刘家门风，黑着脸说："你这个马老师，还是个教书先生，明知人家订婚了，老在这里溜达做甚呢？"马老师脸红着解释道："有点事，问个话。"随即灰溜溜落荒而逃。

马老师比文海家庭条件好多了。文海家出事，马老师便觉得有机可乘，认为刘燕定会退婚。但一直没见动静，心理不免纳闷。今日偶遇刘燕来学校填政审表，见她更出众了，爱恋之情涌上心头，就特别殷勤，不是他的事，却抢着填鉴定表，恨不能用尽赞美之辞。手续办完，恰逢灶上开饭，老师们留刘燕吃晚饭，盛情难却，刘燕只好客随主便。饭后马老师提议："今天回去也办不成啥事了，你这一走还不知何年何月才能回母校一趟，倒不如住一晚，和大家拉拉话，明天一早走，十点多体检，能赶上。"刘燕曾经的班主任是个女老师，和其他几位老师一起帮腔挽留。黄昏将至，本来办事简单，但一时脱不得身，耽误了时间，现在走恐怕要赶夜路。虽有文海相伴，但路不好走，也没带个手电筒，如此想来，留宿一晚明日早起再走也是良策，遂请一个同学悄悄转告文海明日再走。

班主任的窑洞宿办合一，窗前摆两张办公桌，后炕两端支两张床板，便是就寝处。另一位老师特意回家，给刘燕让床。夜已深，其他老师回窑休息，马老师仍未离开，三人继续闲聊。人少了话便可直说，马老师问刘燕："你出去了，李文博的兄弟咋办？"班主任心直口快道："咋办，只能凉拌！依我看，就不该订婚，他们家没前途，退婚还不是迟早的事，要退早点退，互不牵挂，也不耽误人家。"话丑理端。多数人都如此认为，只是事不关己不说罢了。他们不清楚刘燕和文海之间的关系，也不了解文海的为人，只认识文博。而他们对文博印象一般，文博这学期被排挤到其他学校去了，故而推断他兄弟好不到哪里去。这样的家庭，这样的人，没什么可留恋的。班主任的话说到马老师的心坎上，他正是这样想的，只是不便说出。当然，他也清楚，刘燕进了延州歌舞剧团，即便退婚，他也未必有戏。在他看来，文海是半路杀出的程咬金，横刀夺爱，出于嫉妒和怨恨，他希望他俩散伙。刘燕听得俩人说辞，心中不免翻腾。去年文海家出事，就有人这样说，现在刚有点出头的希望又有人提起。她知道这是出于好意，也并不反感，但让她真悔婚，却干不出这事。她人不大，话不多，却有着女性独特的蕙心兰质，不刻意攀附，不落井下石。她出于礼貌笑笑说："走一步看一步，到时再说了。"这样说，别人也没啥好说的，又闲聊一会儿，马老师怏怏不乐地回自己房里睡觉去了。

　　第二天，文海早早起床，不便到学校直接找人，就托同学叫了刘燕，二人匆匆忙忙九点前赶到油矿医院。刘燕只身去体检，文海没露面——不能让剧团的人知道他们这层关系。赵星星由父亲带着体检，赵兴国陪在两位外调人员身后满脸堆笑，不时递上一枝红延州烟献殷勤。体检完毕，赵兴国还领着他们去交口食堂吃了一顿，又送上车看着离开。

　　赵星星把刘燕带到家，赵兴国显得很热情，嘴很甜，刘燕一时糊涂，觉得他不像人们说得那样坏。离开赵星星家，刘燕去了文海家。文海妈张罗着要做饭，她却说在赵星星家吃了。文海心里嘀咕，赵兴国对她热情，恐怕没好事。尽管一时说不出个子丑寅卯，但总觉得不踏实，便打预防针道："还是少和他们家接触为好，提防着点。"听了文海的话，刘燕心里不以为然，但没吭气。

20

天街小雨润如酥，草色遥看近却无。对农家人来说，春天是播种时节，所谓收获近看却无。这意味着青黄不接，忍饥挨饿，加之农活繁重，家家户户度日不易。刘燕家更是如此。大人在山里忙着，弟弟和妹妹在学校上学，刘燕一人在家等通知，时间过得很慢，百无聊赖，便去了文海家。待到下午，天色不早，欲起身告辞，文海挽留道："忙啥呢，回去也没事，在我们家待上两天吧。"文海妈也帮腔道："你家里还有啥撂不下的哩。就在这里住下等通知吧！"

刘燕嘴上说回去，心里不想走，只是姑娘家的矜持罢了。即将进剧团，以后见面机会就少了。面对文海母子盛情挽留，便不再推辞。这一住，俩人接触机会多了，你有情我有意，真正谈起了恋爱。刘燕不摆谱，很亲近，文海尽量请假陪她，温暖体贴无微不至。文海妈见准儿媳妇快成公家人了，却无变心迹象，高兴得合不拢嘴。尽管家里也困难，却尽量做可口饭菜给她吃。有人爱有人疼，刘燕仿佛掉进蜜罐里。

初春忙乱，家人都出去忙了，只剩二人在家。忽而窗外飞进两只燕子，围着墙上的燕窝，扑扇着美丽翅膀，叽喳鸣叫，一点不陌生，好像进了自家门。文海笑道："春天到了，燕子回来了。"刘燕道："我们家也有燕窝，去年养了一窝小燕子，该长大了吧，不知会去谁家呢。"

文海闻言，随口道："是呀，小燕子该归谁家呢？"刘燕听得，略一联想，羞赧起来。文海也才想到，连忙从柜屉里拿出一副扑克牌打岔问刘燕："你会玩牌吗？"刘燕说她会用扑克算命，文海便把牌递给她。她低头摆弄扑克牌，身体不时前倾，两颗头几乎碰到一起，刘燕的发香沁入文海心扉。刘燕给自己算了一卦，笑道："我命里有靠山！"延州的堂哥便是靠山。她要给文海算命，文海不想算命，他运气一直不佳，倘或再算出点什么不好的命来，让人尴尬。他也不信这个，就换了个形式，玩儿起了"抽王八"。这是小儿科，但恋人之间玩儿就不一样了，好似有了魔力。文海有意把牌攥紧，不让刘燕轻易抽出，两手相触，更添刺激。

几天下来，两人形影不离，村庄地头有他们的身影，山川小道有他们的足迹。晨曦朝霞、清风明月，陶冶着彼此的情感。不管在家还是在外，只要避开人，就找借口拉拉手，如同陕北民歌所唱："你拉哥哥的手，我亲妹妹的口，拉手手亲口口，咱们两个圪崂里走。"老人们自然觉得怪异，还没进门，就黏糊成那样，甚觉世风日下，人心不古；年轻人吃不着葡萄说葡萄酸；孩子们像看西洋镜似的，大惊小怪，腼腆的小姑娘见了自己先羞红了脸。

文海妹妹放学回来，小手从兜里神秘地掏出一把不知什么东西塞到刘燕手里。刘燕一看是毛杏,惊喜问哪里来的。文海妹亲昵地说:"咱家树上摘的。"刘燕顺手拿起一颗擦了擦,咬了一口,倒吸一口气:"真酸呀,不过我爱吃酸!"相处没几天,未来的姑嫂像亲姊妹似的。

文海和刘燕在村子周边转悠多日,熟悉的眼睛太多,被瞅得不自在,就想到大地方转转,到没人认识他们的天地间走走。于是他们来到五十里外的安定县城。安定县城是常集市,街上整日人流不断。煎饼、凉粉、碗托等小吃随处可见,誉满黄土高坡。街道上几处百货、五金等国营大门市一字排列。民间顺口溜:"米脂的婆姨绥德的汉,清涧的石板安定的碳。"煤炭大县,不缺煤烧。古老县城多为清一色砖窑,年代久远,风吹雨打烟熏,窑面房檐留下厚厚的灰垢。

走进百货商店,刘燕在女性用品柜前踅摸,文海从她不大自然的举动中猜出几分。按说男人买女性生理卫生用品实在别扭,但恋爱中的男孩在女朋友面前往往神勇无比,他指着柜台内卫生带对女服务员说:"把这个给我拿两条。"服务员用疑惑眼神看他一眼,又见他身后站着个羞羞答答的女娃,便懂了,递出卫生带。刘燕接住掏钱,文海抢先付了。

这家百货商店比交口的商店大好几倍。转悠半天,没什么可买的了,兜里也没钱,便走出大门。刘燕就要走了,文海突发奇想,试探问道:"咱俩照个相怎么样?"刘燕愉快应允。保守年代,男女一般只有结婚时才会合影留念,照相师傅自然以为他们是拍结婚照,认真地给他们摆弄姿势。"再靠近点,头往中间……"师傅说着用手把俩人的头往一块按了按说,"对,就这样，不要动。"二人紧相依偎，心底暖流涌过。文海因紧张而机械地笑着；刘燕是当演员的料，微微一笑很自然。师傅走回相机撩起黑布帘，对好镜头，探头道："注意啦，笑一笑！"将手中皮球捏扁，啪一声，一道闪光，摄取二人第一张神圣情侣照。

太阳西斜，在自由市场吃了碗凉粉，踏上返程的路。五十里路不经走，不觉一口气骑了三十里路，文海把自行车停路边，让刘燕下车。他按了按车轮胎说："气不足了，走走吧！"轮胎气其实够足，只是时间尚早，文海不想现在就回去，失去俩人独处的时光。刘燕说道："好啊，腿都坐麻了，走走更好。"是不是真麻？只有天知道。也真有意思，明明想多待一会儿，却不明说，非找借口。文海推着自行车，东拉西扯讲着新鲜见闻，刘燕和他并排走着，听得很专注，不时插话。倒不在乎彼此聊什么，只要待一起便有意思。不知不觉中，到了交口，意犹未尽。文海十四岁那年寒假，曾随父亲去安定县城，没有交通工具，只靠双脚硬走，快到家时，累得腿如铅铸，只盼着有辆自行车。今日有车不骑偏想走，爱情魔力又一证。

夜已深，春季忙播种，劳累了一天的家人早已入睡。文海和刘燕拉着话，毫无睡意。几日来更熟悉了，文海胆子大了，他们坐在炕上越挨越近，文海趁刘燕不备，抬起右臂搂住刘燕脖子，鼓起勇气在她脸上亲了一口，顿时一股热血从嘴巴涌向全身。这时，窗外传来响动，俩人下意识地连忙分开。文海下炕走出门外，眼前一晃有人出了院门。原来是有人好奇来听门了。这在农村不足为奇。但文海和刘燕又不是新婚燕尔，只是恋人，没什么可听的。轻轻一吻已上天堂，也不会干别的了。文海安顿刘燕休息，自己到隔壁小窑睡去了。

翌日醒来，文海躺床上思考着想写点什么，思绪万千，情浓意切，爬起来，挥动笔杆子，在纸上洋洋洒洒写下一封情书，又工工整整誊写在笔记本上。待家人出去后，文海将笔记本送给刘燕。刘燕翻开一看，是这样写的：

> 你是我前世知己，在狂风和飞雪中见证着世态的沧桑巨变。你是我今生的红颜，在细雨和繁星下眷恋时光的点点滴滴。溪旁的乡道上，涌动着脉脉温情，浅浅一回眸，激发幸福之电，轻轻一牵手，热流袭遍全身。花开花落终有时，相逢还觉相见晚。因缘和合，知音难求，切莫升沉中路断！
>
> 爱你的哥：文海

字里行间，深情可见。文海是唯一触摸刘燕敏感神经的男人。刘燕看似不动声色，实则心底起波澜。她也在笔记本上写道：

> 亲爱的，我的心属于你，出去后一定让我哥帮你。祝早日有个好前程！
>
> 妹：刘燕

朴素的语言表达着深深情义。她把笔记本回赠给文海，把诚挚的心交给他。

21

　　自从延州歌舞剧团把赵星星定为后备，赵兴国心里就犯嘀咕，盘算着如何扭转乾坤。闺女考完试后，他没急着回家，晚上提着好烟好酒土特产，满脸堆笑敲开郑副团长家的门。郑副团长开门一看便知来意，不悦道："不许拿这些东西！"他是业务型干部，有知识分子的清高，不爱搞歪门邪道。再说，这事不是他说了算，既然办不成，更不能无功受禄。赵兴国尴尬道："我总不能空手进门嘛！"郑副团长严肃道："你不把东西拿走，什么都免谈。"赵兴国见其态度坚决，赶忙笑着改口道："特产是自家种的，算我一点心意，烟酒我一会儿带走，这总可以了吧！"听他如此说，郑副团长才让进屋。落座后，不等赵兴国开口，郑副团长便说："你那事不是我不愿帮忙，团长办公会研究决定，参加的人比较多，谁也不好随意改变结果。"赵兴国说道："有没有增加名额的可能？娃太爱这一行了。农村娃不容易，没有别的出路，失去这次机会一生就毁了。"郑副团长道："名额是劳动部门下达的，不能随意增加。"赵兴国又问："一点希望都没有了吗？"郑副团长道："除非排在前面的人政审或体检不合格，才有可能补进来，但这种可能性极小。"

　　离开郑副团长家，赵兴国若有所思。说者无意，听者有心。回到家，他细细回味郑副团长最后那句话，心底隐隐燃起一丝邪火,竟在政审上动起了歪脑筋。政审不合格?除非家庭成分不佳或父母有政治问题,可这是秃子头上的虱子明摆的事,刘燕家大人,前后沟都清楚,老实巴交的受苦人,能有啥问题?这类事,都以组织调查为准,很容易说清。刘燕还能有什么事呢?和文海订婚算软肋,仅凭此事也难告倒。但无论如何,赵兴国谋上此事,偏要试试。告恶状,他驾轻就熟。告什么,怎么告,告状信都给谁,他了然于心。既然要告,问题就要写得严重些,要造成影响,不痛不痒不顶用,一不做二不休,得想办法把刘燕搞臭,自家女儿才有可能补进去。以前和他较量的都是政治对手,成年人,这回用他这把老刀对付一个弱女子,还真是头一回。但他权衡利弊,为了女儿,什么怜香惜玉和道德良知,都顾不得了。酝酿成熟,伺机而动,他盘算着等政审过后,将准备好的材料万炮齐发,突然袭击,打对方个措手不及。他想着团里总不会为刘燕一人再次政审,没准就把刘燕拉下来了。他给剧团主要领导一人一封告状信,还不忘转移目标嫁祸于人,落款处冠冕堂皇写着"刘庄村广大革命群众"。革命群众是谁?是刘庄村人,只有他们最知底细。没有具体人名,无法对号入座,这是告状的艺术。

　　告状纯属捏造,却不出所料,引起团领导重视。外调政审的两位同志把问题考虑简单了,没深入调查,走了过场,对告状信反映的问题一问三不知,受到领导批评。幸而刘燕的专业水平是歌唱学员里拔尖的,出于惜才,领导慎重考虑,决定另派专人重新深入调查,一探究竟。团里为了刘燕专门开展调查,这是赵兴国始料不及的。本次参与外调的是郑副团长和陈老师,他俩受组织委托,亲自到村里和学校进行调查。二人来到交口已是下午,在当地旅社住了一晚，第二天九点进刘庄村。庄稼人吃完早饭尚未出山，一个小女娃把他俩领到老支书家。他们递上介绍信，老支书非常热情，但二人突然到访，家里没备招待烟，便递上手里的旱烟锅对郑副团长说道："抽上几口。"这是农村人习以为常的待客方式。郑副团长摆手道："我抽不了那东西。"老支书笑着收回烟锅道："你们演员要保护嗓子哩！"郑副团长掏出自己的延州烟，给老支书递上一支说道："我倒不唱歌，你那烟太硬我抽不动。你抽这个吗？"老支书摆手道："你那烟没劲，不过瘾，我还是抽我这个。"说罢划着火柴，点着旱烟锅叭叭抽了两口，吐着呛人的烟雾，笑呵呵的。郑副团长吸着烟，切入正题："我们到这里来，主要想了解一下你们村刘燕的情况。"老支书以为是正常外调，实打实说："这年轻娃好得很，包括她家大人，都是实在人。"郑副团长顿了顿问道："有没有……闲言碎语方面的事？"老支书闻言愕然道："没有，这娃很本分！"郑副团长道："听说刘燕订婚了，是咋回事？"老支书道："这倒是真的，家里大人给订的。"

老支书婆姨是个灵醒人，听来人在调查刘燕的问题，便溜出门给刘燕妈通风报信去了："剧团来人调查你们刘燕的情况哩！"刘燕还没回来，她妈一听便着了急，停下洗碗的手问："调查刘燕什么呢？"老支书婆姨道："好像问订婚的事哩！"刘燕妈心里打起了鼓：这订婚还有什么说法？便直愣愣站在那里，脸上血色褪却，茫然不知所措。老支书婆姨虽然也是农村人，但老汉当支书多年，上面经常来人，经事多些，提示道："你赶紧把家收拾一下，我回去给老伴透个话，把人留住。中午叫人来家吃个饭,我一会儿过来帮你。"

农村人厚道,邻居来了客,有时会主动帮忙,何况她们本来就是一家子,平时关系又好。老支书婆姨扭身要走,突然看见墙上相框有文海照片,急忙提醒:"照片快收起来,不敢提文海!"刘燕妈闻言连忙卸下文海照片藏进抽屉,又重新把相框挂回原处。二人来到老支书家门外,听得窑里动静,赶紧进门,老支书婆姨便向来客介绍道:"这就是刘燕妈。"两位老师看见年长的刘燕妈,从炕沿上下来打招呼:"老嫂子好!"刘燕妈局促道:"你们好……你们好,啥时候来的?"郑副团长道:"刚来一会儿。"陈老师是省城人,不大懂刘燕妈的重口音,不大吭气,只是站着微笑。刘燕妈说道:"你们话拉完了?到我们家去坐坐。"郑副团长道:"谢谢了,就不去了,以后再说,今天还要去别的地方。"说着,俩人拿包就要动身。刘燕妈愈发急了:"到家门口了,哪能不去坐坐?认个门嘛!"好像对方去不去她家,决定着女儿一生的命运。她比往日胆大了许多,说着一把拉住两人的胳膊,生怕人跑了,大有挡驾之势。二人见刘燕妈如此诚心挽留,交换了一下眼神,觉得与刘燕家人拉拉话未必是坏事,便应允了。刘燕妈松开拉扯的手,脸上堆笑,领两位到家做客。二人进家门一瞧,有点意外,家里没一件像样的东西。简易的木桌上,放着几个破损的盆碗,连坐人的凳子都没有,靠墙支着一块石条充当座椅。唯有家庭主妇一看便知是个干净人,穷归穷,破归破,收拾得干干净净,锅灶炕沿擦洗得黑明锃亮。

刘燕母亲把两人让上炕,拿碗倒了开水,寒暄几句,话也不多,就到灶火圪崂做饭去了。刘燕的父亲更是老实过头,头戴一顶洗得发白的塌檐帽，帽檐破损露出蓝色内衬，一进门对他俩笑笑，低弱的声音问候一句："来了。"便走到后脚地站着。他不会待客，也没什么可招待的，连盒烟都没来得及买，手也不知道放哪儿，拘谨得好像自己成了客。他呆站了一会儿，实在不知道该说啥，便出门去院子里溜达。老支书婆姨在灶火圪崂寻长递短帮刘燕妈做饭。

两位老师坐定后，随意聊了几句天，便切入正题。郑副团长问："你们家刘燕订婚是怎么一回事？"刘燕妈停下做饭的手道："这拉扯起来有点亲戚关系，去年底，两家大人做主订了婚。"书记婆姨赶忙插话道："农村这种事多了，订婚不算婚，说退也就退了。"此时，刘燕妈再没见识，也会揣摩别人的心思说句善意的谎言："就是，大不了退婚，总不能为这事把娃一辈子害了。"两位访客听着点了点头，他们希望听到这样鲜明的态度。郑副团长又问："刘燕哪里去了，人不在家？"刘燕妈撒谎道："有点事出门去了。"郑副团长道："捎个话吧，让她明天上午来交口旅社一趟，我们有话要当面与她谈。"刘燕妈连连点头。她知道刘燕就在文海家，不远，夹着一泡尿也能把话传到。

拉完话，两位看起了壁挂相框。刘燕妈庆幸文海照片被提前卸掉，没了顾虑，便大大方方凑过去介绍着一大家子的人，特别是出门的亲戚，提起也是一份光彩。陈老师虽是西安人，却对陕北特色小吃感兴趣，听刘燕妈说做荞面，便走近锅台瞧她擀面，说道："荞面好，我爱人也是陕北人，就爱吃荞面，回到老家经常吃。"刘燕妈一边擀面，一边笑着说道："都一样，我们家那些出门人回来,也专门要吃荞面。他是陕北哪里的?"陈老师道:"延州南川人。"刘燕妈道:"噢,南川比我们这里条件好,地肥人少,北面逃荒人经常往南川跑。"刘燕父亲进门在灶火圪崂帮着看火。几个人忙活一阵,饭端上来了,西红柿鸡蛋汤剁荞面。别看刘燕妈人穷,但做得一手好饭。没啥食材,一点小麻油搁勺里烧得红红的,炸点葱丝和辣椒面调在汤里,闻着香香的,两人吃了直夸。饭也吃了,话也拉了,两位老师起身告辞。

他们走下坡洼,碰见一个老头,掮着镢头弯腰走路,便想侧面了解一下刘燕。队干只代表组织,那么社员又如何看呢?也很重要。郑副团长上前一步,一边递烟,一边客气问:"老人家您好!地里干活去了?"老头正是刘燕大伯,刚从自留地里回来。他从对面沟出来,过河进村,老远就看见这俩人从自家坡洼走下来。山沟里闭塞,偶然来个陌生人,特别干部模样的人,几十双眼睛盯着,总要打听哪来的,干什么来了。他俩刚进老支书家门不久,村里就传开了,刘燕被人告了,单位来人调查情况。刘燕大伯也听说了,见郑副团长打招呼,便停下脚说:"我不吃烟。自留地有点活儿,抽空干一点。"郑副团长问道:"今年高寿?我看您身体挺硬朗的!"刘燕大伯答:"六十八,奔七十岁的人了,腿脚不好使了。"说着便蹲在路边的地塄上——他觉得站着说话别扭。郑副团长也学他蹲在地上,切入正题问道:"向你打听个人。你认识刘燕吗?这娃咋样?"刘燕大伯闻言道:"一个庄里的人咋能不知道?要说这娃,恐怕一道沟也是有样的乖娃呢!"他觉得是村里哪个心术不正的人眼红,做短事告刘燕,正憋了一肚子气没处撒,又提高嗓门道:"有人说刘燕的不是,不晓得这些人心坏了还是眼瞎了，不怕折了他们的阳寿！"说话间气得满脸通红，嘴里唾沫星乱飞，溅到郑副团长脸上。俩人虽没怎么听懂这浓重方言，但听出了大概意思，有点惊讶：这人是谁，犯得着这样动怒？郑副团长连忙说道："没事，没事，随便问问，好着呢就好。"

两位老师一离开刘燕家，刘燕妈就打发刘燕弟跑到文海家，告知刘燕情况。嫩苗哪经得起风暴摧？涉世未深的刘燕霎时蔫了。文海震惊的同时感到内疚和自责。听到噩讯的一刹那，文海第一反应觉得是冤家赵兴国所为。预判没错，但他没想到赵兴国是为了自己女儿。不管怎样，文海虚长几岁，经事也多，慌乱中冷静一想，发愁无用，亡羊补牢比坐以待毙强，应该想办法把影响降到最低，便对刘燕说："你快回去吧。我去延州找一趟你堂哥，让他做点工作。"刘燕闻言像抓住救命稻草。当天下午她回到家，想着明天要见剧团里人，心里忐忑。他们会问啥，该如何应答？她也盼着文海尽快找到她哥使使劲。万万不能再有闪失，否则今生难有机会了。开学已两个多月，学业也误了，去学校估计不行了。倘或城里和学校都耽误了，那可真叫走投无路。想到这些，她茶饭不思，夜不能寐。

第二天一早，母亲早早起来给女儿开小灶。光景不好，舍不得生炭火，用老汉从山里砍的发潮柴火，不好烧，鼓着腮帮子吹得头昏眼花。本想让女儿再睡一会儿，知道她睡得晚，但又怕误事，只好叫醒她。刘燕睡眼惺忪起床，一碗热腾腾的面条端到面前，也真饿了，就趁热吃起来。睡在前炕的弟弟妹妹早已闻到香味，听着姐姐吃面吸溜吸溜响，肚里也咕咕叫了起来，但他们很懂事，背过身装睡。

刘燕梳洗完毕，强打精神，按时来到交口旅社找郑副团长。刘燕面色憔悴，不善言谈，见了领导很拘谨。两位老师一见，与材料反映的浪荡女人判若两人。陈老师问道："听说家里给你订了婚，也不是完全出于你自己的本意，我们想了解一下你现在的态度是什么。"刘燕不清楚问话的意思，也不知怎样回答是好，低着头说道："我也不知道。"郑副团长见她太老实，就提醒道："你现在同意这桩婚姻吗？"刘燕听出点意思来，便说："家里定的，也由不得我。"陈老师问："是不是因为家里太困难，所以给你这么早订了婚？"刘燕见他们无恶意，就顺着话点点头。郑副团长吸了一口烟，弹了弹烟灰，引导着："那你想不想去剧团，把这婚约退了？"刘燕犹豫了，这话问得直白，她很难回答，但还是咬了咬牙说道："你们说咋办就咋办。"天气有点热，再加上紧张，说的都是些真假参半的话，额上便冒出一层汗珠。郑副团长加重语气道："以后不管谁问你，就按你刚才说的回，只有这样才能进团，否则就很麻烦。团里有规定，学员不允许谈恋爱，更何况订婚！"他俩真心想帮刘燕，认为订婚和作风不正是两码事，不属品质问题。至于进团后是否真退婚，走一步看一步了。刘燕听了这话，心里沉甸甸的，没想到订婚带来这么严重后果。团一定要进，先过眼前这一关。于是她点点头轻声道："知道了。"

和文海刚有了点感情，就碰上这事。唱歌是一生的梦想，梦想不能丢。如此看来订婚是错误的，更不该在文海家待那么久，让"赵能人"抓住把柄。她隐约觉出"赵能人"的真实目的，是想把自己告下来让赵星星补进去。下三滥手段，亏得自己还把他当好人。看来文海说他父亲是冤枉的肯定是真的，倒了八辈子霉，碰上这种人，以后定要多加提防。天上下起毛毛雨，她没带雨具，想着心事，头发和肩膀淋湿了也浑然不觉。来到李家村沟口，文海妈拿着雨伞等她。见了失魂落魄的刘燕，文海妈心疼道："看把衣服淋湿了！"她把伞递给刘燕，拿出手绢擦了擦刘燕头上的雨水。刘燕接过伞，神情恍惚道："没事，雨不大。"文海妈问情况如何，刘燕有气无力道："不知道，就说让回家等着。"文海妈挽留她吃午饭，她连忙摇头道："不了，我得回去了。"文海妈见她如惊弓之鸟，不再勉强。俩人走到河道路口，刘燕还伞，文海妈硬让她拿着，刘燕走了几步回头道："给文海说一声，不忙的话，让他赶紧去延州找我堂哥。"说罢，刘燕向后沟走去，转过一道弯，消失在文海妈视线里……

22

第二天，文海动身去延州。文博前几日去延州，把借舅舅家的自行车撂在了刘维新家里。文海计划坐拉煤车去，然后把自行车骑回来，一举两得。他坐着拉煤车到了东郊桥沟，远远望见宝塔山，司机停车说："前面有检查站，煤车不许拉人。"文海只得下车，徒步进城。刘维新家住在西郊延中沟半坡，文海穿城而过，十五里路。初次登门，不能两手空空，便提了一袋小米一袋绿豆，东西不多，走远了也累，仿佛雨天背棉花，越背越重。文海穿着一双出门见人的新鞋，中看不中用，脚疼起来。从下午一点多下车，直到四点多钟才来到刘维新家坡下。到了门前，文海心里忐忑，农村人自卑，走城里亲戚，特别是远门亲戚更觉得不自在。但想想刘燕遭受的冤屈和无助的眼神，还有那赵兴国得意的脸，他不得不提起精神，硬着头皮进去了。

　　刘维新身材发福，高个子，国字脸，一对不大的小花眼，配着高而短的眉毛，见人习惯挑眉瞪眼视之，眉高眼低显得比较冷淡。吃完饭，拉起家常。大凡出门人见老家来人，总爱询问家乡的人和事，即便是鸡毛蒜皮的小事，听着也觉得亲切。文海随口答着，刘燕之事几次到嘴边又憋回去。他怕刘维新抱怨刘燕在他家住，自己脸上过不去。文海琢磨着，趁刘维新点烟的功夫，话题一转说道："刘燕考完试，在我们家住了几天，被我们村的赵兴国告了。"刘维新冷不丁听得很意外，冷冷问道："告刘燕什么呢？"文海如实说道："说刘燕订婚了，作风有问题。"他觉得只有实话实说，才能让刘维新做出正确判断，有针对性地做工作。不出所料，刘维新直脾气上来，气冲冲地说："不好好在家待着，住你们家干什么？"一句话说得文海脸上挂不住，他尴尬地解释道："赵兴国告状，主要是想把刘燕告下来，让他女儿补进去。他女儿也考试了，是个后备。"刘维新多精明的人，心里早明白了。赵兴国和他年龄相仿，虽不十分熟悉，但前后沟人都知道，这人打小就不是个省油的灯。刘维新沉思着，一方面，赵兴国不是好鸟；另一方面他对这门婚事也的确不大认同。小小年纪订什么婚，农村人眼光短浅。但是他妈做的媒人，也不好说什么。刘燕已经考上了，决不能半途而废。刘维新琢磨着找团里熟人说情。

第二日一大早，文海骑车回家。平日热闹的街道行人稀少。一个蓬头垢面的流浪汉盖着一块脏兮兮的被子，缩在一处房檐下。戴白帽的环卫工人已将长长的大街扫至尽头。一百五十多里路，文海一路骑去。他想尽快回家把情况告诉刘燕，减轻她的思想负担。上午十点已行百里，到了玉皇庙，眼前出现三岔路口，一时分不清该走哪条道。他去过延州两次，但坐车时没留意，只知大概方向。交口方向是陕北唯一国道，左边的路比较平直，心想应该就是这条吧。这样想着便顺道骑去，骑了一会儿觉得不对劲，眼前的山川景致眼生得很。迎面驶来一辆手扶拖拉机，他便拦住问："师傅，这路是去交口的吗？"师傅刹住车道："不是，这是去蟠龙镇的，去交口应该走那条路！"文海道谢。心想亏了问路，不然这冤枉路可就远了去了。中午时分，到了盘山公路，是通往交口唯一山道，山并不高，但山道弯弯曲曲不好走，只能推车缓行，走半天好不容易才到顶，只要顺坡而下，一个多小时便可回家。上了车子，轻握手闸，向坡下滑行而去，才走了一百多米，忽然碾过一块石子，咯噔一下，觉得硬邦邦的，下车查看，破了胎。这可麻烦了，虽然已进入交口地界，但离家还有三十多里路，靠腿走，得走到啥时候？无奈只能推车步行。太阳高悬，万里无云，阳光肆无忌惮。虽不是盛夏，但天气已热，山坡上仅有的几株柳树虽然翠绿，但不茂盛，毫无遮凉之效。车子变成累赘，还担心没气的轮胎折了，不好向舅舅交代。肚子也讨债了，早饭未吃，昨晚在刘维新家也不好放开肚皮吃，骑了半天车，那点能量早消耗光了。虽是国道，没几辆车路过，就洛水县而言，大小车加起来不过三五辆。他走得精疲力竭，蹲在路边小树下歇脚，用帽子擦汗。对面坡上忽然传来几声野鸡长鸣，非常难听。环顾四周，荒凉、寂静、孤独，甚至有点"风声鹤唳，草木皆兵"的感觉。口渴难耐，眼前无水，只好忍着，不多时，鼓起最后一口气，向山下快步走去。到了沟底，竟见一条小溪，趴下喝了个够。又把早已松了的裤带紧了紧，压了饿，顶着烈日，继续坚持走了二十里路，直到下午三点，实在走不动了，却也来到了贺家川他姑家。有道是亲不过的姑舅，香不过的猪肉，还真不假，虽然没什么好吃的，可管一顿饱饭还是可以的，他狼吞虎咽吃了个撑。休息到下午五点多钟，姑舅哥帮他补好轮胎，终于得以骑车到家。

刘燕自从被两位老师盘问过，睡觉便总做噩梦，几次梦见进剧团的事黄了，伤心哭醒，整日恍恍惚惚，几天时间熬瘦了一圈。母亲看在眼里，急在心上，眼疾的老毛病又犯了，眨巴着发糊的眼睛，心疼地把一碗女儿爱吃的高粱面端到跟前，宽心地说："你要好好吃哩，不要担心，总有老天照应着，他们告，那还要人家信哩！"可怜天下父母心，她怕女儿急出毛病来。文海将找刘维新的情况告知刘燕，虽无结论，但刘燕心里稍微踏实些，起码堂哥了解情况，相信他会有办法的。交代完，文海没敢再待着，摸黑回了家。

23

刘维新自从得知刘燕考剧团的事出问题后,不敢耽搁,便去团里找人。他知道自己认识的人拿不了事,只能递个话,心里没底。没承想陈老师告诉他刘燕的事问题不大了,领导研究后将她和其他学员一起报到了地区人事部门。陈老师讲了一番过程,尽管不是刻意表功,听着确乎很费劲。刘维新连连道谢:"太谢谢你了!以后需要买个猪下水什么的,尽管找我!我也就有这么点方便。"

刘维新回家对婆姨说:"要尽快告诉刘燕,不知她急成什么样子了。"婆姨道:"那就打个电话说一声,单位有电话方便着呢。"刘维新道:"老家那边接电话不方便,要通过公社转到村书记家,再喊人接电话,有点张扬。别让无关的人知道。毕竟还在申报中,不能再出差错了,我这几天想请假回趟老家,顺便看看父母。"婆姨不高兴道:"就这点事回趟家?赶路还得花钱,你钱多呢!"也难怪,家里孩子多,主要靠刘维新赚钱养家。婆姨在居委会算是个头,实际却与生产队书记差不多,不挣几个钱。家里不宽裕,精打细算维持着,婆姨一提花钱心里就怵。刘维新道:"帮人帮到底,送佛送到西嘛!咱自家人,又不是给外人帮忙。"婆姨道:"不和你说了。你要去就去,反正没钱,你自己想办法。全家人的嘴总不能挂起来。"说着去厨房做饭了。

说归说，其实她对婆家人也不赖，刘燕考试期间在家住了半个月，她没有怨言，作为嫂子，已经不错了。

刘维新回老家一见刘燕就说："你的事问题不大了，已经上报。但不要声张，哪里也别去，好好待在家！"一个月来，压在刘燕心里的石头终于落地，春天又回到她的脸上，她又开始唱歌了，遐想着进团的美妙情景。她很想再见到文海，和他分享这来之不易的幸福，但耳边回荡着堂哥的教诲："哪儿也不要去，好好在家待着！"又立刻打消念头，不再瞎想。

没过多久，录取通知书来了，说一周后进团报到。拿到通知书的一刻，她喜极而泣。从考县剧团到考延州歌舞剧团，几次三番希望破灭又重燃，此番终于板上钉钉。刘燕不禁感慨，只要坚守理想，阳光总会刺破阴霾，洒向上进的人们，给弱小生命以生存的力量。母亲不善言表，但心里别提多高兴了。一向老实巴交的父亲，也抑制不住激动，逢人便说："考上了，这下真考上了！"一大家子沉浸在无比的喜悦中。

这阵子文海很忙。公社接到县里通知，近期召开全县业余文艺调演会，文海他们要代表交口公社参演。这对公社来说是形象工程，养兵千日用兵一时，这次文艺调演自然成了宣传队的重大政治任务，必须全力以赴。紧张备战后，如期来到县上报到。全县各公社、企事业单位同样有备而来，编排选送了各自的拿手节目。小小县城热闹起来，旅馆和机关事业单位可住宿的地方都住进了代表队，街道上帅男靓女随处可见，到处都是欢歌笑语。交口宣传队被安排到半山坡县体育场两孔窑洞里，土炕通铺，男女生各住一孔。

文艺调演，各代表队尽显其能，演出高潮迭起，竞争激烈。一番较量过后，交口宣传队的眉户小歌剧《决战》获得二等奖。一等奖是占据天时地利人和的城关公社演出队，他们有县剧团名导指点，技高一筹，也是众望所归。调演结束，各代表队选拔骨干，组成洛水县业余文艺演出队，代表县上参加延州地区业余文艺调演。交口演出队只有文海和雷秉忠被抽到乐队留下来。文海惦记着刘燕的事，想回去看看，无奈没时间。各演出队被安排到县招待所——县上最豪华的宾馆，经常招待上级领导或召开重大会议。就在这当口，雷秉忠忽然发烧，高烧不退，经县医院问诊，是猩红热。他只好收拾东西打道回府。文海与他同住一屋，居然没被传染。如此一来，交口宣传队只剩文海独一个。

这支演出队伍，是业余宣传队，为了加强实力，乐队增加了县剧团大提琴、笙及扬琴等业余爱好者较少接触到的乐器。队伍庞大了，成分也复杂了，正式演员一举一动都体现着优越性，几位想留在县剧团的业余演员极力巴结他们。小小乐队等级分明，尊卑有别，常有杂音。那些专业队员让文海深感技不如人。他原本很少服人，却在这一行觉察出了自己的平庸。

24

大清早，文海妈一边打扫屋子，一边在灶火圪崂做饭。家里大灰猫蹲在炕头，正用两只前爪认真洗脸，按老辈人的说法，这是要来亲戚的征兆。十点多钟,吃完早饭,家人都出去了,她正在收拾家什,听得门响,突然冒出个刘燕,笑盈盈地站在她面前。

刘燕今天就要走了,坐村里的手扶拖拉机,路过李家村,想着应该给文海家打个招呼。对她的事,最牵挂的肯定是文海家人。文海妈得知刘燕拿到录取通知书,激动不已,端起锅看了看火说道:"火还着着呢,我给你做饭,吃了再走!"刘燕连忙说道:"在家刚吃过,拖拉机还在路边等着,要到交口车站买票,得早点去。"文海妈说道:"那你等一等,我收拾一下送送你,顺便到公社给文海打个电话。他好像过阵子也去延州,到时候好和你联系。"说着擦了擦手,撂下锅碗瓢盆,解了围裙,湿手在头上理了理头发,带着刘燕去了交口公社。

宣传队这几天下乡演出去了,话务员是个北京女知青,和文海很熟,听文海妈说明来意,热心地接通了县招待所文海的电话:"喂,文海吗?有你的电话。"操着京腔的女知青把电话交给文海妈。文海妈接过电话说:"喂,文海,刘燕考剧团的事定了!"电话里传来了文海激动的声音:"真的吗?太好了!她人在哪里?"文海妈道:"就在边上,我让她跟你说话。"刘燕接过听筒说道:"剧团通知来了几天了,我今天就去报到。你啥时去延州?"文海听着刘燕熟悉的声音,平时挺利索的嘴巴,今天却笨拙起来,只是说:"好,这就好,这下就放心了……我可能半个月后去延州调演。"聊了几句,二人约定在延州相见。

结束通话,文海的心情久久难以平静,他为刘燕骄傲,为迟到的喜讯激动。自从学校毕业,没一件事让他顺心过,刘燕的事,虽历经波折,但总算成功,让他感到欣慰。刘燕还不是真正的媳妇，变故难以预料，但即便是黄粱一梦，他也甘愿痴狂。走出电话室，文海没有马上回宿舍，这里的同事都是临时抽调来的，没有说心里话和分享幸福的人，他不愿让无关的人知道，不是不想炫耀，只是自己眼下的身份，别人未必信，即便信以为真，也会认为这家伙撞大运了，未必抬高自己，反而生出多层想法。他来到招待所旁河边马路，脸上挂着难以自持的笑容，在这行人寥寥又陌生的地方，像个孩子似的蹦跳起来。

再说那赵兴国，告状没达到预期目的，赵星星名落孙山，只能在宣传队继续待着，情绪很是低落，好像被人亏待了似的。木已成舟，不服也罢，委屈也好，谁也无法改变，只能无可奈何接受现实。

25

刘燕来到延州歌舞剧团报到。团里招收舞蹈、声乐、器乐学员五十多人。舞蹈学员居多，年龄也小，大多十二三岁；只招了六名声乐学员，全为女生，刚刚成年。学员数量大增，学员楼尚未竣工，赶上团里大部分演员去北京参加全国专业团体文艺调演，刘燕这批学员被临时安排到一处住宿，休整一个月，做些必要准备，赶在调演人员回团前，再去西安院校培训三个月，待学员楼竣工后回团正常学习。学习期三年，除专业技能外，还要学乐理和文化基础课。他们平时不参加团里演出，每年两个假期，工资按在校学员标准发放。进入全新环境，生活完全变了，人与人关系复杂了，刘燕有陌生感，难免有烦恼。但无论如何，她钟爱文艺，干着喜欢的事业，心情是愉悦的。

文海所在的县业余演出队经过半月的编排，调演节目准备就绪，根据地区统一安排，来到延州，住进延河饭店。饭店坐落在繁华的十字街头，五层大楼在平房遍地的街道显得鹤立鸡群，十分气派。以前远远瞧见，十分稀罕，今日有幸住进来，不免生出些许自豪感。

县剧团乐队队长认识延州歌舞剧团的两位老师，请来指导节目演练。这些有身份的正式工，在两位老师面前毕恭毕敬，一口一个老师，递烟倒茶很殷勤。鹅鸭同湖游，气势大不同。延州歌舞剧团除舞蹈外，其他专业人员大都是专业院校毕业，即便社会招聘，门槛也很高，一些业务尖子甚至在省内外都享有一定声誉。而县剧团演员大多半路出家，自学成才，只有极个别的突出人才，才有可能调往延州歌舞剧团。如此想来，文海觉得刘燕能进延州歌舞剧团真不简单。

调演一星期，每县演出一场，其余时间相互观摩。文海来延州已经四天了，尚未见到刘燕，也没敢贸然去找。来一趟不容易，临走前无论如何得见一面，以后见面机会可不多。想来想去，觉得还是先打电话联系一下。他来到服务台，心中忐忑，也说不清是怕打扰刘燕，还是担心别人看出猫腻，在犹豫中拨通了延州歌舞剧团电话。歌舞剧团的公用电话安装在门房里，由个石姓退休工人看着，这会儿上厕所去了，他老伴接了电话，是个地道的乡下人，口音很重："喂，你找谁？"文海道："同志，麻烦找一下你们团的刘燕。"对方道:"什么?留言,给谁留言呢?"文海道:"不是,是你们团新来的学员,叫刘燕。"对方道:"噢……她现在排练,不能接电话。"文海道:"能不能传个话,说她老家哥来了,住在延河饭店二楼十二号,有空让她来一下。"老石的老伴嘟囔道:"二楼十二号。知道了!"咣当一声挂断电话。文海放下听筒,怀疑话能不能传到,心里没底,还是下午跑一趟吧。中午吃完饭,他打算回房间休息会儿再出发。这是大客房,靠墙一溜摆着六张床,他在最靠里的床上。躺下一个梦没做完,忽然有人敲门进来问:"洛水县的李文海住这里吗?"住在门口的同事朝里喊了声:"李文海,有人找!"文海梦中惊醒睁眼一看,竟是刘燕!二十多天未见,打扮洋气多了,粉红色衬衣,烫着卷发,还扎了两个刷子。恍惚中差点没认出来。文海赶紧下床,带着刘燕出了门。

刘燕面若桃花,气如幽兰,楚楚动人。她站在延河护栏边,微风吹动着脸旁发丝,粉红上衣衬着洁白的颈部,散发出青春魅力。文海看呆了,如今的她让文海多了些仰慕之情。

"团里还好吗?"文海问道。

"比较忙,过几天要去西安学习,估计三个月才能回来。"刘燕说道。

"时间可不短,我帮你准备准备。"

"不用,单位统一办理呢。我带些洗漱用品就行了。"

"西安是省城,第一次去那么远的地方,要注意安全。"

"嗯,我会注意安全的。你调演什么时候结束?"

"还有三天。你看演出吗?明晚我们县演出,我给你票。"

"没时间了,昨天我们县演出队给我送票,我都没去成。这儿管得严,不许外出,今天好不容易才请假出来的。"

　　俩人在街上漫无目的地散步,时间过得飞快,中心街邮政大楼的钟声响起,已经是下午四点钟。刘燕要回团,文海说道:"南门坡有家荞面饸饹特好吃,离这儿不远,吃完再回去。"刘燕推辞说团里灶上有饭。文海还是热情地拉着她去吃荞面。热气腾腾的面条端上来,香气四溢。吃完饭,过了东关街,到了离单位不远的常青路,他们便有意一前一后拉开距离。刘燕不时环顾左右,总怕碰见团里熟人。走到离大门不远的拐弯处,文海知趣地停住脚步,他不愿给刘燕添麻烦。刘燕进门。文海望着大门发一会儿呆,才转身慢悠悠往回走。恋人之间拉开距离,一方心生敬畏,急于证明自己;一方又谨慎措辞,怕伤害另一方。这也在情理之中。

26

　　几天后,刘燕去了省城。郑副团长作为领队,带着六个学员去音乐学院找代课老师。听了几个学员的歌声,一位德高望重的女教授相中了刘燕。其他学员也各有所归,只有一个叫鲁萍的学员没人愿意给她代课。她音色不错,长得也漂亮,但乐感不好,这样的学生不好带。如何进的团?她父亲是地区人事部门的头头,这层关系让她一路绿灯。郑副团长颇费一番口舌,才算勉强将她安排妥当。

文海这边文艺调演结束，回到了交口宣传队。以前只有宣传队的人知道刘燕考剧团的事，现在公社干部和一些亲戚朋友都知道文海有个漂亮的未婚妻进了延州歌舞剧团，一时间议论纷纷。刘燕的高就，带给文海的不仅是荣耀。和文海亲近的人担心他俩走不到一起；与刘燕关系好的人觉得刘燕一朵鲜花插牛粪上；与文海家有过节的前圪崂人只等着看文海被甩的笑话。自古美女配英雄，文海显然不是英雄。特殊年代，农民和工人干部有天壤之别，中间有一条无法逾越的鸿沟，不知阻断了多少有情无缘的男女。特别是女方在外工作男方是农民的少之又少。刘燕身处大城市，玩的是高雅艺术，生活在时代的潮头；文海待在穷乡僻壤，干着脏兮兮的农活，还背负着父亲坐牢的阴影。差别太大，如何生活在一起？即便刘燕心甘情愿，社会的压力和桎梏也会让她喘不过气来。身为男人，文海又如何心安理得接纳如此厚礼？但他不到黄河心不死，只要有一丝希望就要努力挣扎，改变现状，找到出路，成为公家人。刘燕走后，文海更勤奋了。在公社大院上班，勤勤恳恳，争取给领导留个好印象。他少有接触公社领导的机会，主要通过大家的认可，渐渐地将自己的表现传到领导耳边。

文海骑车赶往公社，一辆满客的大轿子车伴着隆隆的发动机声辗过小坑，忽然车身一颠，车顶行李架坠落一个庞然大物，司机全然不知，扬长而去。文海好奇过去瞧，迎面突然跑来一小伙想抢，文海紧蹬几脚，先下手为强，用车轮压住，摆出当仁不让的架势。那人见没戏，愤愤离去。文海拉起那物件一瞧，是大型拖拉机后轮内胎。如何处置？充气后在水库玩耍，是个好东西；交给公社，农机站肯定能派上用场。文海想了想还是交公了。公社张书记得知，在陈主任面前提了一嘴，口头表扬。

县委宣传部在各公社征集"拥护党中央、华主席，深入开展揭批'四人帮'反革命罪行"的文稿。在政府部门，写材料是苦差事，谁都不愿多承担。不属文海该干的事，文海却揽来干。他虽有文学创作能力，但隔行如隔山，写行政材料和写文章完全是两码事。他没参加过行政工作，没写过此类材料，对上级精神领会难免不深，结合公社实际不足，写起来很吃力。尽管参考了不少"两报一刊"上的相关文章，也查阅了公社近年来有关文件，加班加点折腾了几天拿出个初稿，交陈主任审阅。陈主任阅后提出不少意见，又经反复修改，才算交差。

宣传队组建半年多来，文海一直在公社待着。参加完县文艺调演后，暂时再无重大任务。下乡演出，十几个大队几十个村跑遍了。一群男女没什么事，长时间待在公社，特别是几位美女，整天在干部眼前晃来晃去，万一哪天晃出点事，有损公社形象。经党委会研究，决定将宣传队下放到基建连，实行半脱产劳动。上午参加劳动，下午排练，应公社需要随时安排演出活动，一举两得。对宣传队人员来说，这个安排不那么美气。公社基建连，居无定址，一般都在川道队，好钢使在刀刃上。这些天，基建连驻扎在距延州二十里地的鲍家河村搞会战，文海随宣传队来到这里。

文海和刘燕见面更难了，维系关系成了难题。刘燕现在省城学习，即便以后回到延州，文海也不便见她，只有回老家才能见。一年能回几趟老家？俩人虽有婚约，却只是恋爱关系，不见面如何谈恋爱？已婚夫妇短暂分离是小别胜新婚，对恋人而言距离和时间却有可能斩断情丝。他们接触不多，也就是临分开才刚刚建立了点感情。在城市的花花世界里，作为一个登上绚丽舞台的漂亮女孩，她不找别人，别人不追她吗？身份和地位变了，思想也会改变，哪个女孩不想找个有身份地位的白马王子？文海当然不是白马王子。维系关系的办法只剩写信。八分钱一张邮票，表达爱意。文海写道：

亲爱的刘燕妹：

你好。延州一别已有月余，在西安大城市生活，还习惯吗？离别的日子，我行走坐卧，心底常涌起万千思绪。你的倩影，使花香满径；柳丝飘逸，恰似你的柔情。万水千山，隔不断连心紧密；天荒地老，抹不去思念刻骨。无论你在哪里，你都在我的心里徜徉。你若安好，我便晴天！

爱你的哥：文海

字迹工整，写完装进信封。韩梅正洗衣服，见文海借自行车外出，便问上哪儿去。文海说："我回一趟交口，顺便去邮局寄信，明天一早回来。"韩梅说："你等等，把我捎上，我家里也有事。"老同学相处大半年，工作配合默契。韩梅虽为队长，但不泼辣，不少事靠文海帮忙，特别是乐队里几个后生不买她的账，没文海在还真不好管。文海在社会上混了一阵子，不再腼腆，也因跟韩梅熟悉，便开玩笑道："男女搭配干活不累，行啊，驮着你骑车有劲！"韩梅笑说："你要是有脏衣服，就拿来，我帮你洗。"文海不客气，从窑里拿出换下的衣服递给她，还附赠一块新肥皂。韩梅接过说："提桶水来！"文海道："遵旨！"遂提水放韩梅身旁，瞧她洗衣，随口又问："你对象呢？有阵子没见了。"韩梅哼了一声道："早不来往了！"衣服洗完晾好，时间不早了。文海带着韩梅，说笑着朝交口而去，路不远，很快到了邮局，将信投入信箱。他们在李家村沟口分手，韩梅跳下车时叮咛一句："明早记得叫我。"文海回："知道了。"骑车离去。

  第二天一早天未亮，文海到韩梅家大门外，见大门紧闭，屋里黑灯瞎火。难道她睡过头了？文海心里嘀咕着，敲了敲大门，院子很深，窑洞里的人不易听见，没有丝毫动静。喊人吧，一个小伙子半夜三更站在大门外喊人家姑娘，周围邻居听见不好。他犹豫着，走掉不妥，说好要叫她的。门缝里又瞅了瞅，依然没动静，再磨蹭就赶不上出工了。他们走时没请假，两人一起离开，又平白无故旷工，可不是开玩笑的，让别人瞎猜。管不了许多，他大声喊道："韩梅，起来了没有？"窑洞仍未亮灯，但有了动静，传来韩梅父亲的声音："你是韩梅的同学吧？昨晚她哥把她送走了！"说好让叫她，怎么提前走了？文海不得而知，也许家里人觉得一个姑娘深更半夜跟着小伙子瞎跑，怕人说闲话，提前送去了。人已经走了，白等半天，文海转身骑车匆匆离去。

  信寄出了。这是刘燕走后文海写的第一封情书，不知刘燕作何反应。文海盼着回信。这天中午，收工回来，终于收到回信，迫不及待打开看。看着看着，心凉了半截。回信中除客气问候外，末了写着这样一句话："以后不要写这些，学员不允许谈恋爱，别人知道不好。"没做其他解释，信中夹了一张近照。

文海一头雾水。当初在家时给她写情诗她挺高兴，现在反差如此大。怕别人知道？信是写给她的，除了她谁还会看？难道是不愿接受这份爱？他不信刘燕才和他分开几天就变心。另有隐情？文海胡思乱想，差距越大越不自信，越不自信越多疑。刘燕的信多少刺激了他已然敏感的神经。热脸贴冷屁股，强扭的瓜不甜，何必呢？遂暗暗决定以后不再轻易写情书了。又拿起信中照片看，刘燕一头飘逸卷发，一张白净俊俏的脸，竟像熟悉而又陌生的明星照，唉，刚才强撑起来的骨气，又没了。即便有变故，也不能全怪她，谁让二人差距那么大。所谓金花配银花，西葫芦配南瓜。只希望她不要变得太快，给点时间让自己去努力追赶，到时候真不行，只要刘燕明确提出，他会毫不犹豫退出。想到这儿，文海平静地回了信，说了一些不要想家、安心学习、积极上进之类不痛不痒的话。他把那张照片装进衬衣兜，像陕北民歌唱的："想妹妹想得见不上个面，兜衩衩揣上相片片；照相片片一寸半，多会想起多会看。"

刘燕回信冷淡有缘故。团里为了加强对这些不省心的学员班孩子的管理，实施封闭教学。郑副团长多次在会上强调："你们必须好好学习，遵守纪律，否则随时可能被退回原籍。"人进了团，招工审批表报到地区劳动人事部门还未正式批复。郑副团长的话真假未知，分量却重，像悬在头上的一把剑。学员们时时小心，处处谨慎，唯恐犯事被发配回去。所谓纪律，郑副团长特别强调一条：不许谈恋爱。一次班会上，安排完工作，为敲山震虎，郑团长不点名批评了一位女学员："根据大家反映，某女同学不好好练功，有空就钻进男生宿舍，出入成双成对，影响很不好！现阶段，你们的唯一任务就是学习，绝不允许谈情说爱影响学业，如有发生，一经查实，卷铺盖走人，到时可别怪我没提醒你们！"所谓的某某同学，大家心知肚明，是西安娃沙莎。她从小练功，有天赋，课余时间闲着没事，就多跑了几趟男生宿舍。听了郑副团长的批评，她不服气，嘴里嘟囔道："那刘燕谈恋爱咋就行？"如此一来，团里人都知道了刘燕在家和一个农村小伙订婚。明知她有意捣乱，但必须说清楚，郑副团长迟疑道："那是她家里给订的婚，不能算谈恋爱。"沙莎不是要让刘燕难堪，她和刘燕同宿舍，二人平时关系还行，顶撞郑副团长，是发泄心里的小小不满，找个由头，误伤了刘燕。刘燕有婚约尽管有人知道，私下也有议论，但从未公开说过，更没在会上被提起过。她这么一说，无意间触到刘燕痛处，好像自己的婚约成了封建婚姻的代表，娃娃亲似的。她无法辩解，订婚是事实，其他话郑副团长已经说了，加之嘴笨，就只是红着脸低下了头，避开众人的目光。

还有一事，使刘燕更加谨慎。同学鲁萍请假外出，走时请刘燕帮忙打午饭。食堂当天吃玉米钢丝饸饹，刘燕多打一份给鲁萍备着，鲁萍两点多回来说在外面吃过了。大热天，没过多久饸饹面就有点馊了，她只好倒进楼下垃圾桶。鲁萍是个热心肠，心眼却不大，和刘燕相处时间短不了解，误以为刘燕赌气倒饭，便不高兴，将刘燕倒饭一事说出去，不久传到郑副团长耳朵里。郑副团长很生气。此事若发生在别人身上，他不会太敏感，可刘燕家境他知道，便认为她浪费粮食。于是，他在班会上说："个别学员，家境贫寒，但刚出来没几天，就忘了本，浪费粮食，这反映出我们思想深处有问题，要引起注意！"虽未点名，但大家都知道分明是说刘燕。农村娃、家里穷、打小订婚、忘本，好像刘燕头上的刺青，抹不掉。刘燕委屈，欲言又止。老实人未必是受气包，所谓乖人不得恼，恼了不得了。回到宿舍，她先找沙莎理论，沙莎觉得她平时乖，没当回事，还调侃说纸里包不住火，刘燕恼了，竟将一暖壶开水摔在了墙上。也是怪了，自此以后，沙莎反倒对她更友好了，这是后话。倒饭一事，她找到郑副团长理论："鲁萍让我帮她打饭，但她回来又不吃，饭放久了馊了，我才倒了。不是浪费粮食。"郑副团长闻言，也觉得自己批评得草率，就找补道："你说的情况我事先不知，如果属实，情有可原。但是，不管怎样，你是我亲自招进来的，比别人更严格要求是应该的。我不想让别人背后说你的不是，这个你应该懂。"听了这话，刘燕点头沉思，幸好会上没顶嘴，要不然真对不起郑副团长。她诚恳说道："知道了，以后我会注意的。谢谢您的关照！"

恰在这次会议后，刘燕收到文海那封热情洋溢的情书。家里包办订婚情有可原，情书不断可就是罪过了。刘燕曾被赵兴国诬告，一朝被蛇咬，十年怕井绳。不想给别人落下话把，于是才给文海回了那封冷淡信。文海不知隐情，误会在所难免。

27

　　三个月后,刘燕结束了在西安的短训。除一名学员留在省歌舞剧院继续学习外,其他同学回团都重新安排了声乐老师。刘燕自然是陈老师的得意门生。外出学习时间虽短,但令少见寡闻的刘燕,见了大世面。进延州歌舞剧团前,只知道扯着嗓子唱歌,缺乏系统学习,连钢琴都没见过。西安音乐学院是西北最高级的音乐殿堂,一流的学习环境,浓厚的学习氛围,使刘燕进步很大。

　　半月前一场百年不遇特大洪水淹了延州半座城,家长来信提到水灾惨状,学员在外心急如焚。家在延州城里的,都急着回家。回到延州,灾情平息,赶上招工手续办完,学员们搬进刚竣工的学员楼,安顿完进行学习汇报。长颈鹿的脖子仙鹤的腿,各有所长。刘燕文化课平平,但声乐课却总拔头彩。赶上团里演出,陈老师嗓子不舒服,也有意培养她,给领导极力推荐她,刘燕有幸担任独唱。没有优异的综合条件,是不可能被准许登台独唱的。陈老师是西安音乐学院毕业的高才生,在省剧团担任独唱多年,后来响应组织号召,支援延州来到这里。即便是音乐学院毕业的条件不错的学生,没有一年半载的舞台经验,也难当独唱。大部分演员,搞一辈子声乐也只是跑跑龙套,唱唱合唱,在歌剧里担任个不大不小不痛不痒的角色。陕北民歌是重头戏,团里有意培养青年独唱演员,陈老师四十多岁的人了,也该有接班人。

刘燕初次登上专业剧团大舞台，难免紧张。过去那些业余演出，稍有瑕疵可以原谅，但此次代表的是整个剧团的水平，不能有瑕疵。观众能否听出另当别论，这些同行十分敏锐，闲言口水能把人淹没。音乐响起，灯光一打，台下黑压压一片，什么也看不见。熟悉的旋律响起，进入前奏，刘燕紧张的心情慢慢松弛下来。两首民歌《翻身道情》《南泥湾》唱完，台下爆发出热烈掌声。她站在那里不知该退场还是该继续演唱。一般来说独唱两首，但演员都会准备三四首，根据观众要求可以加唱。她向后台瞟了一眼，不知所措。这便是舞台经验不足，唱完应立刻退场，不论观众如何鼓掌。如需加唱，得由报幕员邀请演员才返场。舞台监督见刘燕晾在那里，赶紧让后台拉幕，遮住了尴尬。

观众对老演员有审美疲劳，刘燕的出现让人耳目一新。哪来的年轻演员？唱得不错呀！有个别观众不知从什么渠道听说她是陈老师的徒弟。演出结束后，同事们以肯定的眼神给予刘燕鼓励，也有个别同行鸡蛋里挑骨头。陈老师拍拍刘燕肩膀说："不错，继续努力！"刘燕摇头道："太紧张了，没唱好，差点闹笑话。"陈老师鼓励道："已经不错了。以后多参加演出，时间长了就好了。"

演出结束，学员班放假二十天。第一个假期，大家特别期待。刘燕第一次离家这么久，先去堂哥家汇报成绩，堂哥很欣慰。第二天一早刘燕让同事帮忙寻了辆拉煤车载她回家，省了一笔路费。坐在司机室，翻过一座山，进入交口地界，山下不远处便是文海他们基建连驻扎地——鲍家河村。刘燕透过车窗，望向村子，想找到文海的身影。西安学习结束时，她去信告诉文海随后要回延州，不知他收到没有。驶过村庄，没有碰见。交口下车，到村里还有十里路不通车，她向司机道谢，提着行李徒步回家。走在交口街上，倍感亲切。碰见顺顺妈，得知文海没在家。沿公路走上川道，去过大都市西安，再看川道好像变窄了，连两边的山头也变小了。一路走到沟口，看见文海家硷畔，她犹豫了一下，没进门，想着反正假期长，等文海回来再说。

　　快进村了。一起长大的伙伴只有她成了鸡窝飞出的凤凰。她是个低调人，不爱张扬显摆。家乡的山、家乡的水、家乡的人，让她魂牵梦绕。碰见熟人，特别是发小，就热情地拉上几句话。她给父母兄弟姊妹每人买了一件小礼物，给邻居娃带了点糖果。她没多少钱，学员每月二十元生活费，她不敢乱花钱，家境困难养成节俭习惯，这点钱还得帮衬家里。母亲见了出息的女儿自然乐开了花，饱经沧桑的皱纹里盛着满满的爱，像招待远道而来的贵客似的，热情得甚而有点客套。刘燕笑道："你女子又不是客人，用得着这么夸张吗？"母亲笑了："你突然走了，家里好像短了什么，空空荡荡，这四个月比一年还长。回来了就多住些时间。"晚上家人都回来了，一大家子聚在炕上，其乐融融拉话到深夜。

28

　　文海一星期前接到刘燕来信，估计她快回来了，就请假回家。一进门，听母亲边做饭边说："刘燕前两天就回来了，你大妈在交口街上碰见她了,没上咱家来,你去看看吧。"文海妈怕失去这个准儿媳,提醒文海要主动。上次那封信冷冷的,这次回来又没来家,文海心里没了底。文海洗漱收拾一番,穿上见人才穿的蓝咔叽制服,兜里揣一盒延州牌香烟,朝后沟走去。秋季的阳光虽然灿烂,却不再痛炙脊梁,变得温柔舒适了。路边沟槽山坡,到处是成熟的庄稼。玉米叶子泛黄,结着粗壮的棒子,糜谷低垂着头,微风吹过,一跌一跌的。地里立着几个草人,时间久了破破烂烂怪可怜的,麻雀不当回事,成群结队落在其上头。文海想见刘燕,又怕去她家。离刘庄村越近,他走得越慢,站在谷子地塄,掐了一把谷粒揉搓着发呆。他去小河边洗了把脸,捡起一块碎石,奋力掷向河里,大喊一声,把那份怯懦通通抛掉,迈开坚定的步伐向刘燕家走去。

来到刘燕家坡洼,刘燕和她妈在硷畔上看见文海,站迎着。文海走进院子,见了刘燕明知故问道:"你啥时候回来的?"刘燕微笑着说:"回来两天了,在交口还碰见你大妈了,说你在基建连。"聊了两句,文海进了窑洞。刘燕妈炒了半碗南瓜子,端文海跟前说:"你嗑瓜子,没炒好,有点碎。"文海拿起瓜子磕着说:"好吃着呢。"刘燕大妈听说文海来了,推门而入。不一会儿,刘燕父亲也从地里回来,进门对文海善意地笑笑,算跟准女婿打了招呼。文海急忙从兜里掏出延州烟递上,他摆手笑道:"我不吃烟。"大家拉起家常来,依然如故,见此情此景,文海心里踏实多了。

拉了会儿话,刘燕大妈回去了,刘燕母亲也去院子里了,文海和刘燕单独待着。刘燕介绍在西安的学习情况,文海才知剧团平时管得严,不准谈恋爱,还曾辞退一名夜不归宿的女孩。误会化解,看着眼前的刘燕,好似回到从前。文海见刘燕家寄放着亲戚家一辆自行车,便带着刘燕去坡洼底下队里的打谷场练车。文海捉着车尾,刘燕骑在车上转圈圈,练了半天,刘燕能骑了。穷乡僻壤少见多怪,年迈的老人远远望见摇头走开,小孩们见了凑过来看着这对男女学车的稀罕景。村里有个文海初中同学,毕业回村,从地里回来碰见他俩,笑道:"光天化日,不怕人笑话!"文海听得老同学调侃,赶忙停下,笑着递上一支烟:"好久不见,你去地里干活去了?"老同学道:"你还认得我?不干活干什么,哪像你这么悠闲自在,多美气!"在同学看来,文海好像沾了点公社的边,高人一等了。文海却觉得在刘庄村好像偷了人家的什么宝贝,欠下了,见人总是笑脸相迎,赶紧递烟。

下午,刘燕洗了几件衣服,做饭的水不够用了,文海赶紧拎桶去挑。刘燕妈说:"担上两回够晚上用就行了,明早有她老子担哩!"农村受苦人一大早起来挑完水出山,已是习惯,早起精力充沛,水井经一晚的沉淀和积攒,清澈见底,水量充足。文海巴不得有表现机会,越发来了劲,一口气挑了多半缸。

晚上一家人坐着拉话。大忙季节,都很疲乏,没多久各自回家睡了。刘燕家窑洞前掌炕宽敞,家里没几个人,本来够睡,但农村没结婚的女儿不能和女婿睡一个炕。于是文海在刘燕家睡,刘燕去大妈家睡。

山村的夜晚,漆黑寂静。刘燕妈正坐在昏暗的油灯下给孩子们缝衣扣,拿着针线的右手在稀疏的头发上划了划,像磨针头似的，一边干活一边淡淡地说："你在公社如果能转正，那你俩就一致了。"话说得巧妙，也是对文海的暗示。在当时的条件下，要想走到一起，这是起码的要求。但是文海心里清楚，这很难办到。文艺宣传队队员和民工没什么区别，只是名声好听点罢了，跟公社亦工亦农"八大员"都有很大差距，根本不存在转正一说。文海无言以对，既不想骗她，又不能实话实说，只模棱两可地"嗯"了一声。他心里为自己不够诚实而汗颜，为刘燕家贵客般善待他而愧疚，一时间想找个地缝钻进去。

在刘燕家住了两天，文海带着刘燕回到了自己家。刘燕大大方方来了，全家人自然高兴，像接待贵妃似的接待这个出门的媳妇。赶上星期六油矿大礼堂放映黄梅剧《红楼梦》，吃完晚饭无事，文海、刘燕便相约观影。礼堂很大，座椅不多，电影没开始，早被给家人占座的孩子们入侵，很多人只能站着看。空气不流通，人又多，便显闷热。看了没多久，刘燕说头晕，二人离开礼堂。礼堂离家只有一里多，走出大门过了河，进入小路没了灯，更不见行人。暗中行走，文海想扶刘燕，几次鼓足勇气，却没伸出手来，只是靠近一步问道："怎么样，好点了吗？"刘燕偏偏客气说没事。她也想倚着文海，不光因为头晕。已经订婚，无人之处搂抱一下不过分，甚而是渴求的。天黑瞧不见，但她以女性的直觉，感到文海有冲动，但随后又熄火了，心里有点失落。事后琢磨又觉得文海正派，越发对他信任了。在自己面前矜持，应该不会随便和其他女孩胡来吧。不多时，二人回到家，各自就寝。

文海妈为文海的前途担忧。二人终成眷属的前提是文海必须有出路,想出去就要有"腿"。文海妈有个外甥女婿是邻近公社文书,在文海妈心目中,大小算个官。他曾是个教书匠,常到家来,现在忙,来往少了,但关系还在。文海妈交口遇集捎话,让他路过交口到家来一趟。果然没几天外甥女婿便来了,正好文海和刘燕都在。文海妈说道:"你看我这儿媳妇,人漂亮,工作又好,打着灯笼也难找。你帮帮忙,给文海寻个出路,好让俩人走到一起。不怕有什么花费,就是刮骨头卖肉也有我呢!"这外甥女婿觉得刘燕的确是个好女子,心里暗暗称奇,觉得文海艳福不浅。但他官太小,甚而算不得官,办事员而已,没那能耐,虽如此,虚荣心却强,爱听奉承话。他姓高,别人叫他"高扛硬",他就喜欢听。他既不说能帮忙,也不说办不了,只说:"这不是个小事,得慢慢找机会。"文海给这位姐夫又是端茶又是递烟好不热情,但文海心里清楚,靠这位姐夫招工可能性很小。虽然他没参与公社的工作,但毕竟在公社待了大半年,文书能办多大的事略知一二,何况又不在一个公社,的确不好帮。文海觉得应该实际点,便说:"你看当个民办教师咋样,不行的话我到你们公社去。"这姐夫是教师出身,应该说对教师行当很熟悉,知道文海这是实打实的话,不能再来虚的,便说:"这事要放在前几年,好办,我给亲戚朋友不是没办过,现在主要是没空位,还真不好安排。"他说的也是实情,几年前高中毕业生少,文博就是刘庄大队没有合适人选被推荐当了老师。现在一批批高中生毕业回乡,尽管水平参差不齐,但教个小学绰绰有余。谁不想当民办教师?当然,也有个别老师升学或学校扩建,岗位也可能有,就看有没有知心的扛硬人帮忙。文海只是有枣没枣打一杆瞧瞧。文海妈用高规格的白面、荷包蛋招待外甥女婿,临走时还把他送到碾畔。文海妈小声安顿道:"我丢不起这个媳妇,你给咱多操点心!"外甥女婿只是点头应着:"知道了,知道了!"推着自行车下坡而去,一溜烟不见了踪影。

文博被调到更偏远的一所小学教书,这会儿也回来了。未婚媳妇退婚后,桎梏解除,他看上了刘燕的同学。这女孩没考上高中,回家劳动,也爱好唱歌,家在文博学校附近村子。她圆脸,大花眼,皮肤黑里透红,精力旺盛,走起路来咚咚响,说话高八度,像个铃铛,同学给起个绰号"铜铃子"。女方家长嫌文博比女儿大五岁,又见文博吹皮捣鼓搞文艺,看不惯,觉得算不得正经人,死活不同意,甚而撂下狠话:"再和李文博来往,就打折你的腿!"越得不到越稀罕,文博不死心,背地里联系她,借刘燕的面子和"铜铃子"套近乎,骗过了她父亲的鹰眼,接到家里。文博算文海和刘燕的红娘,有恩在先,二人见文博上心"铜铃子",也就热心撮合。刘燕送她一块花手绢,不值钱,但礼轻人意重。文海妈当然高兴,她觉得文博之所以婚约出现波折,与家里大人有关,像亏欠儿子似的,自然尽情招待,给压饸饹吃。成不成不说,先得给吃好。农村说法:饸饹拴住上门媳妇的腿。

吃过饭,文博弟兄俩拉琴,准媳妇们唱歌。"铜铃子"不好意思唱,刘燕先唱了《翻身道情》和《绣金匾》,听得"铜铃子"目瞪口呆,一把拉住刘燕的手,赞不绝口。隔壁顺顺正好在家,听得新奇,进屋嬉皮笑脸道:"哎呀!我以为油矿广……广播里唱哩,唱得真好!"说罢坐在前炕沿跷起二郎腿,点烟吸着看热闹。

文海也说："你唱歌更好听了！"刘燕美滋滋地笑了笑。文博对"铜铃子"说："你也唱一首！""铜铃子"本来就是个红脸蛋，这会儿脸蛋更成了红苹果，她摆手道："我唱得不好，还是刘燕接着唱。"文博非让她露一手。刘燕也催道："咱们是同学，有啥不好意思的。快唱吧！"在大家的一再鼓动下，"铜铃子"清了清嗓子说道："唱不好，不要笑话！"说罢扯着嗓子唱了起来，一听就是民间野嗓子，声音嘹亮高亢。唱完干咳了几声，手摸着喉咙用浓重的方言说道："你嗓子痒不？我一唱歌嗓子就痒得厉害！"刘燕笑道："唱得不错呢。但还是唱得少，我以前也痒，唱多了就不痒了。"文博道："要用气息推着声音唱，可不能光用嗓子。"说着用手在胸前做了个往上推气的动作，见"铜铃子"不以为然，便对刘燕说，"你看，她还不信，你给指导指导！"刘燕便做了些示范："咪咪咪……嘛嘛嘛……""铜铃子"瞪着眼睛大嗓门学得滑稽，逗得大家哈哈大笑。

家里热闹完了，他们随后去交口街上，在照相馆留下合影。文博回学校，顺便把"铜铃子"送到了村口。

29

刘燕假期结束，文海送走她，日子归于平静。文海妈思前想后不踏实，对文海说："有个瞎子，听说算卦特灵，让给你算一算，看看能不能拨撩拨撩运气。"文海听了摇头："那是迷信,顶个什么用,咱自己的事自己知道,算不算都一样。"文海妈道:"不能全信,也不能不信!我看人家当干部的也有不少信呢。"文海妈念叨多了,文海也就慢慢妥协了,就当听个故事,没什么大不了的。

算命先生逢集必到。中午前后,文海妈在集上碰见他,便凑近道:"你老也来赶集了?现在还算卦吗?"算命瞎子坐在供销社门外墙根晒着太阳,听人搭讪,便回道:"我这号人,再没别的事做了。"文海妈说道:"我是李家村的,有人想让你给算一卦。你能去不?"算命瞎子道:"李家村倒不远。姓什么,谁家呢?"文海妈说:"李金富家,我们掌柜的不爱往外跑,估计你没听说过。"算命瞎子道:"你们李家在村里是大户。"文海妈道:"咱们现在就去?"算命瞎子答应了,拿起身边的拐棍,站了起来。文海妈走前面,拉着算命瞎子的那根拐棍,领着他来到村里。他却说先要到另外几家走走,说是提前有约。文海妈只好把他送到要去的人家,自己先回了家,让文海哪儿也别去,在家等着。

算命瞎子忙完一圈,被村里的孩子领到了文海家。文海妈把家里稀有的蜂蜜罐底的那点蜜倒进大瓷碗里,用热水冲了放在他面前。母亲报上文海的生辰八字。瞎子抬起右手掐算一番,气氛一时变得诡秘。文海坐在一旁等候对方宣布自己的命运,像被催眠了,虔诚起来。瞎子问道:"你们想算什么?"文海妈说道:"算算我这儿子,能不能有个出路。"瞎子点了点头,继续掐算着,眼皮眨了几下,露出没有眼仁的红眼窝,又低头闭目沉静了片刻说道:"恐怕不好出去!"文海闻言急忙问为什么。瞎子道:"背后有小人碍事。"文海妈一听好像很准,连忙问:"有什么办法,能不能拨撩一下?"瞎子道:"这事不好拨撩,若有小人,尽量避开,不要惹事。"算命瞎子恐怕知道她家出事,多有不幸,也就没耍什么幺蛾子折腾她娘儿俩。算命不能白忙活。文海家管了一顿饭,给了一块钱,将他送过了小河。他用细棍引路,自己向交口街走去。望着算命瞎子远去的背影,文海心情沉重,不算命他也知道出去很难。走一步看一步吧,沮丧也没用。

不久,李家村领导班子发生变化。公社一名亦工亦农干部招工到南方大型煤矿;李文治被公社抽去做了农技员——也是黑锤被招工后的一个平衡。李文治脱离生产队,成了一名公社亦工亦农干部,是件好事。大队书记由原来的大队长接任,大队长的位子暂时空缺。李文治要离开村子了,将心比心,他觉得不论村里还是他本人,多少有点亏欠李文海,两人感情又好,便想帮他一把,让他做大队长。李文治征求文海意见,文海觉得宣传队再干下去没啥意思,迟早得回村,还不如当队干,干好了也许遇个机会,像文治一样,公社照顾一下,谋个长远。他把想法写信告诉刘燕,想听她的意见。刘燕不在圈内,不了解情况,只回了一句:你自己觉得怎样好,就怎么办。文海决定回村干事业。

文治与公社领导交换意见后,很快把这件事上报公社党委。大队干部一般都是党员,文海也写了入党申请书,经大队党支部研究后一并上报。结果喜忧参半。入党申请没批,大队长由书记兼任,文海被任命为副大队长,协助书记工作。虽然没明讲,其实还是因他父亲的问题,公社谨慎地做出这样的决定。文海接受现实，离开了宣传队，回到了生产队。

新换上的书记也是李家人，年纪大了，农村工作干了多年，疲了，尽量把文海往前推，给文海带来压力，也创造了机会。队干没什么特别，也是泥腿子，谁也不会把你当回事，全凭自身本事过硬或者威望管事，工作不好做。文海甘愿往前冲。上任不久，公社召开秋冬两季农业学大寨生产动员会，各大队书记、队长参加会议，会上，公社要求推广川地小麦播种技术，适当增大耕种面积，同时要做好冬季农田基本建设动员工作，实行集中连片，统一会战，并给各大队分配了具体任务。根据公社要求，老书记回村后召开贯彻会议精神的两级队干会，结合各村实际做了安排，让文海具体抓此项工作。

陕北大都种山地麦子，要推广川地小麦耕种不容易。前两年陈主任打下了基础，已播种几年，社员从中得到点好处，碗里多了几筷子白面。只要队干统一思想，保持原有耕种面积问题不大，但扩大耕种面积有点难，陈主任在任时为了争荣誉，大力推广，已接近最大限度。也不能只种小麦，毕竟小麦产量远不及玉米、高粱等。谁不知白面好吃？但在温饱尚未解决的年代，要多打粮食，先填饱肚皮，才能谈得上吃好。

这一天，文海穿着破衫，卷起裤腿赤着脚，带一群婆姨女子和五六十岁的老汉平整高产小麦地。赶上交口逢集，刘燕妈提着半篮鸡蛋赶集。走到沟口，看见文海从公社跑回来种地了，也没说明个缘由，难免误解。文海知道在刘燕妈眼里，在公社扫厕所也比回来种地受苦强，即便知道文海回村当队干也不会认为是好事，不觉得有什么出息。想躲已经来不及，文海只好紧走几步到地塄穿上鞋,将裤腿放下,脸上挂着不自然的微笑问道:"您赶集去?"刘燕妈说:"有点鸡蛋,卖了买点零七碎八东西。"她是个厚道人,怕伤人情面,尽管心里装着个水鸪鸪,脸上有点不自在,但疑惑还是没说出口。文海邀约道:"赶罢集到我们家来坐坐。"刘燕妈摆手道:"穷忙,以后有空再来。"说完这话就顺着路走了。文海心事重重走回地里,重新拿起了锄头……

30

秋后,刘燕来信说想让文海给陈老师捎点土豆。刘燕感激陈老师,平日去她家上课,还经常帮忙收拾家务。对陈老师来说,提携后辈是自然,有学生替她减轻工作负担也是好事。以前有个头疼脑热、嗓子发炎没人顶替,总得自己扛着。唱了二十多年,什么风头没出过,什么场面没经过?又没什么政治野心,不想当官,要说唱歌,她在陕北地区已经名气很大,在省里也算名家。

文海接到信便立刻在自留地里刨出一麻袋土豆,足有七十斤重,用架子车拉到交口街上,让食堂的同学找了顺车捎到延州歌舞剧团,卸下来挪到大门外墙根。文海一路坐在大卡车上,灰头土脸,摘帽拍了拍满身黄尘,跺了跺脚上的灰,又脱下蓝咔叽上衣抖了抖。见大门外有水渠,浑浊不清的渠水缓缓流过,趁着四下无人,投了投手绢,擦了把脸,把鞋上的灰土擦掉,又用湿手把凌乱的头发理顺,戴正帽子。恰好一位女学员从大门口的公厕出来,文海上前问:"同志,你认识刘燕不?"这女娃像个舞蹈学员,苗条身材,巴掌大的脸,穿着一身练功服,扎着高辫,她反问道:"有啥事?"文海道:"老家捎了点东西在大门口,方便的话给她说一声。"女孩点点头,向后院宿舍走去。她便是沙莎,回到宿舍对刘燕说:"大门口来了个后生找你,捎了点东西让你取呢。"没等刘燕说话,鲁萍插嘴道:"哪里来的,不会是小女婿吧?让我看看去!"说着便要跟刘燕出门,刘燕一把将她推开道:"是我表哥路过捎点东西,早就说好的,你去干什么!"说着便独自出门。她老远看见文海站在门房旁,拿出兜里的小圆镜照了照,理了理两鬓发丝,走上前去打个照面:"你等一下,我找个人。"说完去了陈老师家,带着陈老师来到大门口取土豆。文海觉得她们抬不动,就让她俩搭把手把麻袋扶到自己肩上,扛着去了陈老师家。陈老师倒茶道谢:"小伙子真有劲,快坐下喝口水!"文海摆手道:"我不渴。没其他事我就走了。"刘燕没吭气,也不便热情。文海心里明白,不宜久留。

　　见文海走了,陈老师低声问刘燕:"这是你什么人?"刘燕表情不自然道:"是我表哥。"她这么一说,陈老师更不信了,猜想这小伙子是刘燕老家的对象。陈老师四十多岁,经历了两次婚姻,什么事没经见过?文海搬运那么重的麻袋毫无怨言,刘燕有意摆出冷冰冰的表情,反让她觉得不正常,但也不便追问,当然更不会去坏他们的事,便说:"谢谢你,土豆真拿了不少。"刘燕道:"谢什么,这点事应该的。没啥事我回宿舍了。"陈老师点点头,又补充道:"明天来上课吧。平时自己多练练。一天不练自己知道，两天不练同行知道，三天不练观众都知道了。"刘燕重重地点点头。

　　回到宿舍，其他人正在午休，怕影响别人，她也躺下，却一点睡意没有，忽然觉得有点对不住文海。即便是事出无奈，但这么远的路，带那么重的东西专程跑一趟，连水都没喝就走了。应该出去陪陪他才是。其实，自从她们几位年龄稍大且业务能力比较强的女学员归队后，管理比以前松了。那些男演员，特别是乐队里的大龄青年，一个个眼睛直勾勾盯着她们，明目张胆献殷勤，领导也开始睁一只眼闭一只眼了。她不愿让别人知道和文海这层关系，不只是因为团里不许，更主要是怕别人笑话，还是被世俗观念禁锢，难以忽视。其实，偷偷出去陪他一下也未尝不可，即便漏出点蛛丝马迹领导也并不会把她咋样。可现在去哪儿找他？只好写信解释了。她起床去楼下琴房，自弹自唱《南泥湾》，排解心中烦闷。

　　文海离开歌舞剧团，出了大门走到东关大街，吃了一碗荞面饸饹。早起吃了点东西，扛到现在，一碗不够吃，但舍不得再花钱，能在饭馆吃已经够奢侈了，哪敢放开肚皮吃。喝完汤，放下碗，抹了嘴，意犹未尽离开饭馆走到街上。没有刘燕在身边，街景也都乏味了。他理解刘燕，一点也没怪她的意思，只要把事办了就好。刚才也算见了一面。两情若是长久时，又岂在朝朝暮暮？他去车站买票，当天坐车摸黑回家。

31

自从当队干以来，文海想在科学种田方面做出点成绩。他在学校里学过点基础知识，又买了科学种田的专业书籍自学，结合川道水浇地特点，在县农科所专家指导下，引进关中地区小麦优良品种，目前长势良好，丰收有望。一块块麦田像给大地铺上了绿油油的毛毯，清早起来顶着白霜，午后又像出水芙蓉，让饥肠辘辘的人们看着喜出望外，似乎已闻到浓浓的麦香味。不等缓口气，歇歇脚，交口公社农田基建会战又开始了。公社党委决定，分片集中会战。原油沟、李家村和陈家川三个相邻大队集中到原油沟，在去县城方向的公路边搞会战。李文治是包片干部，各大队抽一名领导带队，三人组成会战指挥部。原油沟大队书记也是文海高中同学，担任指挥。李家村大队由李文海带队。李文海与陈家川书记同为副指挥，具体负责本大队基建队的管理。会战工地，红旗招展，歌声嘹亮，高音喇叭反复播放《学习大寨好榜样》。各大队地头插着队旗，路边插着小彩旗，落叶杨树干上贴着红蓝标语，拉起一条醒目的大横幅，上面写着：抓革命，促生产，大干快上，建设大寨田；乘风雪，破恶浪，战天斗地，普及大寨县。

整个工地一派热闹景象。基建队员，工具自备，早去晚归，中午自带干粮，原油沟村只提供两桶稀得能照出人影的红豆米汤。队员每个人都有包干任务，只有文海他们几位队干部不承担任务，管理本大队各个自然村，协调处理各种关系。抓进度，把质量，保安全，一点不轻松。三个队各有分工：其他两个队兴修梯田，文海他们李家村大队加固沟口坝梁。

自从文海离开宣传队，没几个月宣传队便解散了，队员各自回生产队。李顺顺和赵星星赶上原油沟会战，来到这里。这一天，李顺顺推架子车在坝梁倒土，一不留神，连车带人滚了下去。文海急忙跑去一看，架子车反扣在土堆上，顺顺掉进了水库。他是个旱鸭子，不知水库深浅，平时看着绿汪汪一片不见底，好似深不可测，就十分紧张，扑腾着双臂大喊救命。听见喊声，不少人丢开工具跑到坝梁。文海更是着急，他和顺顺感情深，何况文海带队，人命关天。明知自己水性不好，依然手忙脚乱脱掉鞋子和外衣，准备下水救人。李顺顺水性虽差，但情急之下，边喊救命，边出于本能四肢使劲划拉着向坝梁爬。坝梁是斜坡，边上的水并不深，他双腿一蹬，忽然站起来了，看着脚下的水，才刚没过膝盖，一点危险没有，虚惊一场，破涕一笑，自言道："这……这么浅啊！"坝梁上原本紧张的人群，被这一幕逗得前仰后合。顺顺红着脸挠着后脑走出水面，不留神又滑了一跤，来了个狗吃屎，下巴磕在地上脱臼了，糊着满脸泥，嘴巴像个老鼠洞合不拢，睁着一双眼睛忽闪忽闪地看人，用手指了指嘴巴，像只大猩猩似的叫着。文海没见过张嘴说不出话的毛病，以为他中了邪，刚平复的心情又紧张起来。还是工地年长者经见的多，说是下巴脱臼了，要赶紧送医院。文海这才明白，和大伙一起将他送往交口医院。一位上年纪的大夫用手托着顺顺的下巴，使劲推了一下，没等李顺顺反应过来就治好了。顺顺摸摸下巴，张嘴能说话了："日他妈的，难受死了！"赵星星笑着自言自语道："人长得酸眉醋眼，毛病都和别人不一样。"李顺顺没听清，但觉得不是啥好话，便问："你说啥？"赵星星哼了一下道："什么也没说。"文海问大夫："要不要打针吃药？"大夫说不用，休息一下就好。李顺顺闻言，自然乐得回家休息。

就在文海全身心投入会战时，一件牵系着千百万知识青年命运的特大喜讯传来。邓小平同志，提出抓科技和教育，全面纠正极"左"思潮，教育战线出现新气象。10月21日，全国高等学校招生工作会议在北京召开，经国务院批准，从1977年起，恢复高考。招考条件：一是本人表现好；二是择优录取。这意味着打破了"文革"期间各种框框，走上了以学习成绩高低录取考生的轨道。不久，《人民日报》又发表评论员文章称：毛主席的干部路线必须认真落实，要拨乱反正。"阶级斗争为纲"和"宁要无产阶级的草，不要资产阶级的苗"的时代已经成为过去。

对文海这些家庭有问题且无权无势的农家子弟来说，这无疑是天大的好事。他们终于可以砸烂桎梏和别人站在同一起跑线上参加高考了。以前文海急于跳出农门，主要是不想失去刘燕，想和她成为一个阶层的人，不论什么工作，只要是正式工就行。但如果可以选择，他真正的理想还是上大学，他骨子里热爱学习，更何况如今招工政策依然如故，成为工人对他来说仍然是可望而不可即的。所以，考学就成了他唯一的选择。文海从延州炼油厂广播里听到这一消息时，十分激动。他站在碴畔，想着远在延州的刘燕，看着东方的朝阳冉冉升起，感慨万千。人生难得几回搏，今日不搏更待何时！曾经觉得命运对自己不公，现在机会来了，再抓不住就怨不得别人了。他默默下定决心，为了自己的前程，为了爱情，必须努力奋斗，争取考上大学，不达目的誓不罢休。

先要把考试细则搞清，看看都有什么具体要求。信息渠道单一，只能找当天的报纸，可全村没一张报纸，学校也许有，但不是每天都送报，他也不想在别人面前张扬。于是，第二天中午趁工地休息，他专门去了一趟交口文化馆阅览室。几位干部模样的退休老人正在看报纸，仅有的几条长凳上坐满了人。文海无聊地浏览着四周墙上早已过时的画报，耐心等待腾出位置。良久，一位上年纪的老人拄起拐棍驼着背离开了，文海赶紧坐下，拿起他放在桌上的报夹，寻找昨天的报道。看到最后仍然只是短短几句话，没有更多信息，但这条消息进一步证实了此事。这张报纸皱巴巴的，看来翻过的人不少。

晚饭后，文海翻出尘封已久的高中课本开始着手复习。工地离家七里路，早出晚归。农村队干，不像机关干部自带权威，只能身先士卒带动大家干，文海折腾一天，十分疲乏，书实在看不进去。他也不敢熬夜，第二天一早还得去工地。文海好奇其他人如何备考。

第二天，文海在工地忙碌，有人喊他，回头一瞧，是同学宋强。二人姚店一别再无联系。文海走近，宋强把自行车撑起立在路边。

"你忙得很？"宋强笑问道。

"搞会战，带村里一帮人，瞎忙哩！"文海说道。

"当队干了？"

"瞎混，农村队干你知道，又累又麻烦。"说罢瞧见宋强自行车上捆着洗脸盆暖水瓶一类日用品觉得奇怪，就问道，"你不是在延州钢厂货运站吗？带这些东西干嘛？"

"不干了，刚到插队的村上去打了个招呼，顺便把这些东西带回家。"

"招工了？"

"恢复高考了，我准备复习考学，你不考吗？"

"噢……我也想考。你不用参加生产队劳动？"

"复习考试是正经事，又不是好逸恶劳。再说，我本来也没在队上干，在钢厂货运站上班等于给他们搞副业。现在不打算干了，已经跟队上说好了。"

"能安心复习，多好啊！咱们同学参加考试的多吗？"

"肯定不少！谁不愿意上学？但也难，全国统考，那么多考生，竞争很激烈。"其实他心里有数，要说考学，班里只有他和文海有戏，其他人怕是水中捞月白忙活。

"你时间自由，我没时间复习。这两年一天书也没看。现在当队干，更没时间，会战一时完不了，很难脱身。"

此番交流实属相互刺探。回乡青年和插队学生不能比，插队学生农村人高看一眼，知道他们迟早要离开，插队只是个过渡，也就是镀金，因而也不跟他们计较，何况他们身后都有个工人干部家长，处好了兴许还能沾点光。回乡青年回乡扎根，和其他社员没两样，多识几个字有何用？干农活往往还不如别人。小村庄里各种关系也不简单，亲戚邻里很容易相互攀比，关系好咋都行，不好了，你多了他少了一点不忍让。不劳动虽然不拿工分，但农村集体经济分配原则是口粮占当年产量60%，工分只占40%。所以，一个青壮劳力不出工，不说村规乡约，就本身利益而言，也算沾了社会主义大集体的光。当然，可能在一些民风淳厚、亲邻和睦的村庄，个别人少参加几天劳动没什么，但在李家村恐怕就不行，家族派性无事也会生非，待在家里复习备考，可能会有人从中作梗，偏不让你美梦成真。文海又是队干，带着几十号人在工地会战，不是说走就能走得开的。

见别人有大把时间全力复习迎考，文海难免嫉妒。高七五级学生，是"文革"时期教育领域的重灾区，学业基本荒废，没学到真东西。"白卷事件"后，取消考试制度，升学靠推荐。文海上高中就是被推荐的。在校期间，极"左"思潮进一步泛滥，批林批孔，开门办学，常规课程仿佛蜻蜓点水。最后一学期办农技专业班，被极"左"思潮冲昏头脑的学生还嫌学时太短。身为班长，文海也被环境熏染，有一次，在学校主要领导参加的班会上，文海代表多数同学发表意见："学校现行的专业班学习时间太短，无法满足学生走向社会的需要，建议专业班学习时间延长到一年。"校长说道："你们觉得专业班学习时间太短，那你们进入社会后干什么去？就不学了？走向社会，有足够的时间让你们在实践中不断学习各种技能。学校主要是教你们一些基础知识，让你们以后在实践中学习提高，不可能把你们走向社会所需的全部知识技能都传授完毕！"校长一席话让文海他们发热的头脑冷静下来。

文海毕业回村近两年，已有的那点可怜知识也被他像熊瞎子掰苞谷般快丢完了。幸运儿也有，有的同学教了书，个别同学甚至带初中课程，因为教学的需要把课本翻了很多遍，备考自然有基础。其他有条件的人也可以在家安心学习。文海却像陷入蛛网的虫儿，被绑得死死的，脱不了身。已是阳历十月底，按现行教学体制，不到两个月就要考试。村里有资格参加高考的只有赵星星和他。赵星星请假几天没来工地了，八成是在复习。她是普通社员，又是女劳力，目标小，找个理由不出工也不会有人多说什么。文海不能坐以待毙。利用休息时间，他来到公社，正好文治上午在公社开完会没出门。见文海进办公室，他递上一支烟问道："说吧，你有什么事？"文海开门见山道："私事，想和你商量一下。高考恢复了，我想试试，但会战工地一天忙到晚，没时间复习。我的情况你知道，这是个机会。能不能派人顶替我？"文海觉得自家人没必要遮遮掩掩。李文治把抽完的烟头丢掉，从上衣兜掏出裁好的一片纸，摸出小烟盒捏起一撮烟丝撒上，卷好，两头一掐，噙在嘴里，点着抽了一口，吐出一口浓烟道："考试是好事，应该支持。但会战指挥部领导是公社会议研究决定的，另派人，时间长了公社肯定会知道，对你有什么看法和影响很难说；另外，你在家复习，咱村的情况你也知道，比较复杂，我个人倒没什么意见，就怕别人有意见。"文海闻言觉得有理，确实不好办。当队干才几个月，虽说高考以成绩择优录取，但也要个人鉴定，和公社关系处理不好会不会影响录取？第一年高考，摸着石头过河，谁也说不准。这些年政治运动把人搞怕了，又有父亲那档子事，文海难免担忧。生产队这头也没商量，自家人同意，但外姓人恐怕不是省油的灯，会不会告状？考上还好，考不上瞎忙一场，很尴尬。想到这些，文海不知如何是好，恳切道："我考虑得不成熟，只是有这么个想法，想听听你的意见，帮我出出主意吧。"文治道："要我说，你平时抽空复习着，到临考前十天半月请个假，队里临时派人顶替一下。都那个时候了，就算公社知道，也问题不大。这是我个人的建议，你自己再考虑考虑。"文海有些失望，那点时间不够用，但也没别的办法，只好点点头。文治问道："工地上情况怎么样？我最近公社事多，没去看看。"文海道："还那样，没什么意外。要是没什么别的事，我想到中学老师那里去一趟。"文治掐灭烟头道："你去吧。"他知道文海心里有事坐不住，就不挽留了。

文海走进交口中学，当头撞见尚老师正提着暖水瓶回办公室。文海上前打招呼，尚老师笑着问道："忙啥呢，很少见你来学校，今天怎么有空？"二人说着，进办公室坐下。

"忙生产队里那些事。"文海接过尚老师递来的水杯说道。

"你是不是也想高考？最近好几个学生来咨询。"

"我想考，但不知道行不行。邢小莉想考吗？"

"她肯定得考。学校准备为你们往届学生办个复习辅导班，每天下午两节课，下星期一开始，你来听课吗？"

"太好了……唉！怕是没有时间参加……"

"还有不到两个月就考试了，不抓紧复习干啥去？你只要好好复习，希望很大！这时候还搞什么会战？请个假，好好复习，争取考上，多好的机会！"尚老师是搞学问的，又是女性，不大关心教学之外的事，在她看来复习考试理所当然，不应该有多大阻力，即便有也应该克服。

告别尚老师，文海回到工地继续劳动。晚上回家，文博也在，他也正琢磨高考的事。高考的确是兄弟二人最好的出路。文海说道："交口中学准备办考前辅导班，你有时间听课吗？"文博道："没时间，肯定去不了！"文博每天上午课程满当当，下午辅导，晚上批改作业。在讨论参加高考还是中专考试时，文海想参加中专考试，怕高考太难，但文博说去交口中学请教过老师，老师们认为高考刚刚恢复，考题应该不会太难，两种考试难度可能差不了多少。当然，这只是老师的看法，老师们当然希望更多学生参加高考。兄弟俩犹豫半天，决心一搏，参加高考。文海给刘燕写信说要备战高考，刘燕一番鼓励不在话下。

　　文海不顾白天工地干活疲劳，每晚坚持学习三个小时以上，实在困了，就用冷水洗脸。几次趴桌上睡去，醒来接着看书，精疲力竭。直到临考前半月，终于请假脱身，全身心复习。辅导课的复习进度不一致，数理化很难连贯起来，文海听不懂，只听了两节作文辅导课。考前一天，文海才把复习材料草草翻完一遍。考场出来，只觉自己表现一般。

　　一个月后，原油沟农田会战终于结束，文海回到村里。不久，考试成绩公布，4.9%的录取率，文海弟兄俩名落孙山。赵星星等多数考生都没过分数线。宋强金榜题名。这对文海刺激很大，他俩在班上都是数一数二的学生，成绩不相上下，宋强复习到位考上了，文海复习仓促，与上大学的机会失之交臂。他后悔遇事太犹豫，没坚持最初的想法全身心投入复习。工地完工了，自己也落榜了。没了自己，任务照样完成，可没考上学吃亏的只有自己，没人替他买单。怎么给刘燕解释？不是号称学习一直不错吗，为何没考上？但也只好给刘燕写信如实禀告，来年再战。

32

在文海备战高考的日子里，他的同学韩梅出了事。

韩梅在宣传队干了一段时间心野了，回到队上心不安，一天都不愿待。她没参加高考，知道考了也白搭，想争取招工。年底是招工最佳时机。她插队两年，符合条件。恰好陈主任分管公社知青工作，韩梅便与陈主任多多往来，俩人在宣传队时因工作关系就走得近，一来二往关系竟有点黏糊。她找陈主任帮忙，陈主任满口应承，事办成了，便向陈主任道谢。办公室里，孤男寡女，一贯面孔严肃的陈主任恰好当天喝酒有点上头，把不住门，瞅着浑身散发青春气息的韩梅，便起了淫心，趁其不备，从身后将其抱住。韩梅吓一跳，挣脱不得，也似有假挣之嫌。陈主任见状更加胆大妄为，把能摸的地方摸了个遍，腾挪间，韩梅酥倒在床。陈主任骑上去解开韩梅纽扣，两个巨大的乳房蹦了出来，他双眼发直，像揉面团那样揉搓着，只此一番，韩梅也是酒不醉人人自醉了。

陈主任身为领导，表面风光，但糟糠妻是乡下人，早年订的娃娃亲。师范毕业，自觉条件好，想悔婚，可人家不干，说要给他家"吊肉门帘"，言下之意陈主任偷吃禁果把人睡了赖不掉。陈主任只好木匠戴枷自作自受。婚后老婆为他生下两儿一女。男人在外工作，女人既要上山劳动又要照顾家小，拖累很大，遭下妇科病，子宫脱垂。这还有老公什么事？正常的性生活没了。所以，陈主任很饥渴。韩梅虽无闭月羞花之色，但毕竟年纪轻轻体态丰盈，四十多岁黄脸婆如何比得？趁着酒劲，陈主任如饿狼扑食，迫不及待，还没来得及动一动，便河堤爆满一泻千里。

若要人不知，除非己莫为。陈主任太大意了。虽是下午六点，多数干部已经回家，但这儿毕竟是单位，总有没走了的。吕部长灶上吃完饭，恰好有事，在办公室耽误了一会儿，走之前上了趟厕所，路过陈主任办公室，见一女式自行车停放在门口，第六感告诉他不对劲，便悄悄走到门前细听，竟隐隐传出女人叫唤声，窗帘遮着，但双扇门有缝，他掀开门帘窥视，不见人影，文件柜挡着床。呻吟是从床上传出的。吕部长与陈主任都是强人，近来关系有点紧张。治安归吕部长分管，他便觉得这是职责分内之事，找一把大锁，从门外一锁，给派出所拨通电话。警察一到，来了个瓮中捉鳖。陈主任被刑拘了，免不了被判刑。原本很有作为的干部，终究难过美人关。韩梅虽未被追究刑事责任，但招工被取消，发配回原生产队，继续接受贫下中农再教育。

文海得知此事对韩梅心生怜悯。他和韩梅毕竟是同学，关系也不错，深感可惜。至于陈主任，虽然也认识，但他是领导，高高在上，和文海没什么交情，文海对他倒没生出同情来。

也是山重水复疑无路，柳暗花明又一村。就在文海落榜苦闷之际，突然传来好消息：1978年改为秋季招生，即不到半年文海他们又可以参加高考。文海发誓不能再有闪失，必须孤注一掷，这次无论如何要考上。考试一年比一年难，过两年往届生能不能报考都难说。机不可失，时不再来。至于找什么理由争取复习时间，虽没想好，但决心已定，吸取上次的教训，说什么也不能再动摇了。

刘燕接到两封信。一封是文海说考试的事；另一封是母亲说她大妈家二小子结婚，寻门户钱没着落。刘燕知道家里情况，一分钱进项没有，不到万不得已母亲不会开口。她赚得不多，省吃俭用攒钱，以防有个要紧事能帮衬。办事那两天恰好放假，堂哥刘维新和嫂子提前回去了，她没跟着走，想等着放假前把工资领了再走。没必要回信，老家地处偏远，说不定人回去了信还在路上。刘燕让堂哥捎话，告诉母亲自己晚些时候回来。这几天眼看日子临近，还没放假，难免心焦。办事当天终于放假了，她一早坐车急着往家赶。

刘燕妈没接到回信，听刘维新说刘燕准备回来，也就放心了。但当天办事，快中午了还没见人影，就坐不住了，去硷畔上瞭了好几回。难道出什么事了？她眼睛不好，几次看见沟里来人像刘燕，可走近一看又不是。亲戚们已有人问她上多少彩礼，说要一起上，她推脱道："等人家舅舅上了再说。"寻门户的钱不能欠，不然就把人丢了。老汉是个无事人，不急不躁的，可把刘燕妈急坏了。一毛钱难倒英雄汉，一个农村妇道人家，让她张口掰牙上哪去借？在刘燕家院子里办喜事，亲戚们早来了，远点的前一天晚上就到了，近的也一早赶来吃婚礼上的硬餐——饸饹泡油糕。新媳妇娘家路远，引人的早就走了，估计下午四点多回来。宴席尚早，办事人忙着在隔壁小窑准备着喜宴的"八碗"。新房设在刘燕大妈家原来的窑洞，老两口搬到垴畔上小土窑了。

农村大多如此，为把新媳妇引进门，老人们怎么都行。新房窗户贴着大红喜字，院子和门洞墙上也贴着红对联，喜气洋洋。婆姨女子们有说有笑，孩子们打打闹闹。无事的男人们蹲在院子里向阳的石塄边抽烟，谝着当年的收成和社会上的新鲜事儿。

刘燕紧赶慢赶到了交口，已是中午十一点，在李家村沟口碰见一辆手扶拖拉机，司机和她家都是一道沟人，搭车坐着赶回村。她一步迈进院子，显得鹤立鸡群，瞬间抢了不少眼球。农村人风吹日晒，灰头土脸，尽管办喜事把压箱底的衣裳都翻出来穿上了，仍难掩饰岁月和环境斧凿过的痕迹。也有刚刚成年的俏丽女娃，但艰苦的环境使她们缺少洋味。虽有个别城里亲戚，又缺乏艺术气质。刘燕肤如白雪，面若桃花，洋里洋气，气质不俗，自然抢眼。她妈看见，喜出望外道："哎呀，终于把你给盼回来了，我以为出啥事了！"

炕上坐满人，地上也站了不少，见这么个洋女子进了门，喧闹声戛然而止，纷纷看向她。刘燕没上炕，站在后脚地和亲戚们打招呼："昨天才放假，今天一早就急着往回赶！"坐在炕上七十多岁的老外家客问刘燕妈道："这是你的哪个女子？长这么俊！"刘燕妈美滋滋道："这是大女子刘燕，你见过，咋认不得了？"老外家客笑道："人老了，糊涂了，谁也认不得了，熟熟的人就是想不起来。"坐在后炕塄上抽着旱烟锅的远方亲戚插话道："这是刘燕？真是女大十八变，越变越好看，走在路上都不敢认了！"刘燕笑道："我还认得你呢，你咋就认不得我了？"刘燕的姑姑最疼她父亲，觉得这个兄弟人老实，光景不好，常牵挂，见亭亭玉立的刘燕出门回来，走到跟前拉着她的手说道：

"谁说我这二兄弟家穷？让我说一点也不穷，有这么俊的女子，将来肯定享福呢！"刘燕妈眼睛笑成了缝："还不知道靠上靠不上，不过现在是好着呢，全活我们刘燕哩！"说话间刘维新进了门，刘燕赶紧让上炕。他听众人议论刘燕，便也说道："刘燕不错，现在成了剧团独唱演员，在单位表现很好，她们领导见我常夸她，说你那个妹子给你可争脸了。"刘燕被堂哥夸得不好意思起来，自谦道："我还是个学员呢。"刘燕妈心里感慨，这些年，老汉没本事，光景拮据，过个红白事亲戚聚会，别人家时不时炫耀有本事的男人、出息的儿女，自家一无是处，总觉得比人矮半截。今天刘燕给她长了脸，在亲戚面前赢得赞誉，让亲戚们高看了他们家，使她第一次感到脸上有了光。

　　山坡上几棵高大的白杨树拖着长长影子，翘首与落日挥别。远路的亲戚开始坐席，吃完饭天黑前还得回家。远处隐约传来锣鼓声，耳尖的婆姨说道："引人的回来了！"一群婆姨娃娃喊叫着向硷畔跑去。锣鼓唢呐声越来越清晰，迎亲的吹鼓手从前湾进来，后面跟着一串驴拉车，出现在人们的视野里。坐在最前头架子车上引人的是刘维新家婆姨，穿得花枝招展尽显风采。紧随其后的是今天的主角新媳妇，穿着大红棉袄，头上围着红头巾。就连那头大叫驴也装扮上了红花，撅屁股伸头，一跌一跌很醒目。男人们为她们赶着驴。刘维新是出门的官，破旧立新的年代不便露面，由户家侄子代劳。办事的总管打发人拿着烟酒跑到村头，把东西塞进班头的褡裢，拦着吹鼓手，非让他们美美吹上一气。吹鼓手们得了好处自然来劲，挪着缓慢的碎步，仰着头，鼓起腮帮，涨红着脸，脖子上一根根粗壮的青筋冒得老高，唢呐举过头顶，像朵朵喇叭花朝天开放，似乎要吹破这蓝格盈盈的天。道路两旁和家户硷畔尽是看热闹的人，鼓乐声中，山村沸腾了。

"这媳妇俊个蛋蛋的。"几个年轻婆姨瞅着新媳妇议论着。垴畔上站着一对老太婆，老远指指点点道："你看现在的年轻人胆子多大，新媳妇东张西望的，一点不怕人。咱们那时候，见了人羞得头也不敢抬！"又有人道："现在是新社会，咱们哪能比？这样也好，人家这才叫活人哩！"

转眼间，迎亲队伍进了院门，路巷里响起震耳欲聋的鞭炮声，小男孩们在人群里低头乱窜，捡着瞎眼炮。新媳妇被送进新房，不大的院落挤满了看热闹的人。吹鼓手围坐在事先生起的篝火旁，继续吹打，办事人端着盛满"八碗"的红油漆盘子，单手举过头顶叫着"油来！"像水中鱼儿穿行，一盘盘热腾腾的饭菜摆上桌席。唢呐锣鼓，划拳碰杯，嘈杂熙攘，好不热闹。直至婚宴结束，人群散去，小院才恢复往日宁静。

33

1978年的春节，别人喜气洋洋过大年，文海家却因两个儿子高考失利，没心思张罗，过了个死气沉沉的年。农村有个讲究，正月初一不出门，初二有点早，到了初三，文海觉得应该叫刘燕到家住上几天。他穿着洗得发白的胶鞋，踏在积雪路上，咯吱咯吱的，身后留下一道脚印。风吹枝头雪花落，脖子里凉飕飕的。

文海把没考上学和今年准备再考的打算说与刘燕听。刘燕心想，这高考还真不容易，好在还有机会。单位年终发了先进个人奖品，一支钢笔和一个笔记本，刘燕赠予文海，并说道："没事，继续复习吧，也就半年时间，争取考上。要什么资料，我到延州后帮你寄些来。"小小礼物，几句安慰，却使文海备受鼓舞。为了这份理解和信任，必须不负厚望考出好成绩。

农村习俗，正月里来了亲戚要请客，特别是出门人回来更是这样。刘燕去延州后初次回家过年，临近的几户人家不能不去。文海恰好来了，客随主便，硬着头皮做了一回陪吃的女婿客。正月里请客吃饭不是饺子就是饸饹，这是最高规格。到了刘燕大妈家，已是上午第三家了。刘燕大伯拿烟递给文海，文海没烟瘾，道谢后将烟盒放回炕上。锅开了，她大妈端着一盖饺子下锅。刘燕道："不敢下多了，饱饱的！"大妈说道："没事，我们也没吃呢。"下了半盖。大妈心里有数，下这些老两口也能吃完，不会剩的。老两口爱吃饺子，有时没钱买肉，把土豆煮烂放点葱蒜调料，包着也算一顿饺子。锅开了几回，大妈用柳条笊篱捞起一个，用食指压了压，让刘燕先尝一个。刘燕夹起咬了一口说道："行了，不能再煮了。"年轻人不爱吃软的。大妈捞饺子递给刘燕一碗，刘燕说这是第三顿饭了，吃不了，找个空碗拨些出去，自己只剩四个。大妈只好端着另外那碗饺子递给文海，文海摆手说也吃不了那么多，也将饺子拨出去一半。大妈拦着："后生家吃这么点，还不如我们上岁数的人！"没拦住，只好回头端起那满满一碗饺子，递给老伴："你把这碗吃了。都不好好吃！"大伯笑道："年轻人秀气呢！"接过碗，坐凳子上埋头吃起来。

从大妈家吃完饭出来，老支书家又请吃饭。冬日白天短，一天吃了五顿饭，这家出，那家进，净吃饭了。不敢多吃，给下家留肚子。就这么个讲究，不请客礼数不到，好歹吃点尽了人情。可惜吃好的不长久，一过正月初六，最多也就十五，人们不得不继续吞糠咽菜。

两天后，刘燕和文海一起回到文海家。文博也在。文海妈高兴，把各色年茶饭蒸了一锅，等于给刘燕重新过年。吃完饭拉话。文博想去隔壁小窑看书，对文海说："谝一阵行了，把书看一会儿。"刘燕笑笑，也催着文海快去复习。说到学习，文博是个书痴，长着个柳树屁股，捧着书坐哪都生根；文海反应快，举一反三，却有点坐不住，屁股翘着，还得和心猿意马作斗争。

刘燕在单位睡了半年的床，回到家，曾经温暖的土炕却让她不大适应。赶着春节，锅灶很忙，早晚灶火不灭，炕一直热烘烘，她便上了火。文海复习睡得晚，见她翻来覆去睡不着，问她哪不舒服，刘燕说耳朵疼。深更半夜不可能去医院。文海便从暖水瓶里倒些热水，又用水瓢在瓮里舀了凉水掺和，试试水温，毛巾投一遍拧半干，敷在刘燕耳部。似乎管点用，挨到天亮。第二天却又重些了，文海建议去医院。刘燕讳疾忌医道："上火了，喝点绿豆汤泻泻火就好了。你看你的书去。"文海妈用小锅熬了半锅绿豆汤，特意放了点蜂蜜，凉了让她喝了一大碗。到晚上还是不行，绿豆汤降不住。文海急道："我这还怎么看书！你是搞声乐的，耳朵可不敢坏了。肯定是发炎了，赶快去医院！"随后刘燕耳朵竟流出些脓来。文海妈说："要不就找大队赤脚医生看看吧。"赤脚医生住山后村里，自学成才，文海妈迷信他，自己心脏病犯了也找他。文海坚持道:"还是得去正规医院!"刘燕就随文海去了油矿医院。医生诊断为急性中耳炎,要打针,开一周的药。刘燕说道:"过两天我要去延州呢。"大夫说道:"药少了不顶用,要根治。这样吧,先开三天的,打完三天针还不好,再继续打。"随后几日,虽然复习时间紧张,文海还是天天陪刘燕去打针。也许不常看病的人用药灵些,三天后刘燕果然康复了。

假期结束,文海和他妈送刘燕到交口车站,买了一张榆林来的长途客车票。车到站停住,下来一位帅小伙,高挑身材,时髦长发,一身笔挺蓝制服,外面披着黄大衣,跑来打招呼。刘燕和他显得很熟。刘燕给一旁的文海和他妈介绍道:"这是我们团同事。"文海和他妈点点头笑笑。同事凑近刘燕小声问:"这是你母亲?"刘燕连忙说道:"是我姨和表哥,就住交口,来送我呢。"帅哥当真,便连忙对文海妈说:"阿姨好!"又给文海也使了个笑脸。三人一起走进候车室等司机。

这小伙叫袁音,正是刘燕的追求者,在团里吹唢呐,年龄比刘燕大五岁。他原本学舞蹈,因脚伤改行,半路出家,业务平平。刘燕虽是学员,但作为独唱演员崭露头角,很有发展潜力,备受团里器重。袁音看好刘燕,想方设法接近她,外出演出坐车总帮刘燕占座,找各种理由去她宿舍晃悠。拆洗被褥,也找刘燕帮忙,有意在大家面前造成一种他们在恋爱的错觉。他大约知道刘燕有个所谓的订婚对象,但他觉得不碍事,他不信刘燕会和一个农民小子结婚,甚至觉得刘燕是一个需要被救赎的受害者。

候车室里袁音有点喧宾夺主,好像他是刘燕的男朋友,对刘燕大献殷勤，对文海妈和文海也客气，时不时扭头笑笑，只怕冷落了"客人"，临上车还打个招呼："阿姨再见！有空来剧团玩儿！"文海和他妈心里不是滋味。小伙子一表人才，和刘燕关系挺近，文海犯了醋意。无法当面说什么，只是随后信里巧妙提起，刘燕自然明白。刘燕觉得袁音的确很帅，偶尔也接受他的殷勤，但她知道袁音业务平平，也没什么文化，她自己文化水平不高，却喜欢有文化的人，因而对袁音保持距离。袁音求之不得，又欲罢不能，也只是剃头挑子一头热，自作多情罢了。争风吃醋在情人眼里往往是爱的表露，刘燕有种小小的满足感。她回信解释那人只是一般同事。文海不自信，心里不踏实，但也不好再说什么。

34

刘燕回团。文博开学回校。这段时间文海一直没出山，也没跟谁打招呼，农闲季节无人计较，可正月十五以后就不一样了，不劳动就必须有个说法。他是队干，不能让人背后说三道四，思来想去只能装病。几年前，李文治得肝炎在家休养半年，自己何不也说得了肝炎？听说肝炎腿肿，皮肤发黄，这些症状自己没有，如何让别人相信呢？还是先去医院检查一下，最近觉得体乏，说不定真查出个病来。他到油矿医院一查，还真查出点毛病，肝功化验，谷丙转氨酶偏高，医生说不一定是肝炎，但说明肝脏有损伤,应当注意休息。文海问道:"对干重活儿有没有影响?"大夫道:"指数没恢复正常之前最好不要太劳累。"文海问能否开个诊断证明。大夫说不行,只一项转氨酶偏高不能说明就是肝炎,自己注意点就行了。大夫有点不耐烦,文海只好作罢。非亲非故,凭什么开不确定的诊断证明?再说,证明通常是为干部职工用的,很少听说农民要啥诊断证明,不劳动不挣工分便是,何必多此一举。他没法解释,解释了也未必有用。尽管这样,文海还是有点高兴,好像不是得病,是碰上了什么好事似的。这也算有了由头,买了大夫开的几包中药,招摇过市提着回村,逢人便说得肝炎了,大夫不让干重体力活,还装出病恹恹的样子,说话有气无力。他把化验单和病历拿给书记看,老书记皱眉看了半天,嫌大夫字迹潦草看不懂。文海说道:"这不是写着呢,肝功能化验转氨酶高,就是肝炎嘛!"书记弄不清文海真有病还是假有病,既然拿来了医院开的单子,也就没刨根问底。书记知道文海的情况,二人相处得也不错,睁一只眼闭一只眼罢了。晚饭后文海又去小队长家说了一声。小队长是自家子侄不会有问题,但也得打招呼,他在生产队是个实权人物,好多具体事归他管。如此这般,文海把该演的戏演完,就开始在家复习功课。虽然有了正当理由,但平时也得小心谨慎。不敢走路太快,怕显得太精神;自留地也不能去,全靠患病的母亲风里来雨里去忙活;挑水和担粪这类重体力活实在没办法,深更半夜避开人偷着干,做贼似的,先到硷畔四处侦察一番,见没人才敢回家拿桶,路上还得鬼鬼祟祟避人,特别是前圪崂人,绝不能让他们发现。倒也不是人人都在意他那点事,但他知道有人会特别在意,稍不留神就能生出事来。白天用水过度，水瓮见底，只得靠九岁的妹妹拿小铁桶用稚嫩的肩膀去挑，一趟几歇。这些文海都看在眼里，疼在心上，但没办法。全家人竭力支持他，激发了他的学习劲头。除吃饭和有限的睡眠外，夜以继日，一天学习十小时以上。母亲既心疼又欣慰。

一天早上，文海去学校听课，路上碰见"赵能人"。"赵能人"问他这么早去哪儿。文海说去医院买点药。"赵能人"问道："你那病咋还没好？"文海说慢性病好得慢。说着俩人各自走开。尽管文海谨小慎微，还是引起赵兴国注意。文海的这点把戏瞒不过他。他不信文海有病。他不是怕文海不劳动，劳不劳动与他何干？文海真生病躺在床上才合他意。他是担心文海找借口偷偷复习。他女儿赵星星早就在家复习一阵子了。这个时候，不知有多少青年放下工作积极备考，想也能想来。

以前只是家族派系间矛盾，各为其主而已，没必要非置对方于死地。上次告刘燕纯属为女儿，可这次文海考学并不碍他家的事，全国统考不在乎多一个文海，他的女儿考上考不上也和文海参不参加考试没啥关系。君子坦荡荡，小人长戚戚。"赵能人"见不得别人好，特别是见不得李家人好。谁家有个好事，他就要使个绊，不能让谁好活，好像不这样浑身痒痒，没尽到监督责任似的。没见过他对前圪崂人这样使坏，有时还真替他们打抱不平。就说杨志伟的死，尽管原因是多方面的，但他为给死者家属申冤下了很大功夫，不是一般人能做到的，起到的作用也是很大的，没有他使劲，黑锤就不能当工人。他知道，女儿学习不如文海，考学没把握。如果文海考上，而他的宝贝女儿再度名落孙山,对女儿又是一次打击,全家人脸上也无光。他跑到公社张书记办公室,装出一副为生产队打抱不平的样子说道:"文海当队干,过了年到现在一天山也没上,光钻在窑里复习考试呢,一点不注意影响,让社员咋想哩!"张书记闻言没说什么,但不等于没当回事。几天后,公社召开各大队书记队长会。文海有病在身不能劳动,但会总可以参加吧?不去还得给公社请假,反倒麻烦。他以为公社不知道情况,就应付着开会去了。开完会走出会议室,迎面碰见张书记板着脸道:"有人反映你一天工也不出,整天待在家里复习,要注意影响!"文海愣住,想了想,除了"赵能人"告状,前圪崂人谁还认识张书记?更不用说搭上话了。文海心里升起一股无名之火,少有地在领导面前说了句气话:"那赵星星在家复习咋就行?"张书记道:"人家是女娃嘛!"这理由张书记自己也觉得有点站不住脚。文海又道:"我检查化验肝功有问题,不能干重体力活。"张书记听后也没再说什么。不管怎样,文海是队干,应该注意影响,但出不出工主要是生产队的事,队上领导没说什么,只是赵兴国反映也做不得实。而且刚听文海说赵星星也在家待着,碍于面子嘴上说了一句,可心里也觉得赵兴国有点不地道。在农村,男女劳力尽管有别,但绝不是女劳力就可随便不出工。自家女儿也那样,还好意思告别人。再者他也知道文海的情况,不考试咋办,公社又照顾不了他,年轻人学习不是坏事,只要不造成坏影响,也就没必要揪住不放。

转氨酶偏高不能过于劳累,复习功课却也并不比体力劳动轻松。熬夜伤身,文海比原先更瘦了,脸色惨白,乍一看真像得了大病。但他顾不得这些，背负着两家人的期盼，奋力奔跑是本分，哪敢止步。

35

阴历三月，李顺顺结婚了。顺顺家是军属，政治条件好，但没人在官场走动也不好使，招工照样没门儿，只能像千千万万回乡青年一样，在家乡扎根，过老婆孩子热炕头的小日子。

农村的红白事，礼数多。新媳妇引回，身为长辈的文海妈拿着粉红梳子给新人上头，口中念道："一木梳角角长，二木梳角角强，三木梳角角撂过娘家的墙。"说着把一碗核桃和红枣从新郎新娘头顶倒下，嘴里继续念道："双双核桃双双枣，双双儿女满炕跑。"夫妻俩谁把上完头的梳子抢在手，谁在新家说了算，也就是未来的掌柜。没等文海妈把应耍的招数使完，顺顺媳妇就迫不及待一把抢到梳子。围观的年轻人发出噢噢的嬉闹声，李顺顺红着脸嘿嘿一笑，好像并不在意。

夜幕降临，一帮爱戏耍的年轻人聚到一起闹起洞房。农村的新婚之夜，祖辈传下来的风俗，这一夜无论耍得如何过分，新郎新娘都不能恼。文海是自家人不大方便，只站在一旁添油加醋；宋强不爱闹腾，只笑着旁观；只有雷秉忠摩拳擦掌跃跃欲试。雷秉忠堂哥是交口村大队书记。交口大队是公社所在地，其他村比不了。交口大队买了一辆大型拖拉机，亲戚安排他担任拖拉机手。雷秉忠穿着劳动布工衣，跟正式工人似的，带着优越感，拉着赵星星坐在新郎新娘两旁，换着花样瞎折腾，非要新郎新娘喝交杯酒。顺顺夫妇推脱不了，只好硬着头皮喝。看着俩人交起胳膊，雷秉忠给赵星星使了个眼色，从背后一推，将俩人头碰在一起，洒洒了半杯。顺顺没好气道："你们咋……咋这么坏，洒人一身！"雷秉忠道："自己没拿稳怪别人，不行，重喝！"顺顺瞪着眼睛问："还……还喝？"众人也附和着让他喝。顺顺只好又端着一满杯酒说道："最后一杯。那再推人咋……咋办？"雷秉忠笑道："让你喝个交杯酒咋就这么难。"夫妻俩将酒喝下。媳妇不胜酒力，只喝了半杯，被雷秉忠看见，又给满上说道："不行，嫂子养鱼呢？没喝嘛，重喝！"李顺顺从媳妇手里夺过酒说道："我……我替她喝了。"雷秉忠挡道："不行，那是嫂子的酒，必须由嫂子喝！"顺顺媳妇赖不过，笑了笑端起喝了，还是没喝净。雷秉忠高举酒杯照了一眼道："怎么还有个福底？不行，要罚！"说着又倒起酒来。顺顺急眼了："你心……心坏着呢，不能再喝了！"雷秉忠说道："你替嫂子喝也行，一滴酒罚一杯，剩了个福底，起码四滴，算了，打个折，喝三杯！"众人七嘴八舌起哄。顺顺母亲从隔壁窑洞过来，见状说道："耍一会儿行了，明天还得早起回门呢！"老人发话了，时间的确不早了，众人停止嬉闹，暂时饶了李顺顺夫妇，各回各家。

　　雷秉忠当晚借宿文海家小窑，拿出早已准备好的一大包辣椒面，上到垴畔，点着后塞进顺顺新房烟囱里，又用干草和石头压住烟囱口，然后来到顺顺门前偷听。不一会儿，只听得新婚夫妇呛得咳嗽不止。顺顺穿着大裤衩下了炕，寻找呛人的源头，见灶火有烟，端起锅一瞧，火星子裹着黑烟轰然而起，熏得顺顺一脸黑。顺顺赶紧把锅坐上堵住，咳嗽着生气骂道："咳咳，谁……谁家儿子做的短事？"门外传来咪咪笑声。顺顺咚咚咚跑到门前一把拉开门，只见一个黑影一溜烟不见了。他骂了几句，扭身穿衣，上垴畔掏出烟囱里的干草。媳妇挑起门帘散味。这个季节，陕北早晚很凉。一通风倒是不呛了，但家成了冰窖。顺顺不用猜也知道是谁干的，除了雷秉忠还有谁这么损？他虽笨但不傻，偶尔也精明，算计雷秉忠还会来，就给尿盆加了两马勺水，放在门前，轻掩上门，熄灯和衣睡下，竖起耳朵听。雷秉忠果然又来了，见灯已灭，便蹑手蹑脚走到门前想听新婚夫妻行房事，没动静，又往前靠了靠。媳妇把顺顺戳了戳，指指窗外一晃而过的人影。院子挂着长明灯，窑洞灯光一灭，外面的人影便可见得。顺顺急忙下地，没顾得穿鞋，端起尿盆，一只脚把门挑开，猛冲出去。雷秉忠只听得窑里有点动静，以为好戏开场，正竖耳细听，没反应过来，让顺顺逮个正着，迎面泼来一盆不明液体，半截身子湿透。闻出味儿不对，撒腿就跑，噗噗直吐口水。落汤鸡雷秉忠回窑，文海笑问："怎么成了这副样子？"雷秉忠抹了一把满脸的污水道："这家伙好像把尿泼在我身上了！"文海闻言哈哈大笑，觉得顺顺干得不赖。谁让他那么闹人家呢！文海倒了半盆热水让他洗。雷秉忠脱下湿衣放炕头烘，臭归臭，起码明早起来能凑合穿着回家。顺顺夫妇报了仇，心里舒坦了，倒像添了几分情致，虽然窑洞冰凉，但心里暖和，搂在一起，越抱越紧，顺势缠绵起来，一点也不觉得冷。

李文治在公社下乡多回家少，她媳妇耐不住寂寞，夜里跑到顺顺家听门。顺顺夫妇也怪,亮灯行房事。窗上糊着麻纸,舌头一舔,不声不响一个小洞,屋内一览无余。文海晚上点灯复习,学累了到院子外面透气。文治媳妇趴窗上瞅热闹捂嘴偷乐,看见文海,还笑着冲他招手,邀他一同观赏。文海二十出头尚是童男,不好意思看,径直向院门外走去。一天夜里,文海照例溜达一圈回到院子,见文治媳妇锲而不舍瞅那窗孔,便纳闷什么东西能有这么大的吸引力,终于按捺不住好奇心凑过去。文治媳妇直起身子把窗孔让给他。文海往洞里一瞅,不看不要紧,一看吓一跳。两个光身子纠缠在一起,蠕动的躯体和低沉的哼吟,让文海一时间魂飞魄散。与刘燕订婚几年,顶多拉拉手,从未想到男女能这样放肆折腾。视觉冲击力太大,心脏狂跳不止,文海急忙把眼睛移开跑掉了。文海离开神秘的窗孔回到家,却再也无法集中注意力看书,满脑子闪现着刚看到的画面。他无奈又出门活动胳膊腿,摇一摇迷乱的脑袋,想把刚才的记忆甩掉。此时文治婆姨已经走了,四下无人,唯有顺顺家窑洞里的灯光依然亮着,那个无人遮挡的窗孔射出一丝魅惑的光。勾魂的一幕又浮现在文海眼前,心里像钻进了小虫似的痒痒,文海不由想:"一次是看,两次还是看,再看看也无妨,再看最后一眼,从此断了邪念!"于是他探头探脑又来到窗口,屏住呼吸,眼睛慢慢凑近窗孔,顿时心跳加快。他不由想到远在延州的刘燕,心下感叹:"刘燕啊刘燕,夫妻关系竟能如此亲密无间!"文海这么想着,一不留神将立在窗前的锨把碰歪,咣当一声倒在地上。窑里正忙活的夫妇骤然停下动作,顺顺吼道:"谁?狗日的干什么呢?"

文海吓得赶紧跑出院门，在外面溜达了好一阵，估计顺顺夫妻差不多睡着了才偷偷溜回家。寂静的夜晚，门轴经不得丝毫骚扰，咯吱一声，声音显得挺大。文海第一次觉得门轴这么讨厌，恨不能倒点麻油封住它的嘴。只能祈祷隔壁两人没听见。他没敢惊动熟睡的家人，赶紧上炕躺下，在黑暗中睁着一双眼，毫无睡意。从那以后，文海再也没敢光顾顺顺家门口，只是加倍用功读书。过了几天，顺顺家装上了窗帘，更没戏了。

36

刘燕年后回单位赶上团里排练大型歌舞剧《兰花花》，作为陈老师的得力助手，和陈老师一起担任主题歌领唱。《兰花花》主题曲音域宽广，气势恢宏，不好驾驭，但刘燕排练得愈来愈成熟，完成得很好，大家对她刮目相看。该剧导演是郑副团长，另一位联合导演是外请的名家。大导演戴一副又大又圆的黑框眼镜，看完排练，召开全体演职人员会议，满口京腔说道："担任《兰花花》领唱的姑娘是哪位，站起来让我看看。"大家把目光齐刷刷投向刘燕。她以为出了什么差错，红着脸不自然地站起来。导演冲她微微点头，示意她坐下，然后扭头对身旁的郑副团长嘀咕几句。随后的排练，刘燕竟被破格擢拔为前半场女一号兰花花；之前的兰花花扮演者改为后半场登台，两人共饰一角。一方面整场剧分量太重，一人恐应付不来；另一方面前半场唱腔较多，原先的演员形象虽好，但高音欠佳，刘燕高音是强项。外来的和尚好念经，大导演的建议被采纳，打破了论资排辈的规矩。五月中旬，《兰花花》歌舞剧首演大获成功，随后场场爆满，从黄土高坡一路演到了首都北京，获得文化部大奖，并在全国多地电视台播放。这都是后话。

演出头几场由陈老师领唱主题歌，随后大多由刘燕领唱。她用那高亢嘹亮细腻婉转的嗓音唱道："青线线的那个蓝线线哎，蓝格盈盈的彩，生下一个那兰花花呦，实实地爱死个人……"主题曲后，作为女一号的刘燕，带着沙莎等十二位仙女般的舞蹈演员，穿着各色陕北民俗服装，手提灯笼登台，跳起了舞蹈《花赞》，婀娜多姿，清新养眼。节目赢得满堂彩，观众起立鼓掌不息。人们纷纷议论着。

"兰花花是个新人！"

"是陈老师的徒弟。叫什么来着？"

"好像叫刘燕。这么年轻，唱得和陈老师也差不多呀！"

"不是差不多，是各有千秋！"

刘燕进团一年，便担任大型演出主角，备受信任，事业蒸蒸日上。一天，刘燕和鲁萍走在东关街上，不时有人回头看她们，刘燕对鲁萍低声道："人家都看你呢！"鲁萍笑道："难道不是在看你？让他们看，亮瞎他们眼！"说着更来劲了，从兜里掏出一副墨镜戴上，像个大明星。东大街百货店柜台，几个女孩从背后指了指刘燕窃窃私语："这是《兰花花》里的刘燕吗？"一旁有个小伙子也戳了戳同伴道："那是不是兰花花？"鲁萍小声笑道："你出名了！"刘燕摆手否认，但心里美滋滋的。

陈老师算不得什么官，但有名人效应，地区主管领导和社会上不少有身份的人买她的账。她有个侄儿从小在她家长大，她当儿子养。她把侄儿安排到延州运输公司车队。当时社会上有句时髦话：方向盘一转，给个县长也不换。在商品普遍紧俏的年代，司机买柴米油盐等日常用品比较方便，算个香饽饽职业。陈老师这侄儿长得挺精神，二十六岁还没成家，介绍的人太多，挑花了眼。陈老师觉得刘燕形象好，业务强，人又勤快，便有意撮合二人。侄儿也知道刘燕，在陈老师家偶遇过，尽管没搭话，但印象挺好。陈老师没直接向刘燕提起此事，担心刘燕不同意，作为老师面子上过不去，就找刘维新探口风。贵客临门，刘维新满脸堆笑，端茶递水。陈老师先把刘燕夸一通，刘维新原本不大的小眼睛更是笑成一条缝，嘴都合不拢了："还不是你培养得好，她以后可要好好孝敬你呢！"陈老师觉得火候差不多了，话锋一转道："我今天来有点事想和你商量一下。"刘维新道："什么事？你说，不用客气！"他以为陈老师想买猪下水或者牛羊肉。陈老师道："是这样，我有个侄儿，在运输公司车队开车，各方面条件还不错，我想把他和刘燕撮合到一起。你觉得如何？"这出乎刘维新意料。刘燕在家有婚约，尽管他不大赞同，但作为堂哥，不好干预。退婚重找，不是个小事，不知刘燕是个啥想法。如果让他说，真要悔婚，找工人或者司机其实都不算理想，应该找个机关干部。他在地委工作过，认识人多，可通过人介绍给她，他觉得刘燕也具备这个条件。但陈老师话已出口，得顾及面子，把话说圆，不能伤了情面，毕竟刘燕以后还得靠人家提携。刘维新思忖一番笑道："这是好事，按你家的条件那是刘燕高攀了。但你不是外人我明说吧,刘燕在家有婚约在身,拉扯起来也沾点亲,就算退婚,也得有个过程。不管怎样,我先问问她自己是个啥想法。"

陈老师何尝不知刘燕有对象,但她觉得男方在农村,没出息,将来二人肯定散伙。她听出刘维新的话音里有为难成分,便自打圆场道:"也是,这种事急不得,慢慢来,你知道有这么个事就行。我是觉得双方条件差不多,想成全他俩,但成不成主要还是看他们自己。现在的年轻人,咱也拿不了他们的主意。"刘维新道:"没问题,你的好意我知道了。大人都是为他们好。"俩人都说了活话,留有余地。道别时,刘维新说道:"食品公司再没啥能耐,就管点吃喝的事,有需要你就说。"陈老师接茬道:"行,有事肯定少不了找你。"

几天后刘燕来到堂哥家,闲谈中刘维新把陈老师的意思转告她,特意说:"我没答应她什么,这事主要还看你。你见过她侄儿吗,人怎么样?"说罢点烟抽了起来。刘燕听罢没表露出反感,但心里不以为然。她认为文海考学正在关键时刻,绝不能提这种事。自己应该支持他,鼓励他安心复习,争取考上大学有个好出路。但她也知道陈老师和堂哥是出于好意,便说道:"她侄儿我见过,人挺好的,但我现在不想考虑这些事,趁年轻想先多学点东西。"刘维新弹了弹烟灰,慢慢吐出一缕烟雾道:"不是非要你考虑他,一个司机能有什么出息。即便再找,也应在地区机关找个干部比较好。"借此机会,刘维新点明了看法,作为堂哥也只能点到为止。见刘燕对此话题不感冒,也就没再往下说。

刘燕下午回团,装出一副漫不经心的样子问闺蜜鲁萍:"你觉得陈老师侄儿咋样?"听得这话,鲁萍敏感地反问:"挺好呀!怎么,你看上他了?我给你牵线,保准能行!"刘燕道:"你想哪儿去了,不是那个意思,随便问问。"鲁萍道:"你是不是还放不下文海?"刘燕道:"倒也不是,我现在还不想考虑这些事。"鲁萍道:"文海现在干啥呢?"刘燕道:"复习考学。"鲁萍道:"学得怎么样,能考上吗?"刘燕道:"我觉得应该差不多吧!"鲁萍道:"说起考学,我问我男朋友:'你咋不考?'他还蛮有理说:'我干嘛要考学?出来还没我现在挣得多。'我说'你就吹,吃不上葡萄说葡萄酸,你根本就不是学习的料'。"鲁萍三句话不离她的司机男朋友。刘燕本想说点自己的事,听听她的看法,不想打开了鲁萍的话匣子,滔滔不绝,说得兴起把她和男朋友初吻、拥抱,甚至摸胸这类事全抖搂出来。刘燕浑身鸡皮疙瘩掉一地。鲁萍一再追问刘燕:"你们俩有没有亲嘴?"刘燕斩钉截铁道:"没有!"鲁萍撇嘴道:"鬼才信呢,看把你正经的!订婚几年了,有那么纯洁?"鲁萍和她男朋友春节才偷偷恋爱上,发展神速。在她看来,恋爱这东西跟抽大烟似的,会上瘾,不是想把持就能把持住的。刘燕懒得回答。鲁萍又道:"你痴情等他,他究竟有什么魔力把你吸引住了?"刘燕道:"他为人正派,心地善良。"鲁萍笑道:"你们订婚了,抱着亲一下不算啥,只要爱过,即便以后散了也没什么!"刘燕觉得鲁萍太开放,但也觉得她的话不无道理,想想自己和文海在一起可真够保守。夜已深了,刘燕忽而想到明天应该去新华书店给文海买些复习资料寄去,便侧身睡了。见刘燕没动静,鲁萍哼起了小调:"交过的恩情说过的话,提起来心上猫儿抓。想哥哥想得我迷了窍，睡觉不知颠和倒。白天想你我端不起碗，晚上想你我拉不灭灯……"刘燕知道她引逗自己，偷笑了一下，继续合眼睡觉。鲁萍觉得没趣，便也睡去了。

第二天上午吃过饭，刘燕来到新华书店，服务员推荐了一本厚厚的高考复习大纲，她付款买下，去街道对面邮局寄出，留言道："收到请回音。"办了正事，了却一桩心愿，她心里愉快，下午和几个要好的同事出去玩，直到黄昏才回到团里。

半个月了，刘燕一直没收到文海的回音，却在门房见到了退回的资料，上面写着："地址不详，退回！"拿着退回的资料，刘燕心情沮丧，抱怨邮局，但仔细一瞧，才知不怪邮局，是自己把地址写错了，把洛水县误写成安定县，大意了！她深感愧疚，不知如何处理这些资料。对她而言这些是废纸一堆，可重寄又不知多久才能寄到。眼看考试将近，太晚送到就没意义了。想想自己考剧团，文海用心良苦，专门去了趟延州，不管作用大小，那份情义是感人的。相比来说自己就做得不够。真正的情义应该在最困难时体现。这段时间正好没演出，刘燕便决定干脆回去一趟，当面把资料交给他，也算尽绵薄之力。主意已定，第二天便请假启程。

到交口下了车，雨水从天而降。刘燕没带伞，提着包，一路向文海家快步跑去，进门头和肩已全淋湿了，复习资料抱在怀里牢牢护着，滴水未沾。文海不知刘燕要回来，昨晚熬了夜，刚吃完中午饭，躺着休息，突然门里进来个人，定睛一瞧是刘燕，不是逢年过节，也不到假期，可谓惊喜。他一骨碌爬起来下炕，将毛巾递给刘燕道："怎么这时候回来了？快擦把脸，把外套脱下来晾着。"刘燕脱下外套递给文海,擦着头发道:"请假回来的,给你带点复习资料。"文海从刘燕手中接过那本崭新的《一九七八年全国高等学校招生考试复习大纲》,沉甸甸的。其实这本书自己已经买了,全国统一发行,交口书店有售。但刘燕这份心意令文海感动,仿佛莫大的鼓励,胜过千言万语。文海道:"这么远回来一趟,辛苦你了!"刘燕道:"也不知你能用上不,这是别人推荐的。"文海连忙说道:"能用上能用上。"他不愿道破秘密,显出此书难得的样子。刘燕听了自然高兴。

文海妈也开心,用火枪拨了拨灶台的火苗说:"火还有呢,我给你做饭!"刘燕道:"我不饿呢。"文海嫌刘燕客气,便说道:"你肯定是一早动身没吃饭!"刘燕莞尔一笑便不再客气。她的确没吃饭,空着肚子从延州赶回,说起吃,肚子就咕咕叫了。不一会儿,荷包蛋揪面片端上来。文海家喂着几只老母鸡,下了蛋舍不得吃,攒着卖了添贴家用。刘燕回来,说什么也得拿出几个款待儿媳。文海妈亲昵道:"吃完再给你捞,锅里还有哩!"刘燕道:"你也吃吧,我有这碗就够了。"又转而对文海道:"你复习熬夜,更要注意身体。"说着把碗里的三个荷包蛋拨了两个在空碗里。文海妈又将鸡蛋倒进刘燕碗里道:"别让了,都吃了吧!"刘燕又拨回去一个道:"真的吃不了。"文海知道刘燕不爱吃蛋黄,接过碗把蛋黄和蛋清分开,递给刘燕道:"你把蛋清吃了,蛋黄归我。"彼此关心着,心里暖暖的。

第二天上午放晴,文海妈出山,文海妹妹文花也上学去了,只剩文海和刘燕在家。文海看了一会儿书,见刘燕闲来无事,便对刘燕说:"你考考我咋样?"刘燕说:"行呀。"文海从柜里取出旧棉袄垫在凳子上让刘燕坐,自己拉了条长凳坐下,翻开时政题道:"从这里开始,你问我答,有标准答案,错了你随时纠正。"刘燕坐在棉袄凳上,拿着资料,念着问题,看着标准答案,听着文海的回答,暗暗在想:"多好的人啊,既体贴又勤奋,能考上该多好呀!"文海想不起的地方,她提醒着,读到不顺畅时,文海把头伸过去,她有意靠过来。二人挨在一起看答案,传递着彼此的气息,似乎背诵的不是枯燥无味的时政,竟似贾宝玉和林黛玉品读的《西厢记》。

复习完一个章节,小憩片刻,文海在废纸上写了"刘燕"两个字,刘燕道:"你写字真好看。我的字不好看。"说着拿笔临摹起来,文海见她临摹得不像,手把手教着,情愫更浓。院子忽而响起脚步声,他俩赶紧坐正,却听得隔壁窑洞开门,是顺顺家回来人了。晚饭后,刘燕洗衣服,文海到顺顺家借衣架。顺顺神秘兮兮道:"刘燕回……回来干什么来了,啥时走呢?"文海道:"没啥事,回来转转,过几天就走。"顺顺贼眉鼠眼道:"你还不把生米做成熟饭,不怕她以后跑……跑了?"文海听了,没好意思顺着往下说,把话岔开。但此番话也让他有所触动,前阵子听了顺顺夫妇的门,大受刺激,何尝不想亲近刘燕?但勇气不足,万一操之过急,恐怕适得其反。所以在这方面没有迈出那一步。第二天,刘燕回家了。文海为保障学习时间没跟着去。两个村离得近,却像两个世界。刘庄村至今没通电,还点着古老的煤油灯,晚上看书费眼睛。两天后,刘燕又来文海家住了一晚,天亮时回了歌舞剧团。

37

几天后，文博回家表态："我不想教学了，只想回家集中精力复习。"文海说道："未尝不可。两头兼顾太分心，城里乡里都耽误了，与其那样倒不如破釜沉舟背水一战，也许就能成功！"主意已定，文博第二天便去学校辞职。不久，弟兄俩去交口公社报名，两天后文博把户口从刘庄村转回了李家村，不上山劳动，只专心复习。

家里养着两个不干活的吃嘴后生，只苦了体弱多病的母亲，门里门外忙个不停。但她心里是亮堂的，两个儿子都很争气，互相督促，你追我赶，学习到深夜。万一今年真考上一对，那她就活成人了，再苦再累也心甘。拖着病体，文海妈仍然有使不完的劲，累得晚上倒头就睡，病犯了，吃上几颗药，拔上几火罐，第二天仍像细腰的蚂蚁，为了她心爱的儿子们，为了生计，奔波不息。

文博高七二级毕业，在校的几年里教学比较正常，毕业后又从事教育工作多年，曾带过两年的初中数理化课，基础知识扎实。文海没他哥幸运，七五级毕业，基础差，毕业后回村，繁重的劳动和无端的打击接踵而至，扔掉的书本就没再捡回来。母亲沉思道："你俩能换考就好了，不管咋样文海如果考上就把大问题解决了。"母亲点破了这层难以启齿的话题。不是她偏心，她实在为文海和刘燕的事担心,好像心里装着个玻璃瓶,怕给打碎了。她的话引起了弟兄俩一番争论。他们曾参加过一次考试,对审查程序略知一二。文博拿出了姿态:"要是查不出来的话,换一下也行。"文海道:"咱俩长得不像,我觉得不行,一旦查出,俩人都完蛋了。"文海这两年经事多,考虑问题更谨慎些。这事也就说说而已,只是母亲一时的想法,谁都知道风险大,很难操作。

终于要考试了。弟兄俩没分在一个考场。第一场考数学,拿到试题,文海从头到尾扫了一遍,心里基本有数了。答完题反复检查,验算结果没错,只是最后一道应用题解答不够准确。出考场见到文博,说起那道应用题,文博果然更胜一筹,答对了。考完所有科目,文博的数理化强一些,文海文科好一点。兄弟俩总体感觉这次考试比上次有把握多了,哪些题对,哪些题错,心里都比较清楚。一个月后才公布成绩,这期间只能耐心等待。

一天中午,文海去村小学看报纸,碰见赵兴国,他眨巴着一双小眼睛笑眯眯地对文海说:"要说咱们村,就数你弟兄俩学习好,这次考试估计你俩都有戏呢!你俩考上也是咱们全村的荣耀,打破了村里有史以来的纪录。通知快下来了吧?"文海觉得他是白眼狼戴礼帽假充好人。但听着甜言蜜语,也觉顺耳,便顺着话题聊了起来。"赵能人"就这本事,说起好话来,一脸的真诚,让人不由得舒服。文海说道:"还没接到通知。赵星星应该考得不错吧?""赵能人"摇头道:"星星不行,上学早,年龄太小不懂学习,没学到东西。"他把女儿学习平平归结为年龄小的缘故。倒也是,赵星星的母亲是教师,赵星星六岁上学,十五岁就高中毕业了。两人小心翼翼聊了会儿,分道扬镳。

成绩终于出来了,功夫不负有心人!文海弟兄俩双双考中,而且成绩远超录取分数线,文博高出五十多分,文海高出四十多分。若不出意外,录取是板上钉钉的。虽然还未正式录取,但弟兄俩考出的成绩足以让全家人沉浸在喜悦中,一个家庭一年里考中两名大学生,在全县也属罕见。

文海妈笑得合不拢嘴,好像中举的不是范进倒是她,笑完又哭了一鼻子。也难怪,两年来的压抑,终于得到释放。丈夫入狱,文博婚姻变故,文海和刘燕的关系悬而未决。多少个难眠的夜晚,有苦无处诉。现在老天开眼,让俩儿子一同考中。拼死拼活不就为这几个娃吗?只要他们有出息,吃过的苦、遭过的罪、受过的委屈全都烟消云散了。幸运之神突然降临,让她受宠若惊,仿佛从地狱直升天堂。

文海弟兄俩同时考出高分的消息很快传遍十里八村。亲戚邻里曾经怜悯的眼光转而变成了羡慕的眼神。文海拿到分数通知单的时候,一时不敢相信,在大腿上拧了一把,感到疼痛,才意识到自己的美梦成真了。他第一次尝到了奋斗的果实,觉出人活着的意义。离录取还有一个多月,文博去延州招生办打听消息。身在异乡教学,连一个睁眼瞎的村姑都看不上他要悔婚,就是门缝里瞅人,把他看扁了。考出好成绩,让那些鄙视自己的人自愧不如去吧!

几天后,文海到交口书店买书,碰到尚老师。尚老师知道文海弟兄俩高考分数远超分数线,夸赞道:"你们弟兄俩考这么好!肯定能录取。"文海道:"谢谢尚老师,您身体好些了吗？"尚老师道："好着呢。小莉还在队上，今年有点事耽误了，没参加考试。你有空来家做客，她经常回来。"文海同邢小莉快两年没见了，上次路边偶遇他还有意躲开了。当时自己落魄的样子不想被她瞧见。现如今，他们有了各自新的生活圈子，文海有了另一个无法割舍的女人，往事如烟消散。他曾想过，如果没遇到刘燕，也许他会毫不犹豫地去找邢小莉。现在只能把那段曾经的梦幻深埋心底。

赵星星再次落榜，赵兴国一家再次遭受打击。他怎么也想不通，金富一个不起眼的庄稼人，至今还坐在监狱里，狗尿到头上了，两个儿子考这么好，老二的未婚媳妇也出众。赵兴国家虽在农村，但家底厚。妹妹和弟弟都在外工作，多少能帮点忙，婆姨教书多年也有稳定收入。赵兴国自己虽无固定差事，但能折腾，当基建队的头头，抽空又在油矿倒腾事，一直没闲着，收入不是一般庄户人家能比的，日子过得和工人干部家庭差不多。赵星星是大女儿，从小娇生惯养，受不了苦。十八岁的大姑娘没个正经事，总不能修个闺楼藏在家，迟早也得出阁呀。找对象呢，家境虽好，但毕竟是农村户口，没正式工作，公家人不好找，农村人又看不上，高不成低不就，一旦年龄混大就麻烦了。赵兴国不敢往下想。

文海所在的高七五级七班，五十多人，除去年宋强考入大学，今年仅文海一人超过分数线。文海考完睡了两天，起床后换一身烂衣裳上山劳动去了。一家人还要靠生产队工分吃饭，小半年已经过去，挣不下工分，粮分得少不说，年底还得出粮钱，本来拮据的日子会更艰难。下半年弟兄俩上学，费用大，部分由国家负担,每月十二元助学金,节约一点基本够用,不用过多拖累家里,但母亲和妹妹还要生活。靠他干几天也解决不了问题,只能说赚一点是一点。

考试成绩已经公布一段时间了,录取工作快开始了。文海在队里干完活,下午打算把自家自留地锄一遍。他基本不太关心队上的事了,在思想上已做好离开的准备,村上也知道弟兄俩考试情况,不指望他们能干啥,家里有事打一声招呼,也就没事了。吃完饭,中午没休息,文海戴顶破草帽,穿着背心和短裤,扛起锄头朝河对面自留地走去。今年的夏季比往年旱,蔚蓝的天空万里无云,火红的太阳炙烤着大地。自留地几棵梨树一改往日挺拔的样子,低垂着树梢显得无精打采。树下拴着一条小黑狗,伸着长长的舌头喘息着,在文海腿边摇尾巴。知了比往日更来劲了,声嘶力竭鸣叫,十分聒噪。身处其间四面八方热浪滚滚,如同蒸桑拿。文海脱下鞋,赤脚走进地里,松软的黄土晒得发烫,脚板尽量踩在野草和刨起的湿土上,才稍能忍受。干了不一会儿,汗如雨下,肩膀搭着的毛巾,能拧出水来。到太阳西斜,越过高山,留下长长的影子,少了火辣辣直射,才没那么难受了。文海趁凉加紧干活,他想在天黑以前把活干完,这样明天就不用再来一趟了。突然,身后传来老支书急促的喊声:"李文海,李文海!"文海停下锄头问什么事。老支书说:"上面来人了,有点事让你回来一下。"文海不想回去,但听说上面来人,向学校院子望了一眼,停着一辆吉普警车,有点意外。他回到学校院子,把锄头立在队部门口,走进窑洞。老支书和一位干部模样的年轻人说着话,旁边坐了一位穿警服的司机小伙。见文海进来,老支书便对年轻人说:"这就是李文海。"

年轻人没客套,直奔主题,郑重其事道:"根据县上专案组要求,对你们村杨志伟的案子进行复查,你作为案中人,要配合调查,回家带点生活用品到公社去一趟。"文海深感诧异,旧事重提?带上生活用品走一趟,岂不是短时间内回不来了吗?其他人呢,只叫自己一个?文海疑惑道:"这案子有啥复查的,不是定案了吗?还能查出个啥?"年轻人道:"这些情况你去了再说,赶紧回家准备。"老书记看出文海的顾虑,便插一句道:"你们村其他相关的人都去了公社,你是最后一个。"文海知道不去不行,回家换了衣裳,对母亲说了声:"我去公社有事,可能晚上回不来。"母亲以为他去开会,大队干部这种情况也是有的,就没多问。

38

无风不起浪。随着拨乱反正形势的发展,全国掀起了平反冤假错案的浪潮,但任何事情都不是绝对的,不能说过去的案子都错了,其中也有人打着平反昭雪的旗号,到处鸣冤叫屈,以假乱真,形成不安定因素。杨志伟案件就是这股浪潮中的一朵小浪花。

"赵能人"擅长观察政治风向,他认为杨志伟的死没有追究任何人责任,随后黑锤被招工,文治成了公社的"八大员",

就连文海弟兄俩也顺利考学,只有自家一点好处没捞着。他在村里教了几天书,虽没被解雇,事后却被发配到偏僻山村,生活很不便。女儿大了窝在家里。他感到自己只是为别人做嫁衣,心理失衡,怨气满满。杨志伟一案当年的处理结果他就不大认可。今年形势发生变化,平反冤假错案成了当前工作重中之重,大多是"文革"期间的错案,有人借此机会有冤申冤,也有人无病呻吟。"赵能人"认为杨志伟的死,公社是有责任的,他要迫使公社就范,给自己女儿找个出路,不然就坏人做到底,自己没好日子过,决不能让他们安生了,最好全告倒,公社主要领导撤职,村里出去的滚回来,把文海弟兄俩上学的事搅黄,来个一窝端。

"赵能人"没有直接抛头露面,但谁都会想到他是主谋。死猪不怕开水烫,他现在这个样子有什么担心的?他认为最有效的防御就是进攻。杨家人起初对再次上诉多少有点顾虑,当年公社信守承诺让黑锤当上了工人,随后又将其调回延州炼油厂,工作安排得挺好。时隔两年再告是否过分?但经不住"赵能人"游说:"这有什么,说不定这次把你的二小子工作也安排了。"简直是醍醐灌顶,一语惊醒梦中人。杨家人便来了劲,他们尝到了闹事的甜头。反正大儿子打发不回来了,二儿子恰到年龄,只上过几年小学,但当个工人有何不可?如能遂愿,地下亡灵总可以安息了。对于杨志伟婆姨来说,在儿子前程面前,什么诚信、面子通通不重要了。她愈发觉得,当年的事虽已过去,但她男人的确死得不明不白,这个心结尚未解开。

"赵能人"替杨家人添油加醋写状子,以黑锤和他母亲的名义,八分钱一张邮票,给中央、省上和地区有关部门寄了不少信。上级组织哪知实情，以为杨家人蒙受多大冤屈，本着有错必纠的原则，逐级批复下来，要求复查此案，并上报结果。有上级部门领导的批示，县委县政府不敢怠慢，及时召开公检法有关单位联席会议，决定由一名副县长牵头，抽调公检法有关人员组成专案组，对案件进行重新调查取证，才有了文海等案中人被隔离审查之事。

文海来到公社，被带进供销社后院。这是个很大的四合院，他被安排在东侧墙角的窑洞里。一股浓烈的霉潮味扑面而来，熏得人直犯恶心。地上放着些零七碎八的破烂，窑顶泥皮脱落，露出石头茬子，仿佛随时会坠落。这里显然是放置杂物的闲窑，长期无人居住，窑掌炕临时支了一张木板床，算是文海睡觉的地方。带他进来的公安临走前特别交代："吃饭在供销社职工灶记账，没有专案组的同意不得擅自离开院子。"怎么被囚禁起来了？文海深感郁闷：苦头吃起来没完没了，啥时是个头呀？

这天下午，工作组没找他谈话，他躺床上苦思冥想杨志伟案的前前后后，想来想去还是觉得自己是清白的。身正不怕影子斜，再怎么查也不能把他怎样。但一想到招生录取的事，他就担心起来。录取工作就要开始了。这里与世隔绝，审案何时结束？万一影响正常录取可就全完了！他给刘燕去了封信，拜托她找人帮忙择校，争取上个好学校，也不知她给刘维新带话了没有。

来到这里，急也没用。他时刻提醒自己别较真，好好配合调查，把问题尽快说清，早点出去才是正道。辗转反侧一夜，第二天吃过早饭，被带到一间大窑洞会议室。中间摆着两张拼起来的桌子、几条长凳，墙上挂着两张领袖像和供销社历年获得的奖状。文海对面专案组四人一溜排开，中间是两位穿公安制服的干警，其中一位是四十多岁的老公安，没戴帽子，留着小背头。他是县公安局的李副局长，是这次案件复查的具体负责人，从事公安工作二十多年，有着丰富的破案经验。另一名便是文海曾见过的公安局白科长。边上坐着两位便衣，一位三十多岁，文海认识，是交口街人，他一个同学的哥，常见面但没搭过话，人很精干，高挑清瘦，脸膛黑里透红。他原本是教师，后调到县法院工作，人们都喊他张法官。另外那位书记员就是昨天找文海的小伙，只做记录，很少讲话。

　　白警官示意书记员把门关上，向李局小声请示是否可以开始，李局点头。主审白警官清了清嗓子严肃道："现在谈话开始。我们是杨志伟案件复查专案组成员，根据专案领导小组安排，对你进行单独谈话。主要是调查杨志伟的真实死因。你作为案中当事人之一，有责任把当时的情况说清，配合公安机关尽快查结案件。"讲完又扭头对李局说："您说两句吧。"李局一只手理了理小背头，打着官腔道："刚才白科长把情况基本讲清，我只强调一点：坦白从宽，抗拒从严。你要实事求是，把你所知道的情况讲清楚。如果与你无关，就可以走人；如有不实之词或有意包庇，那是要负法律责任的。你得想清楚！"李局说完，白警官问张法官："你有什么要说？"张法官性子比较急，干脆道："没有。"他觉得应该开门见山。白警官板着脸对文海道："刚才的话你都听清楚了没有？"文海觉得这口气像审犯人似的，有点抵触。自己不过是个知情人，又不是罪犯，好赖也算个大队领导，是有点身份的人，对方却一点面子不给。了解情况可以好好说嘛，为啥话说那么难听？文海心里不舒服，便带着情绪道："听清了！"白警官道："请你报上姓名、年龄、家庭成分和住址。"文海一一作答。白警官道："把当时的真实情况，仔细说一遍。"事隔两年，文海仍然记忆犹新，事情的经过并不复杂，他把那天晚上如何去了公社，如何把杨志伟从家叫出来，李文治又是如何问杨志伟的，详细说了一遍。听完文海的叙述，张法官大声道："把你和李文治找杨志伟问话的经过一五一十讲清楚。如果像你说的那么轻松，人咋就死了，没那么容易吧？"

尽管杨家人一直闹腾说李家几个后生把人叫出去整死了，但在案子复查前专案组进行过认真分析，仍然认为杨志伟的死因是服毒自杀。有延州地区法医鉴定，杨志伟身上也没打斗的伤痕，这是事实，无法否认。杨志伟为什么会自杀，是什么原因或是谁逼迫导致他服毒，是此次案件复查的关键。只泛泛说死者心胸狭窄一时想不开，难以服人，给上面也不好交差。

白警官道："详细点，把你们怎么到杨志伟家院子、怎么叫的人、谁问的话、说了些什么、杨志伟是如何回答的，一五一十地说清楚！"他们反复问着同样的问题，让文海重复交代着那天晚上所发生的事，想从中找出一些蛛丝马迹。文海道："问杨志伟的目的很清楚，就是根据公社的要求，证实赵兴国来过杨志伟家，所以问他：'赵兴国到你家干什么来了？'杨志伟说：'问他兄弟怎么没回来。'就这么简单，再没说什么。"

"究竟是谁问杨志伟的？"

"李文治。"

"那你干啥了，就一句话也没说？"

"没我说话的机会。"

"你为什么要跟着去？"

"我是民兵连长，李文治是大队领导，他叫我去，我就得去。"

"杨志伟出来后，你们在哪里问话，他家里人能听见吗？"

"院子比较深，问话地点离窑洞二十米左右，声音不高，他家里人应该听不见。"

"只问了这么几句，就没再说啥？"

"就这么几句！"

"你老实说，你们究竟还说了些什么？人家好端端的从公社回家，已经睡下，让你们叫起来问了几句话就寻死了，能讲通吗？"见谈话毫无收获，白警官脸红脖子粗地吼了起来。文海也吊起了脸，一声不吭。奇了怪了，自己究竟是犯罪嫌疑人还是证人？说白了只是个知情人，有必要摆这种声势吗？张法官更凶了，见文海桀骜不驯，想杀杀他的气焰，瞪着文海，从腰间卸下手铐，咣当一声摔在桌上，黑着脸厉声吼道："怎么，你不服气？告诉你，你以为你一点责任没有？鬼才知道你们还说了些什么。不说别的，就凭你这个态度也可以把你铐起来，关上十天半个月！"张法官和李局交换了一下眼神，李局没有吭声，点着一支烟抽着，表情严肃地点点头。这是公安审理案件惯用手段，突然给对方来个下马威，形成高压态势，打压被审人的自信，打破他们的心理防线，达到审案的目的。

文海蒙了，心想：凭什么，我犯了什么罪你要拷我。但又想，胳膊拗不过大腿，好汉不吃眼前亏，应该讲策略，态度端正，只要不突破底线不乱说便可。他沉默片刻，又把当时的情况重复了几遍，并以各种理由证实，力求得到他们的理解和认可。最后无奈道："问什么话，要达到什么目的，虽然其他人不在场，但都是几个人提前商量好的，你们可以通过别人证实，看我说的是不是事实，我不会无中生有乱说的。"李局半天没说话，突然插了一句："谁让你乱说了，必须实事求是反映真实情况！"问来问去还是原样，没审出个什么结果。几位临走时白警官给文海布置作业：把案件经过写一份详细材料。

不仅针对文海，其他隔离点也同时进行了谈话，情况都差不多，没有专案组预想的突破。第一天的审问在翻来覆去的问答和恐吓中结束了，文海回到住处，头昏脑涨，极度疲乏。中午休息了一会儿，爬起来写案情经过。下午吃完饭，在院子里转悠，无意间瞧见"土财主"的女儿老远探头探脑从大门外向里张望。文海心惊，这似乎是在监视他的行动。是"赵能人"指使的？随后想到，估计也不只监视自己，其他处可能也在监视，怕他们互相串供。院子不大无处可去，回到窑洞躺下。天渐渐暗了下来，他毫无睡意。

一连几天的情况基本类似，隔天问话一次，除刑具没有动用，其他审案手段几乎全使上了，但仍没问出他们想要的结果。文海已被囚禁了一星期，不知何时结束。有一天突然来了一辆吉普车，除专案组人员外，车上还下来一位五十开外、领导模样的人。李局成了跟班，毕恭毕敬道："张县长这边请。"他领着县长，后面跟着提前到来的专案组人员，一起涌入会议室。这位张县长是分管政法工作的副县长，也是此次专案组县上的牵头领导。今天是案件最后一次审问，他亲临一线，以示对案件侦破的重视。文海再次被推上了审问台。审来审去还是老样子,揪住一个问题:"你们究竟对杨志伟说了什么?"他们群起攻之,轮番轰炸,寻找案件突破口。李局把握着火候,审问进行到中间,他突然严正说道:"给你最后一次机会,必须如实交代。听说你今年高考成绩不错,但不说实话,有意对抗案件调查,这学就不用上了。县长在这里,说了就算,何去何从你自己把握,不要错失良机!"这简直是鼻子上落马蜂,明摆着威胁,找准文海的死穴,下了这副猛药,让他实在难以下咽。

　　张县长起身说道:"你们继续工作,我到别处看看。"他不审案,也不多话,只那么一坐,气氛就不一样。说完带着秘书提着包朝外走。专案组人员全体起立,目送县长出门。李局将他亲自送上车。送走张县长,大家归位,眼神里恢复凶光,等待文海最后防线的坍塌,交代"罪恶"事实。不愧为身经百战的老公安,戳到文海痛处,当头一棒,打得他晕头转向,不知如何是好。虽然文海遇事尚算沉稳,但毕竟是二十出头的农村娃,能有多少见识,能承受多大压力?对他而言,这比酷刑都要命,软刀子捅人不见血。县长的权力究竟有多大他不清楚,但总觉得一个公社书记官已经够大了,何况县长,应该是无所不能吧。说不让上学,八成是上不了的。文海觉得他们非逼自己说假话,可这人命关天的事能随便说吗?不顺着他们,上学的事真黄了咋办?这大半年的辛苦不是白费了?婚姻家庭和一生的前途不就全毁了?他觉得自己现在承受的压力可比当年杨志伟承受的大得多,兴许是同病相怜,他反倒理解起杨志伟的难处来了。他心里苦苦煎熬挣扎,脸色煞白,歪着脑袋脱口而出:"那还不如让我死了算了！"张法官一听又火了，猛一拍案，震得桌上的笔跳了起来，嘶吼道："你这是什么态度！"

县长走了，李局变成现场最高领导，他摆了摆手示意张法官不用发火，也许他想到了物极必反，或者需要一个唱红脸一个唱白脸，因而平静地对文海说："我们要你说实话，谁让你死呢？难道说句实话就那么难吗？"文海丧气道："我说的你们不信，我有什么办法？你们不是在把人往绝路上逼吗？"白警官插话道："老实告诉你，别人已经什么都说了，就看你老实不老实。你就是不说，该咋定案还咋定，可你逃脱不了抵赖的罪责。"白警官口气温和，却句句话都像刀子。文海一愣："别人和我说的不一样？那我就不懂了。我可以和他们当面对质！"张法官不耐烦道："就一句话，干脆点，你们究竟对杨志伟干了些什么？"文海心里十分痛苦，几乎要被逼疯了，但他还是坚持着，没有乱说，再说也还是重复之前的。

李局终于发话："今天的谈话就进行到这里吧。"李局见案情基本搞清，再审也没多大意义。任何事都有个度，逼得太急，真供出与事实相悖的供词，未必对案件处理有好处，这种情况作为老公安不是没遇过。今天是为了进一步靠实案情，进行最后一次突审，也没什么新进展。当事人与办案人员是一对矛盾体，办案中自然对立，甚至误解。人命关天谁也不敢马虎，更不会有意把是说成非。公安办案有他们的手段，但别以为他们让你说啥，就不顾事实乱讲，那就大错特错了。不仅对自己不负责任，对案件侦破也很不利。除非有什么不可告人的目的，正常情况没有人不顾事实瞎说，导致对方把案子办成错案。文海没顺着他们的杆往上爬，他们嘴上说他不老实，可心里倒觉得小伙子是个男子汉，经得起考验。李局认为案件基本达到了事实清楚，证据确凿，可以定案了。几位办案人员听得李局指令，收拾起桌上的卷宗，像卸妆的演员，换了副新的面孔，在文海身边说笑着走过。看着他们快速变幻的表情，文海一脸茫然。他可没那么容易释怀，心里仍为刚醒的噩梦耿耿于怀。

下午三点多，公社来了一名干部，通知文海可以回家了。文海如困兽逃脱禁锢，惊魂未定。他记挂着招生，赶紧收拾东西，走出院子，来到街上。回首望去，虽只是一墙之隔，却像隔着千山万水，深感自由世界的美好。

39

文海不知招生录取工作到了哪一步。从供销社后院出来，他没急着回家，直接去了交口中学打探招生情况。来到学校一问，谢天谢地，招生工作尚未正式开始，心里悬着的石头终于落地。他出了校门，匆匆回家，家人悬着的心也放下了，商定由文博去延州了解一下即将开始的招生工作。

文海获得人身自由，但李局长那句"不如实交代，你这学就别上了"的话时不时萦绕耳边，他总觉得不踏实。睡觉做噩梦，梦见录取资格被取消，急得瘫倒在街头站不起来，人们围着他笑。醒来一头汗，深感此梦不祥，心想得去一趟县文教局，找熟人说说情。

县文教局的白局长是原交口中学校长，文海高二时他调到县文教局任副局长。当年文海参加地区田径运动会和文艺调演，白副局长正好是县上领队。文海是主力队员，获得佳绩，得到白副局长的关注。他现已坐上教育局的第一把交椅，找他应该没错，即便起不了多大作用，但绝不会坏事。

文海提了一挎包从自家树上摘的小苹果，骑车去了洛水县城。县城不大，川道不及交口的一半。两面夹山，地势所限，政府部门不得不建在半山坡上。文教局在政府大院隔壁。文海进院子见挂着办公室牌的门开着，探头问道："白局长在哪儿办公？"里面坐着位戴眼镜的小伙，用手指了指隔壁。隔壁门虚掩着，文海敲了敲门，只听里面一句："进来。"推开门，见白局长一人坐在办公桌前批阅文件，文海便点头道："白校长，您好！"在学校习惯了这个称呼，也觉得亲切，就没改口。听得有人叫他校长，白局长抬头看了一眼，认出了文海："是你呀，李文海，啥时候来的？"文海道："今天刚到城里。"白局长道："你先坐一会儿，我批个文件马上就完。"说完低头继续工作。他四十开外，浓眉大眼，外形粗犷肚有文墨，是洛水县知名杂志《山花》的骨干作者之一，写过不少脍炙人口的诗歌。

文海把"土特产"倒进地上的脸盆，白局长抬头扫了一眼也没吭声。这些东西对他来说不稀罕，待在这个位上，别的不说，特产肯定不缺，也没必要客气。批阅完文件，他招呼文海坐下，问有什么事。文海知道白局长忙，找他的人多，便直奔主题，把参加高考及杨志伟案复查的经过简叙一番，最后说道："事情就是这样,我是您的学生,农村青年找个出路不容易,这次考试成绩还不错,您看能不能帮忙说说,录取别受影响。"白局长道:"只要案子与你没关系,应该不会有多大影响。但录取工作主要由地区招生办负责,县上只协助提供档案和政审材料,你这事到时我会过问一下。"文海把考号和成绩告诉白局长,白局长记在了台历上。单位有人进来请示工作,文海就告辞了。不知事后白局长是否真的过问,但也只好如此了。

第一批重点院校录取工作开始了,兄弟俩进了录取线。文海没去延州,文博去了,俩人都去盘缠付不起。文博在延州也是饥一顿饱一顿,像个流浪汉。若有什么情况,他会告诉文海。文海在家等结果。

录取工作快结束了,仍无消息。文博着急到处打听。文海的第一志愿是西安公路学院,通过居间人了解情况,对方无奈道:"文海的档案提了,但校长审查时发现有告状信,反映考生是杀人犯,又把档案退了回去,他也没办法。"文博结识了西安煤炭学院的招生老师,老师见他成绩不错,又会几种乐器,是个特长生,挺感兴趣,答应争取录取,但最终没见到档案。文博不解,他怀疑招生老师推辞,到招生办他同学那里让帮忙查阅,发现县招生办真没把他的档案移交地区招生办,因而无法录取。

缘何如此?"赵能人"曾当着文海面,把他俩好不夸赞,其实心里早算计上了他们。赵星星没戏,他兄弟俩却双双高分过了录取分数线,"赵能人"难受好些天,千方百计寻思着他俩的"毛病",盘算着如何再次告状。他双管齐下,一面帮杨家人申诉杨志伟的案子,一面给地区、县招生办分别写信。他告文海是

"杀人凶手",告文博异地户口参加考试。

能不能被录取成了未知数,文博兄弟俩一直被蒙在鼓里,发现问题才恍然大悟,第一批招生录取工作已经结束,这无疑是沉痛打击。只能努力保障第二批录取不出岔子。学校的好坏、专业的选择全然顾不得,能有个学上就算烧高香了。

文博第二天一早去了县招生办,问明情况后大失所望。原来他在公社报名时户口在安定县,三天后转回洛水县,就为这事告状信说他违反了异地不得报考的规定。文博不死心,也找了白局长,老校长无奈地说:"你的情况我知道,我很理解你,也很同情你,你本来就是咱县人,我相信你也不是刻意弄虚作假,但问题是有人告发,经核查,成了秃子头上的虱子,明摆的事,谁也没办法。"文博从头凉到脚,彻底绝望。辞掉民教,背水一战,终于榜上有名,到头来却是竹篮打水一场空。天阴沉沉的下着蒙蒙细雨,白茫茫的雾汽笼罩着周围的山头。他的心比这天气还要阴郁,行尸走肉般回到家,躺在炕上两日茶饭不思。一个好端端的年轻人,几天光景被搓揉蔫了,走路都抬不起头。他不爱争斗,不懂家里和外姓人为何有如此大的仇恨,因而对父亲也产生怨气:"为什么要参与村里的争斗,闹这么大的矛盾,把自己弄进牢房不说,两个儿子上学也被人告!"母亲默默抹泪,无言以对。说什么都苍白无力,无法改变残酷现实。人倒霉了喝凉水也塞牙,你不招惹人,不等于别人就不惹你,明枪易躲,暗箭难防。文博想找"赵能人"算账:为何要这样做害我,我上学碍你什么事了?但明知是他捣鬼,却无证据。

40

　　第二批录取开始了。文博落空,文海也是命悬一线,随时都有落空的可能。虽然只是一封告状信,并不是法律部门的结论,但背着"杀人犯"的黑锅还真悬。他知道杨志伟案复查已有定论,维持原判,没他什么事,但人要告状谁也拦不住。档案里有告状信,是真是假,招生单位不会去澄清,更不愿无故担此风险。说放下就放下了,过了招生期,只能靠招生办调剂,学校的好坏不说,能不能调剂成功还是未知数。非亲非故,谁会为你操心?文海跑到延州,想找刘维新帮忙,但刘燕近日参加文化部组织的文艺调演去了北京,不能陪他去找。独自去求人,让他犯了难。关系有点远。但举目望去,偌大的延州城,也只有这家当官的亲戚,不找他找谁?没办法,紧要关头,考虑不了那么多。只要有人肯帮忙,磕个响头也成,还在乎什么面子?文海硬着头皮来到刘维新单位办公室。为这事刘燕去北京前特意找过刘维新,他还比较上心,也托了人帮忙。他曾对这门亲事不大看好,主要是担心两人走不到一起,倒不是对文海有什么成见,反倒觉得小伙人不错,说话做事挺有分寸。他搞了多年人事工作,阅人无数,自认为不会看走眼,帮忙也是顺水推舟。刘维新当场就拨通了招生办冯科长的电话:"冯科长吗?你好!我是刘维新。"冯科长在电话那头道:"噢……刘科长,你好!有什么事吗?"刘维新道:"没别的事,还是上次给你说过的,亲戚招生的事,想请你多关照一下。"冯科长道:"记着呢,你的事我能不关照吗?放心吧,有什么情况我会及时告诉你。"放下电话,刘维新对文海说:"冯科长是咱交口人,他媳妇在我们公司下属单位上班,人挺好,只要能帮,他估计会尽力的。"文海连连道谢,脸上的愁云褪去大半,露出了难得的笑容。事已托付,他不愿意多打扰刘维新,便告辞了。走出门,来到街上,想着刚才的事,庆幸找对了人。

今晚住哪儿?这是文海来延州的第一天,估计还得住几天,等有了结果才返回。已经下午,他去修理厂一个远房亲戚家碰碰运气。也巧,亲戚媳妇这几天带孩子回娘家了,腾出床位,可借宿。文海早出晚归,只晚上回去睡个觉。出去也没什么事,在街上溜达消磨时间,等待招生消息,只是故意躲开饭点少给人添麻烦罢了。好景不长,两天后人家媳妇回来了,客套挽留几句,文海也不敢住,知趣离开。夕阳西下,如何度过这漫漫长夜?囊中羞涩,不敢住旅社,否则回家的路费就没了。他向刘维新家走去,走到半道又止步——不能再麻烦人家。乡下人情味浓,虽是烂瓦破窑,一条大炕也算宽敞,多添一个枕头而已;城里相反,吃一两顿饭未尝不可,但借宿可就难了。床位紧张,身份地位有别,不常往来的亲戚是不便住宿的。

徘徊在东关桥头,万家灯火比天上的星星还稠。偌大的城市,却没有一张文海栖身的床,但想到刘燕在这里工作,自己将来的家也许就安在这里,心里又充满了期盼,而这一切似乎都取决于这次招生的成败。明天得赶快找刘维新打探情况,决不能落空。住哪里不打紧，吃点苦不算什么，他决定谁家也不去了，露宿街头，凑合一晚。"天作帐篷地作床，风当佳肴雨当酒。"文海默默咏出了这首励志小诗，鼓励困境中的自己。不为露宿街头而含羞，竟觉得这是黎明前的黑暗，想着有朝一日发达了，这就成了励志故事。城市里不能随便躺大街，有碍观瞻。他便去电影院看《地道战》。看来看去就那么几部片子。影片虽然精彩，百看不厌，但几天来思虑过多，身心疲惫，前半场还兴致勃勃看着，后半场就睡着了。电影结束散场，女清洁工将他推了一把，没好气道："哎……睡觉回家睡去！还在这里睡上了！"

文海揉了揉蒙眬的睡眼，晃晃悠悠起身出电影院。电影院门前空荡寂静，屋檐下拐角处有暗影，不易被人发现，又不至于太僻静孤单，他靠墙坐在挎包上，手搭在膝盖上低头枕着。不敢躺，半新制服是他最体面的衣裳，不能弄脏，明天还得靠它撑门面找人去呢。影院里的睡意没有散去，借着这股困意，很快便睡着了。

第二天，天蒙蒙亮，陕北的初秋，早晚温差大，一个冷战让文海苏醒过来。他感到脖子酸痛，屁股像挨了板子似的疼。虽然困意仍在，但不敢再睡了，大白天的，像叫花子似的睡大街，就难为情了。站起身来，忽觉双腿麻痹，差点跌坐回原地，扶墙瘸腿走了几步，每踩一步都像踩在电门上，几分钟后才恢复正常。去河滩慢跑一圈，发点汗，用河水洗把脸，头脑清醒些了。整衣帽，吃早餐充饥，前往刘维新办公室。刘维新昨天下午已经见过冯科长，他对文海说："刚好要找你。你被省农机学院录取了。"被这个学校录取，文海多少有点意外。他默默听着刘维新讲述录取的经过。

眼看录取工作快结束了，文海的档案被几个学校拿起又放下，不管是真是假，告状信总归是颗雷。多一事不如少一事，谁也不愿自找麻烦，何况告状信反映的不是一般问题。好点的学校不愁生源，只有生源不足的学校才会勉强考虑他。招生最后一天，省农机学院招生办主任又拿起了文海的档案，看成绩不错，正在犹豫，冯科长赶紧美言几句："这小伙子个头高，身体条件不错，耍弄个农业机械肯定是把好手。"听他这么说，主任也便不再犹豫了，将文海的档案提走。下班前没有退回，总算尘埃落定。文海也没报这所学校，甚至都没听说过有这么一所学校。但时至今日，能被录取已算万幸。

纵然心中五味杂陈，但他仍感激道："多亏了你帮忙，要不考学又黄了！"刘维新道："应该的。唉，学校的确一般，但不管怎样，能录取就好。你哥的事怎么样了？"文海伤感道："县上连档案都不给，早就不顶事了。"刘维新惋惜道："考一回多不容易呀！"

道别后，文海走在回家路上，没因被录取而兴奋，想起文博落榜，心里隐隐作痛。为那点事，失去望眼欲穿的机会让人扼腕。自己考出不错的成绩，本应上个理想学校，学个喜欢的专业，但事不如愿，最后还是没脱离农业。农村长大，不是歧视农业，而是人各有志，他不喜欢这个专业，不想摆弄农业机械。但相比文博，自己该知足了。

文海悄悄回到家里。文博惊讶文海还是没脱离农业。文海说道："这还是找了刘维新帮忙，不然就没学上了。"文海妈问道："毕业管分配吗？"文海说道："应该管吧。"文海妈说："那就行，比你哥强多了。唉……"文博摆手道："哎呀，别说我的事了！"

文海成为村里有史以来第一位大学生。特殊时代，只要考入大中专学校，便成了公家人，不用再为城乡差别自卑，不用再为身份低微发愁。文海没声张被录取的事，该干啥干啥。不久，正式录取通知书来了，也没招呼亲友庆贺。一朝被蛇咬，十年怕井绳。这些年，凡事一波三折，把家里人整怕了。看到灰溜溜的文博哥，他也无心情庆贺。文博也把切肤之痛压在了心底。

文海跟社员一样上山劳动，尽量帮家里多做事，让文博腾出更多时间学习，他还要继续参加考试。高中应届生逐年增加，教学质量也不断提高，考学难度也水涨船高。为把握更大，文博早早开始着手复习。

文海写信告知刘燕自己被录取的事，刘燕回信祝贺，说有演出回不来，让他路过延州时务必去找她一趟。文海就要去上学了，母亲把为过年养的肥猪卖了，买了一头猪仔，剩下的钱为他置办了一床被褥。家里的被子是母亲用织布机制的毛线被，经年累月已经破旧，民工盖着凑合，上学用有点见不得人。他上高中时，几次出门带被褥，还跑到文博学校换了他哥的。家里没褥子，一家人睡山羊毡上，粗糙扎人。他家还算川道中等人家，有些家庭连破毡也没有，一年四季躺在烂席片上。没箱子，木匠亲戚用烂木板钉了一个，枣红油漆刷一遍，瞧着也不赖。文海托同学问到一辆去省城方向的货车，把被褥和箱子放在车斗里，自己挎着帆布包坐副驾驶位。货车离开交口，向南驶去。

这次离家与以往不同，户口迁离家乡，从此跨出农门，便是出门人了，李家村竟成故乡。两年多发愁跳不出农门，可真要离开了，却心生不舍。货车渐渐驶出交口街道，家乡退出视线，文海仍伏在车窗上回眸凝望这片土地。无尽的山川沟壑，莽苍跌宕，童年的嬉闹、少年的懵懂、青年的追梦、父母的慈爱、姊妹的深情、亲朋的情义、邻里的帮扶……也有世态炎凉、小人坏事。但此刻已不重要了，恩怨渐渐淡去，更多的是浓情深义。狱中的父亲、体弱的母亲、多难的哥哥和懂事的妹妹，他们付出良多。自己虽然出来了，他们还得苦熬着。"为什么我的眼里常含泪水，因为我对这土地爱得深沉。"文海不想让司机看见自己流泪，扭头看窗外，让风儿吹干脸颊的泪水……

　　货车载着文海全部的梦想，一路向南驶去。快到延州了，想到自己还要到刘燕那里去一趟，文海掏出红盒延州烟，抽出一支，帮司机点着，剩余的放在司机座旁，客气道："师傅，到了延州歌舞剧团，麻烦停一下，我进去取个东西。"师傅问："时间不长吧？"文海道："不长，一会儿就出来。"师傅再没吭气。司机年龄大了，不像年轻人那样猴急回家，开车慢悠悠。到了延州歌舞剧团门口，文海下车进院。刘燕正在排练，文海不能久待，但又不好进排练室叫人，便有点着急，见一男士上完厕所回排练室，文海赶忙走过去。此人有点面熟，可一时又想不起在哪儿见过。文海问道："你认识刘燕吗，麻烦叫一下她，我有事找她。"男子上下打量文海，也觉得面熟，便道："她在排练，我跟她说一声。"此人正是袁音，二人曾在车站照面。片刻后刘燕走出来带文海去了宿舍，从箱底翻出一个塑料袋，取出一件灰色中山装递给文海道:"在北京给你买了一件上衣,试试看。"

文海欣然换上,果真人凭衣裳马凭鞍,看起来精神许多。刘燕夸赞道:"挺好看的!"文海照着镜子道:"让你破费了!"心里暖暖的。想多待一会儿,又怕司机久等,便脱下中山装叠好装进挎包,换上原来的衣服说道:"我要走了,你还有什么事吗?"刘燕说道:"没啥事,我送送你。"刘燕在排练,也不宜耽搁。俩人一前一后走出院子,来到公路旁。

文海上车,刘燕看文海乘车远去,才慢慢往回走。她心想应该让文海早来两天,为他考学成功庆祝一下,陪他逛逛街。等放假回来,让他多住几天,能一起回家过年更好。文海考学成功,刘燕感到欣慰,上学等于工作有了着落,毕业后国家统一分配。由于历史欠账太多,有文化懂技术的人才奇缺,这些刚恢复高考出来的大学生成了宝贝疙瘩,走哪儿都被重用。

文海乘坐的货车过了延州城,水箱漏水了,行不了二十公里就得加水,水不足发动机便要升温。司机将车停在小河边,蹲路旁抽文海"进贡"的香烟。文海提水桶来回跑。贪便宜搭顺风车,到茶坊不足百里,加水三四次。茶坊这地方不大,却是交通要塞,歇脚的司机不少。司机终于发话:"今天不走了,上了塬水源不好找,修完车明天一早起身,你自己找个住处吧!"说罢便将车开进修理部,跟着几位同行喝酒去了。文海无奈,这趟乘车不划算,没省钱还欠人情。一路把司机当爷供,还得花住宿费,真不如买张车票得了。幸而第二天还算顺利,车修好后再没出问题。二人出发得也早,下午四点多便到了省城以北几十公里外的一座中型城市,学校就坐落在这座城市东郊。车站有新生接待处，横幅醒目。接待站同学帮着连人带东西送入学校，安排妥当。

在文海看来，校园很大，比他们高中校园大多了。办完报名手续，校园里溜达一圈，处处新鲜。他成了一名真正的大学生，心情骤然明亮。淡淡的白云飘在天边，路旁高高的白杨树身姿挺拔，仿佛在夹道欢迎新学子。可谓："自古逢秋悲寂寥，我言秋日胜春朝！"

要在此地度过四年，先得熟悉周遭环境。明天就要开课了，得先买点学习和生活用品。刚进校门，也不认识同学，无人结伴，他便独自一人朝城里走去。文海去过延州城，虽然比交口大多了，但地域风情和交口没多大区别，依然是座山城。可关中就不一样了，八百里秦川一望无际，文海只在书本和电影里看到过，亲身感受大不一样。这座城市比延州要大上几倍。文海在中心街溜达，饱了眼福，来到一处农贸市场，名目繁多的苹果摆满整条街。文海老家也有苹果树，但都是老品种，个头小，闻起来香，吃起来酸。这些新品种很少见，没吃过，他想尝鲜。走一圈，挑花了眼，摊主自卖自夸："这苹果嘹扎咧！"苹果个头大，颜色深红光亮，很诱人。问了价钱，还比别家的便宜，于是便挑了几个又红又大的放在秤盘上，摊主提起秤，秤锤移动到星上，秤杆往下掉，他抬起头说："有点低。"文海心领神会赶忙添一个。付完钱，提着苹果上了街。拿出一个最大的用手绢擦擦，在鼻子上闻了闻，真香呀！口内流出涎水，拣最肥厚处使劲咬了一口。啊呀！一股酸水溢满嘴角，文海倒吸一口凉气，含在嘴里愣是不敢再嚼，吃了半个苹果，牙倒了，剩下半个只好偷偷丢进垃圾桶。瞧着红彤彤鲜艳艳的半袋苹果，他犯起了愁，吃不得，丢了可惜，只好提着。放着慢慢吃吧，吃多少算多少。他觉得自己可笑，先前还以为卖家实在。中午没回学校吃饭，在面馆吃了一碗油泼面，外加一个葱油饼，犒劳自己一番。吃完饭，带着买来的日用品回到学校。

这届学生参差不齐，有"老三届"，也有文海他们这些没上过几天学的高中生，当然也有部分应届高中生，年龄相差十多岁。有些同学已经拖儿带女了。更有和文博同样情况的学生被招了进来。文海不解道："我哥和你情况类似，被取消了录取资格。你通过什么门路进来呢？"那人坦然道："咱都是农村人，哪来的门路。这又不是什么大问题，没人刻意审查，我就这么进来了。"文海心里感叹，出门见了世面，回头再看村里搞派性闹矛盾，实在没意思。伤人一千，自损八百，对谁都没好处。

41

刘燕原本就深信文海能考上学，现在愿望成真，自然高兴，走起路来步子也轻盈许多，还时不时哼着小调。这下好了，一切问题迎刃而解，烦恼云消雾散。想爱就爱，不用在意别人说三道四了。然而，袁音却仍不灰心，想方设法示爱。应了一句老话：得不到的永远是最好的。袁音人活套，把主要精力用在了揣摩领导的心事上，得到领导赏识，不久前作为培养对象兼任了延州歌舞剧团的团委书记。为丰富青年业余文化生活，他创办了图书阅览室，还把刘燕发展成共青团员，想让刘燕兼任图书管理员。他说："知识是相通的，不论唱歌还是其他专业，都需要文化知识。歌词理解得透，才能表达深意，声情并茂。"话说得好听，但醉翁之意不在酒，目的在于创造与刘燕接触的机会，建立感情。但刘燕不领情，觉得兼任图书管理员要守岗，限制了自由。演员平时没任务便待在宿舍，想唱就唱，想睡就睡，只要不影响演出和排练，出去逛街也行，说走就走，不用请假。刘燕习惯了自由自在的生活，受不得约束，因而拒绝了袁音提供的这一岗位。至于创造恋爱机会，刘燕以前也没认真考虑过，现在更无可能，只是袁音一厢情愿罢了。

袁音并未泄气。刘燕宿舍放着一架老式脚踏风琴，有时她们不愿到琴房去，就拿它练声。老琴近来坏了，袁音帮忙修理。别人知趣地出去了，宿舍只留下他俩。天气炎热，袁音捣鼓半天，满头是汗。刘燕递杯水给他，袁音接过来喝一口放桌上，继续干活，还真给修好了。袁音对刘燕好，却从未当面向刘燕表白过。他想找鲁萍牵线，把关系挑明，可鲁萍知道刘燕和文海的情况，没答应。于是，他又找到郑副团长的妻子传话。郑副团长的妻子是团里有名的话剧演员，演啥像啥，特别扮老太太，那真叫一个绝。她来到刘燕宿舍，见鲁萍没在，便以长者的口气对刘燕关切道："听说你对象在农机学院上学，我一个朋友的孩子也从这个学校毕业，现在在农机修理厂上班。你和男朋友不是同行，将来会不会因为没有共同语言，过不到一起？"

高考恢复前，各大中专院校毕业生大都属"社来社去"，也就是哪里来哪里去，不包分配。农业院校更是如此，毕业后多数在农业一线的农技、农机站和农机修理厂做亦工亦农干部，有的甚至在公社农机站开拖拉机。现在情况要好一些，学校出来的，不论什么专业，即便是农村户口，起码是国家正式干部。尽管如此，仍然与文艺牛头不对马嘴。团里不少人持同样看法，文海虽然上了学，二人婚约仍不算好。刘燕以为郑副团长的妻子只是出于好意随口说说，便顺着她的意思点了点头。见刘燕回应，她便切入正题："你觉得袁音咋样？小伙子挺上进的，也会来事，说不定将来很有出息，你如果愿意，我可以给你们牵线。"

刘燕这才得知其真实意图，是受人之托来说媒的。早看出袁音对自己有意，但剃头挑子一头热，她没想法。如果愿意，还用别人牵线？她稍主动一点，早都好上了。刘燕说道："让您费心了，他人挺好，但我现在不想考虑这件事。"郑副团长的妻子有点意外，但她没再多言，又不是自己的孩子，用不着苦口婆心。

文海的学校距刘燕很远，二人见面仍然不易，唯有写信沟通！文海上学后坚持每周给刘燕写一封信，抒发情感，表达爱意。上星期刚寄一封，尚未收到回信，今日有感而发又写一封，寄去后，怀着迫切的心情等候回音。文海的信更加热切了，这是自信的魔力。刘燕每收到信，便快速看完，甚而要看很多遍。如信天游中唱的："交过的恩情说过的话，提起来我心上猫儿抓。"刘燕的文笔自然不比文海，满脑子想法不知从何写起，也试着带点浪漫和诗意，可总觉得词不达意，浪漫不起来，撕了写，写了撕，着实犯难。其实文采如何不重要，只要能收到刘燕的信，文海都喜欢。朴素的文字背后藏着一颗天真无邪的心，真情可贵。刘燕终于将信寄出,便也等着文海回信。她估摸着这两天信该来了,时时留意着送信的小伙,没事就到门房溜达一圈,没见到信,心里便有失落感。恰逢刘燕从学员楼搬到了正对大门的二层小楼,窗外能清楚看到大门收发室。十点多钟,刘燕她们这些夜猫子才刚刚起床,丁零零一串自行车铃声响起,送信小伙进了大门喊道:"老石,报纸!"老石头走出门房道:"今天早啊!"接过报纸、杂志和信件,签字回房。

刘燕拿了卫生纸,假装要去上厕所,去收发室问道:"有我的信吗?"老石没抬头道:"都在这儿,你自己看看。"许是第六感起作用,刘燕稍翻一下,便看见了文海的信,立刻抽出,莞尔一笑。老石抬头道:"看把你给急的!"刘燕红脸离开,迫不及待打开扫了一眼,是一篇抒情散文诗。

亲爱的燕子妹:

你好!

你的信如久旱之甘露。当初含苞待放,如今鲜花盛开。你高高在上,我穷途末路。你心扉稍开,透出微光,于我已如阳光普照,浑身暖洋洋。功名终于求得,踏步走近,可喜可叹!前世因缘,今生守护。暂各一方,心在咫尺。细数相处点滴,憨笑常浮于面。平淡枯燥的乡下有你不无聊;艰难困苦的岁月有你不畏难;压力重重的高考有你斗志昂。牵手一吻,誓言共进退,同闯天涯!

爱你的哥:文海

1978年9月17日于陕农机学院

刘燕被信中美妙的文笔和浓浓的情意吸引，缓步痴笑着，直到迎面走来几位同事，才匆匆将信折藏，不留神绊了一跤，幸而扶住栏杆。进宿舍，鲁萍去打水，她又重新展开信纸，品味着字里行间散发的光和爱。鲁萍进来，她连忙收起压在枕头下。挤了牙膏，端着刷牙杯，来到楼角下水道口准备刷牙，才发现杯子是空的，不禁笑着摇头，又折返倒水，差点与沙莎撞个满怀。沙莎瞧着她的背影把门一关，对鲁萍疑惑道："刘燕怎么了？门里进来个大活人看不见，想啥呢那么入神？"鲁萍鼻子哼一声笑道："恐怕是男朋友来信了，不知写了些啥，看入迷了！"沙莎好奇，问信在哪儿，鲁萍朝刘燕枕头努嘴。沙莎去翻信，鲁萍道："不合适吧，刘燕知道了不好。"沙莎道："男朋友的信，又不是国家机密，看看有什么！"说着便从枕头下找出那封信，读了起来："亲爱的燕子妹！"鲁萍笑道："肉麻死了！"凑过去抢信。沙莎胳膊一挡道："别抢！咱俩一块儿看。"俩人凑在一块儿，嘻嘻哈哈你一言我一语念台词似的，脸上泛着红光。楼道响起刘燕脚步声。鲁萍急道："快收起来，人回来了！"沙莎忙把信胡乱塞回枕头底下，跑到鲁萍床前一本正经坐下。刘燕推门进来，把牙刷和杯子放回窗台，用毛巾擦了擦脸和手。鲁萍阴阳怪气道："情郎给你来信了？"刘燕停下手里的动作反问道："你怎么知道？"

"把你都看呆了，谁看不出来。"鲁萍道。

"都写了些啥？"沙莎问。

"没写啥，平平常常的信。"

"没叫你亲爱的燕子妹？"鲁萍学着信中的腔调。

"你们偷看了？"刘燕觉得不对劲，从枕头底下拿出信一看，显然被动过了，便向她俩追来，俩人嬉笑着躲闪，三人在宿舍床上滚作一团。鲁萍笑着求饶："我们错了，错了，再不看了！"刘燕才住手。沙莎擦了擦额头上冒出的汗道："实话实说，你的情哥哥文笔真好，看得人一愣一愣的。"刘燕得意道："那当然了，他很有才华。"鲁萍道："还有信没，拿出来让我们一饱眼福？"刘燕想想也无妨，不是什么见不得人的事，她们的男朋友可写不出这个水平的信，分享炫耀，何乐不为？索性把前面几封信都拿出来给她们瞧。俩人争抢着，不时读出声来，赞不绝口。鲁萍一屁股坐在床上道："哎呀妈呀，把我都看激动了！"沙莎抢过来道："你激动啥？又不是写给你的！"鲁萍道："字如其人，瞧这文笔，人长得也挺帅吧？"刘燕道："还行吧。"鲁萍道："唉，我男朋友从来没给我写过情书！"刘燕道："你们住一个城里还写什么情书，有话当面说了。"沙莎道："你让文海来一趟，我们也好瞧瞧他！"其实她上次在大门口遇到过文海，但她不知那就是文海。鲁萍嬉皮笑脸道："他来了我给你们腾房子，多待几天！"刘燕上前捶鲁萍，三人又追打起来。

42

　　十年"文革"欠账太多，百废待兴。教育颓势得到扭转，学习知识蔚然成风。大学各门功课陆续开课，教学工作紧张有序进行。第一年主要补习高中数理化课程。在新思想的照耀下，大学生活多姿多彩。晚自习后，学生陆续回到宿舍。洗漱完就寝前这段时间，是最放松的时候，议论当天发生的新闻。"瘦猴"眉飞色舞地道："今天下午学校来了一辆车，下来个年轻女子，听说是学校新来的播音员，长得忒漂亮了！""瘦猴"顾名思义特别瘦，才一百斤出头，他曾在洛水县中学上学，和文海有交集，属第二批扩招生。两年高考都进入了预选分数线，却因几分之差未被录取，今年赶上扩大招生，被补招进来。

"比咱学校的校花如何？"一位同学好奇问道。

"比校花还要好看一点点。""瘦猴"说道。

有人感叹："咱们专业本身就没几个女生，漂亮女生更稀有了。"

"明天瞅瞅，就怕瞅完了你们晚上睡不着觉。""瘦猴"又说。

文海整理床铺，抬头说道："播音员算教职工，好赖也是咱老师，可别瞎说。"

"瘦猴"不免调侃道："你当然没兴趣了，饱汉子不知饿汉子饥！"

尽管文海从未张扬，但没有不透风的墙，大家还是知道了他有个演员未婚妻。虽未见人，但能想象，演员几乎是漂亮的化身，不会差的。

第二天早操，学生排列整齐站操场聆听校领导讲话。"瘦猴"戳文海，低声说道："主席台右边那个，就是她！"文海抬头一看，愣住了，播音员竟像是邢小莉！没错，就是她！那张脸他太熟悉了，即便再远些，也能辨认出来。她怎么会在这儿？接下来的时间里，校长讲话文海一句也没听进去，他看着邢小莉，既兴奋又疑惑。想当年，怎堪情深缘浅；看如今，有缘又无分。

他乡遇故知，一大幸事。打听清楚后，吃罢晚饭，文海收拾一番，来到学校东侧二号办公楼邢小莉办公室门口，轻叩房门，里面传出轻微响动。门一开，四目相对，邢小莉愣住了，她没想到文海会出现在这里，以为文海是专程来学校找她的。她惊讶道："你……你怎么找到这里来的？"文海笑道："我在这儿上学呢。"邢小莉道："这么巧……我听说你考学了，但不知上哪所学校，原来在这儿，也不给老同学说一声。赶快进来！"说着把文海让进屋，又是沏茶又是削苹果。文海扫视了这小小的房间，门前桌上放着话筒和扩音器，一旁立着文件柜，靠墙摆着办公桌，后窗墙角支着单人床，墙上贴了几张邢小莉各时期的照片，一旁有洗漱用品、镜子和灶具，简洁整齐，一看便是宿办合一的单身闺房。

邢小莉站在镜前理了理头发道："不知你来，也没收拾，房里太乱了。"文海说这已经够干净的了。二人坐下细聊，文海把考学的蹉跎经历简叙一番，最后说道："不管怎样，有学上就是万幸。我现在倒喜欢上这儿了。你怎么来这里上班了？"邢小莉说道："我爸原来是这所学校的教师，后来出事了。这次落实政策让我顶替他到学校上班。"文海又问："尚老师呢？她没调来？"邢小莉道："没有，她把我送到学校又回去了。她原来也在城里一所中学教书。其实原来的学校同意接收她，但洛水县文教局不放，没办法。"文海道："文教局局长是咱交口中学老校长。你妈和他很熟呀！你家这种情况，应该照顾一下。"邢小莉道："想调走的人太多，县上不敢放，放人要县长批准才行。我妈找县长，县长说没办法，后面排着一串人，都想走，口子开了管不住。"

情况的确如此，陕北地处偏远，生活艰苦，人才匮乏。为了支援老区，当年关中地区先后来了不少大中专学生，多年在基层工作，已成为当地各行业的骨干，教育系统尤为突出。单说交口中学，骨干老师半数来自关中地区，他们离开，学校恐怕真要垮了。过去管得死，没指望，近两年随着教育制度改革，政策宽松了，加之招生制度恢复，各大中专院校包括中小学大量扩招，师资力量远远不能满足需求，即便是西安及周边大中城市，这些老牌大学生同样十分短缺。

"你妈是下放的，应该也能落实政策吧？"

"当时只是下放，没戴'帽子'，不存在落实政策。戴'帽子'反倒好了，一旦平反，不但官复原职，大多能回原单位上班。"邢小莉把削好的苹果递给文海道，"我妈年龄大了，我一走，没人照顾……我还在努力，想方设法和她调在一起，好照顾她。"

"你爸的问题解决了吗？"

"解决了。校领导和我爸原来是同事。校长和我父母是大学同学，过去两家关系好，这些年联系少了，但感情还在，关键时候挺帮忙的。对了，你怎么知道我在这儿？"

"前几天同学议论说学校来了个美女播音员，今天早操看见,原来是你!"

"咱们班好像只考上了你和宋强两个。"

"人家才是堂堂正正的名牌大学生。"

"能考上已经很不容易了,很多同学都参加了考试,有些还是民办教师呢,都没考上。"

"招得太少了。有些插队学生也没认真参加考试,反正能招工,没必要下死功夫。不像我们,只有这一条路,不努力没办法。你为什么没参加考试?"

"第一年高考,基本没怎么复习,没考上。第二年本想好好复习,母亲上年纪了,父亲平反的事没让我妈跑,我去跑这些事,耽误了备考。"文海点头表示理解。在他看来,他们班要有第三个能考上的,最有希望的应该就是邢小莉。不过想想她现在也不错,在学校工作,各方面条件挺好,恐怕自己毕业后还不如她呢。

"你现在这样挺好。播音员工作轻松,没什么压力,有空能看看书;一年有两个假期,还能出去玩儿,逍遥自在。"

"也不轻松,还兼着学生处的工作呢。"

"我得叫你邢老师了!"

"我倒羡慕你们学生,学点真东西,将来凭本事吃饭。"

"近水楼台先得月,你现在学习条件多好,想考的话,回头肯定能考上。"

"一年比一年难了。万一要考,就考这所学校,当你的师妹呀!"

二人热聊着,晚自习前才分开。文海在社会上混了两年多,少了学生气,言行举止放得开了,不像过去在学校时见到邢小莉，青涩得手足无措，未曾开口脸先红。

回到宿舍，"瘦猴"问道："你一下午哪儿去了？洛水老乡来宿舍找你，到处找不见人。"文海这个专业有四个班，他和"瘦猴"在甲班，其他班还有两位洛水县同学，出了县便是老乡。

"我就在校园里呢。"

"校园里找遍了没见你。是不是和哪个美女约会去了？老实说！"

"刚来几个月，谁也不认识。老乡们找我什么事？"

"问咱国庆节放假去不去西安玩。"

"就这事？还是算了吧，谁想去谁去，我去不了。"他不是不想去，而是没钱。父亲不在家他就是一家之主，没什么经济来源，生活费主要靠助学金，需合理安排，先保障基本生活。

国庆放假两天。文海和几个要好的同学去逛街，虽然没钱下馆子，但年轻人聚在一起便是快活。下午回来，碰上邢小莉来宿舍找他。俩人出了宿舍，邢小莉问文海明天是否有空。文海说有。邢小莉又问："有人给了两张电影票，去看吗？"文海一愣，心想还真没个好去处，也没问啥电影，就答应了，约定第二天十点在学校大门口见。

文海如约来到大门外，没看见邢小莉。女人似乎天生就有迟到的特权，文海只好在附近溜达，半小时后，邢小莉来了，笑称自己不知道该选哪件衣服穿。文海称赞她着装漂亮。离电影开演尚早，二人去渭河堤漫步。秋色宜人，人烟稀少，河面粼粼波光，高大的杨树摇曳着，麻雀飞起落下，在草丛和枝丫间叽叽喳喳追逐嬉闹。走热了，文海脱去外套搭在臂上，露出里面的白衬衣；邢小莉身着桃红色衬衫，戴副墨镜。二人站在一处，倒成了风景。

"有什么生活上的不便之处，就跟我说。我爸兄弟姊妹大部分在城里工作，兴许能帮上你呢。"

"我现在这样，挺满意了。"

"咱俩别客气。"

"哪里能买到好纸？想订几个作业本。"日用品奇缺，很多东西都有指标限制，有钱买不到。

"没问题，我来办。"

"你和宋强还有联系吗？"

邢小莉闻言，脸上微微透出不易察觉的红晕，她说道："见过，他到我们村子来过两次。他考上西北大学快一年了。来过两次信，最近没联系。"

"你们不会是在谈……谈恋爱吧？"

"没有！我要和他谈恋爱，这两天你能见到我吗？"

"谈也很正常。你俩门当户对。"

"可不许造谣哦！"

宋强的确挺主动，几次来队上看邢小莉，特别是上学后，给她写过情书。邢小莉自觉尚未招工，工作没着落，谈婚论嫁为时尚早。况且她对宋强没什么感觉，只觉得他脑子聪明学习用功，却不大喜欢他的为人。这次来到学校，离西安近了，觉得年龄不小了，考虑问题也比较现实了，正在犹豫要不要和宋强联系，却偶然遇见文海。

聊起中学时代诸多往事，文海无法做到完全敞开心扉，特别是近两年发生的闹心事,文海不愿多提。有意无意地,与刘燕订婚之事,邢小莉没问他,他也没说。

　　光顾着聊天,差点误了电影,时间不早,俩人匆匆向影院走去。影片已开始放映,影厅黑暗,眼睛不适应,什么也看不见。猫腰寻找座号,工作人员见他们跌跌撞撞,便走来打着手电筒将他们带至座位。适应了黑暗,才发现四周座无虚席。这是一部进口片,打倒"四人帮"后,意识形态有所松绑,再不是千篇一律的战争片和样板戏了。曾经朝思暮想的初恋坐在身边,影片出现男女主人公亲吻的画面,邢小莉纤细的玉手放在座椅扶手上,文海无意间碰到,内心划过一道闪电。就连对刘燕——他名正言顺的未婚妻,他也不敢轻举妄动,何况只是同学关系的邢小莉。他连忙缩回了手。邢小莉的手却一动不动,镇定自若盯着银幕,眼睛里亮晶晶的。放映结束,文海不知影片演了个啥。灯光亮起,走出影院,仿佛漆黑夜晚忽而骄阳高照,阳光充斥着每一个角落。邢小莉从包里掏出墨镜戴上。文海犹如春梦初醒,回到了似有却无的现实。

43

　　文海上学走后,李顺顺成为大队会计,原来的会计接了文海的班成了大队长。大队公章在会计兜里,谁想出具个证明啥的,都得经他之手;社员一年的收入分配也得他一笔笔计算和公布。

赵兴国拿着一盒大前门烟来找李顺顺，给他点了烟，脸笑得像一朵花，问道："大会计，给咱帮个忙行吗？"李顺顺接过烟，抽了一口道："我能给……给你帮个啥忙？"赵兴国道："给我们赵星星开个大队证明，同意到延州歌舞剧团当自费学员。"赵兴国的想法是，只要进了那个门，浓厚的艺术氛围，难得的演出机会，对女儿的业务发展肯定有好处。更主要的是，常年和领导、同事处在一起，日久生情，万一招收学员就可能优先考虑，也算有了盼头。这是"赵能人"一年多来使了吃奶的力气，求爷爷告奶奶得来的结果。

李顺顺不可能无缘无故替赵兴国担责。他摇头道："不是我不帮你，你得先跟书记队长说。我……我可做不了主。"赵兴国道："又不耽误队里什么事，有那个必要吗？"李顺顺道："赵星星去剧……剧团，不是一天两天，分粮不分？还……还按照社员对待吗？"这还真把赵兴国问住了。想侥幸过关看来没那么容易，只得打道回府另做打算，村支书、大队长一个个拜访。前圪崂队干不用说，肯定没问题；可李家人不管他如何甜言蜜语，总是推托道："这事恐怕个人说了不算，要经社员大会同意。"要说队干李家人占绝对优势，他们既然说了要经社员会，恐怕不经社员会是不成的，这明摆着是给赵兴国挖坑。社员会上七嘴八舌，一件平常事，也往往难达成一致，何况赵兴国是焦点人物，历来争议很大。虽然随着时光流逝，前后村矛盾趋于缓和，但像狗尿苔一样，遇着阴天下雨，便会冒出头来。况且，旧的矛盾解决了，新的矛盾也会不断滋生。另外，前圪崂内部社员也不是铁板一块。

社员会上，尽管赵兴国提前做了不少工作，结果还是一团糟。坐牢回来的强人舅舅，就够他受的。"蔡强人"出狱好几年了，唯一维系两家关系的姐姐也病故了，舅舅和外甥成了仇人，又掐上了，如今多年恩怨终于有了发泄的机会。"蔡强人"本性难移，坐了一回牢，也没把棱角磨平，这两年形势好转，对他们这些曾经有问题的人抓得不紧了，他便神气起来，在会上瞪着一双凶巴巴的眼，高喉咙大嗓门道："生产队有生产队的规矩，就这么走人，还分不分口粮？其他人服不服？剧团既然要人，就把户口转走，村里没必要为他们承担义务！"说完，一把拉开门，气势汹汹离开会场。会议没结果，赵兴国被打脸，灰头土脸回到家。人在屋檐下不得不低头。他既没与谁理论，更不会火上浇油瞎闹。他打起了持久战，背地里偷偷运作，心中只有一个信念：这事绝不能黄。

"蔡强人"撂下一句话离开会场，他知道赵兴国不会善罢甘休。自己不是队干，坐了几年牢，也不是党员干部了，只能会上发发威，能不能挡住很难说。他想到了另一条路：以其人之道还治其人之身，向上反映情况。他说干就干，写了几封信，以社员名义，寄到延州歌舞剧团，声称：坚决不同意抽调赵星星。不知是否有效，但至少不能让赵兴国顺当了，得想法子给他心里添堵。

赵星星的证明一时开不出来，赵兴国想给领导做工作，便抽空去了趟延州歌舞剧团。他想先把剧团稳住，再慢慢做队里的工作。没想到他还没开口，郑副团长就说："你们村有人向团里反映情况，不同意赵星星来团学习，我看这事就算了吧。"赵兴国心里咯噔一下，赶紧说道："可不敢！绝对是有人眼红我们家星星，做了短事，我和生产队都说好了，同意出证明，这几天管事的人不在，过几天我就送来。""赵能人"谎报军情，还真有效，听他这么说，郑副团长犹疑道："生产队真同意了？那你和团长再说说。"赵兴国问："怎么，你们开会研究过了？"郑副团长道："那倒没有，但我看大家都是这个意思。"

赵兴国便急忙找到团长好说歹说，总算说服了团长。毕竟只是个人反映问题。上次有人告刘燕，让团里知道虽有人告状但未必可信。"赵能人"当年造孽，反倒帮了自己。

暂时稳住团里，赵兴国打道回府，路上盘算：幸亏来延州一趟，有惊无险，否则后果不堪设想。谁这么狠毒做短事？想来想去，还真没怨到李家人头上，只是想到了他那老不死的舅舅。第二天一早，"赵能人"去找"蔡强人"。"蔡强人"扛着锄头出门，"赵能人"竟走上前去双腿弯曲扑通一跪，连磕三个响头，吓了"蔡强人"一跳。"蔡强人"道："你这是干什么！""赵能人"哭丧着脸道："咱们的恩怨，最好不要传给下一辈，以前外甥不懂事，伤了您老的心，要打要骂冲我来，求您高抬贵手放过赵星星，不要与她作难！她没得罪过你啊！""蔡强人"实在没想到"赵能人"会来这一手，登时愣在那里，等反应过来，赵兴国已经站起来拉住他的一只手。"蔡强人"本能地抽出手，黑着脸扭身走开。他不接受赵兴国的道歉，几年牢狱之灾不是几句话就能化解的。对赵兴国来说，为了儿女，给长辈下跪不算什么。这一幕让一些社员看见了，事后谁也没笑话"赵能人"，反倒佩服他能屈能伸是条汉子。

对"蔡强人"来说，多少解了点气。尽管他没接受道歉，但心里清楚，自己已经黔驴技穷了，再闹下去未必有用。他知道外甥的能耐，这事恐怕拦不住，也就借坡下驴，没再闹腾。

赵兴国主动提出赵星星不分村里口粮。作为一个女孩子，迟早要离开，不可能在娘家门上待到老，如果不牵扯口粮问题，也真算不得什么事。国家推出了一系列改革措施，在一定程度上解放了人们的思想，农村也管得没那么死了。也就在这一年年底，党的十一届三中全会召开，安徽省一个偏僻小山村，二十多户人家开了先河搞起了包产到户，这在以前是难以想象的。

赵兴国过去的所作所为摆在那里，李家人在政策不十分明朗的情况下，没人愿意为他开绿灯。但李家人终究不像赵兴国那么狠毒，他们只针对赵兴国本人，认为其子女无辜，不便整到底。此番折腾，也算给了点教训。没开社员会，几个队干一商量，就给赵星星出具了证明。从此，赵星星成了李家村的特例——编外人员。

赵星星如愿以偿来到延州歌舞剧团，在新天地里，她谁也不认识，本身条件又一般，没人愿意搭理，像个受气的小媳妇处境艰难。刘燕跟她是老乡，她便申请加床到刘燕宿舍。刘燕心里多少有些别扭，但没办法，团里的决定，只能服从。赵星星讨好刘燕，不管刘燕如何看待她，她总往跟前凑。时间长了，虽然心里仍有阴影，但刘燕心地纯良，有恻隐之心，渐渐不大反感她了，两人便正常交往起来，有时还一起逛街。

一天，刘燕和赵星星饭后去剧团附近的飞机场散步，说起老家的事，因为关系熟了便随意起来，赵星星道："文海本人倒没什么，就是他家里大人不怎么样。"刘燕皱眉，她对两家大人为人处世心里有数，但没说出口，犯不着为一两句话找不痛快。赵星星见刘燕在团里混得不错，心生嫉妒，便想搅和刘燕与文海的关系。见刘燕未置可否，又添油加醋道："文海高中参加运动会，长跑的时候吐血了，听说以后不能生养。"刘燕诧异道："是吗？我咋没听说过？"刘燕第一反应是即便真的吐血，和生孩子也八竿子打不着。赵星星笑道："这事他不可能给你说。不过……文海学习的确还是不错的。"又往回找补。刘燕没深究，她知道两家关系不好，赵星星不会说文海好话，聊天时尽量避开有关文海的话题。

时间久了，赵星星和团里其他人混熟，见刘燕和她始终不够贴心，也就不再刻意讨好，和她渐行渐远，甚而背着刘燕把文海家那点不光彩的事，添油加醋抖落给沙莎等人。这些人不知情，窃窃私语。要让人不知，除非己莫为。话传到鲁萍耳朵里，鲁萍出于义气告诉了刘燕，引起刘燕愤慨。

赵星星试图巴结鲁萍，建立自己的朋友圈。鲁萍平时大大咧咧，为人仗义，她和刘燕关系好不是一天两天了，进团以来虽然二人也有磕磕碰碰，但她欣赏刘燕的实诚，两人关系很铁。她早听说赵星星她爸的为人，所以不怎么搭理她。赵星星见鲁萍不能为友就另辟捷径，向常来宿舍的沙莎抛出橄榄枝，与她走得比较近。

进入十一月，一场风雨过后，早晨起来，路边的荒草撒了一层白霜，房间生起了火炉，挂上门帘。中午排练结束，刘燕和鲁萍回房围炉闲聊，赵星星从门房拿回一封信，打开瞧了一眼，是她爸写来的家信，没细看，只觉得信纸上的字体苍劲有力，让她引以为豪，就顺手递给身旁的刘燕道："瞧我爸这字写得咋样？

不错吧！"

　　刘燕接信一瞧，老牌高中生真有两把刷子，字的确不赖，但看到信的结尾写了这么两句话："对于刘燕这种人，你要记住，她永远不会和你交心，只可应付，不可交心。要时时提防，不要让她坏了你的事。"刘燕像吃了苍蝇，一把将信推给赵星星。赵星星觉得不对劲，细看之下，才知做了蠢事。她连忙收起信，但事已至此，无法挽回。本来就有心病，此番二人隔阂更深了。她红着脸借口看灶房什么饭，出门转了一圈，回来说："开饭了，烩面。"鲁萍拿起碗筷去打饭，刘燕没动身，赵星星套近乎问："你不吃饭？"刘燕不搭理，起身拿了碗筷径直出了门。

　　厕所离宿舍不近，有些女娃不拘小节，到了冬季，不想跑路挨冻，有时就在屋内尿盆里小便，然后倒入门外墙角下水道。按说这是不雅之事，尤其是宿舍里还有别人，但时间长了，大家也就习以为常，见怪不怪了。一天午饭后，赵星星内急，插上门，刚蹲在盆上，门外响起敲门声，是郑副团长的声音："刘燕在吗？"刘燕脑袋一热，一把将门拉开。郑副团长刚踏进门，猛然看到赵星星急着提裤子，地上还摆个尿盆，臊得连忙扭头道："哎呀！大白天的这是干啥呢！"话没说完就退出门外，差点跌一跤。鲁萍见状捂着嘴扑哧一声笑了。赵星星还有半泡尿没释放完，羞愤得眼里直冒火星。

　　事干得有点过火，但也的确解气。刘燕心想："谁让你大白天在房里撒尿？多不文明！"几天后，演出结束，回到房间，洗漱完毕，时间不早，困意袭来，刘燕躺在床上想睡觉，赵星星却坐在琴凳上边弹边唱。刘燕道："这么晚了别唱了！"赵星星道:"我练嗓子,关你屁事!"刘燕登时睡意全无,一骨碌爬起,一把将赵星星从琴凳上拉了下来。俩人大吵一架,几乎动手,幸而被鲁萍拉开。

赵星星找郑副团长哭诉。郑副团长知道隐情。虽说赵兴国没少在郑副团长身上下功夫,但郑副团长为人比较正派,遇事多少有点包公断案——认理不认人。他觉得赵星星也有错,半夜三更在集体宿舍不睡觉唱什么歌,反把赵星星说了几句。赵星星心里不是滋味,不愿回宿舍,当晚去沙莎床上凑合了一晚。此事随后让赵兴国知道,他来找郑副团长好说歹说,把赵星星调到了沙莎的房间。

沙莎对刘燕说道:"我也不想让她住,领导安排,我没办法。"莎莎和刘燕虽不是知己,但她知道刘燕人不错,怕她误解。刘燕道:"不关你的事,让你受连累了。"刘燕觉得赵星星搬走好,省得烦心。二人分开后,时间长了,矛盾又渐渐淡去。刘燕业务和人缘都好。赵星星以后面临转正招工,口碑很重要,她没必要也没资本和刘燕长期闹别扭,又主动向刘燕示好。刘燕本不是个记仇的人,既然低头不见抬头见,就和她保持了一般同事的关系。

44

风水轮流转,文海所在的学校被评为省级重点学校,校领导决定元旦搞一次跨年庆典,各班需出节目,评奖以资鼓励。通知下发，大家开始准备，为不影响学习，学生们利用晚自习和节假日排练。此前文海被选为团支部书记，责无旁贷，同宣传委员一起忙活，定演员，抓编排，忙得不亦乐乎，校门也不出了。

时间紧，任务重，文海走捷径，把以前宣传队的部分节目搬了过来。他审美不错，但唱歌跳舞不在行，心里知道却无法做示范。宣传委员也是个门外汉，只会唱两首歌，对舞蹈是"擀面杖吹火，一窍不通"。愁眉不展之际，文海想起了邢小莉。

青年教师也需出节目，邢小莉正坐在书桌前默诵现代诗《敬爱的周总理我们热爱您》。文海问道："有事想请你帮忙，不知道你有没有时间？"邢小莉问什么事。文海道："帮我们班的女生编排节目。"邢小莉一口答应。说干就干，当晚就开始排练。

文海向大家介绍道："邢老师我们都认识。她利用工作之余，不辞辛苦帮助咱们排练，大家一定不要辜负，要听从指导，认真排练。掌声欢迎邢老师！"文海说罢带头鼓掌。排练开始，邢小莉给女生做示范，简单几个动作，看起来既柔美又潇洒。邢小莉身材苗条，脸庞俊秀，在这些业余文艺爱好者眼里，简直就是美的化身。随后几天，只要有空，她便来帮忙。文海抓纪律，邢小莉抓内容，二人配合默契。经过十几天的精心编排，节目水平上去了，已经很有看头了。

邢小莉宿办合一的这座楼房，没有公共供暖设施，冬季用蜂窝煤炉取暖，兼做饭。蜂窝煤用柴火引燃，邢小莉在楼下劈柴，文海下课路过瞧见，怜香惜玉，不忍袖手旁观，上前抢过斧头道："我来吧！"邢小莉见是文海，遂摘下手套递给他，拍拍灰尘道:"我先回屋了,一会儿你在我那儿吃饭。"说罢,也不管文海是否答应,径直上楼。文海劈完柴,搬上楼堆放在她宿舍门口,进屋一瞧,她正蒸包子呢。邢小莉道:"把手洗了。自己倒水。饭一会儿就好。"文海客气道:"不吃了,没啥事我先走了。"邢小莉道:"这个点灶上没饭了,你的饭已经在锅里了,马上就好!"文海只好又坐下。

热气腾腾的包子端上桌。在年轻女子闺房吃饭还是头一遭,文海拘谨。邢小莉不断给文海碗里夹包子,总怕他没吃饱。文海吃了六个包子,擦了把嘴,放下碗筷便要走。邢小莉将一沓装订齐整的作业本递给他道:"上次你要的,我订好了,拿着吧。"文海没想到,无意间说起纸不好买,邢小莉却真的记下并给他买了。文海低头掏钱。邢小莉连忙制止道:"客气啥,不用给钱。这不是买的,是学校发给我的纸,用剩下的。我没花钱怎么收你钱,还赚你的不成?"邢小莉调侃着,把文海放在桌上的钱拿起硬往他兜里塞。俩人你推我让,拉扯中差点抱在一起。文海赶紧垂下双手,坐回凳子。

邢小莉当年经常在母亲跟前提到文海,尚老师心知肚明,只是那时女儿还小,做母亲的不会纵容早恋。现在尚老师听说文海在女儿工作的学校上学,很高兴,想到女儿不小了,也有了稳定工作,该考虑终身大事了,便在信中建议她和文海多相处。邢小莉见文海总是若即若离,心下不免疑惑:"他是不喜欢我,还是另有隐情?"她给文海的茶杯里添水,问道:"你会跳交谊舞吗?"文海摇头。邢小莉又说道:"我刚学,只会点简单的步子,没舞伴,抱着空气学。"说着简单做了几个舞蹈动作。文海说道:"你

235

舞跳得真好看。"邢小莉停了动作道:"我把你上学的事告诉了我妈,她对你很关心,说让你好好学习,争取毕业留校,如果条件成熟,她可以帮你找校长说说。"

自恢复高考以来,招生数量逐年增长,各大中专院校师资力量普遍短缺,需要一些优秀的学生留校任教或做后勤保障工作。留在这座城市,成为一名教师是很好的选择。若有机会再外出进修深造,成为一名高级知识分子,就是好上加好。留校对文海而言是相当有吸引力的,若有贵人帮忙,再凭自己的努力,似乎很有把握。想想毕业分配,能不能分到延州还是个未知数。一般农口毕业生,基本上是哪里来哪里去,回到本县,到各个农机管理部门工作。要改变这种状况,得靠关系。虽然现在进校才不到半年,毕业时间尚早,但将留校作为一个奋斗目标应该要早做打算。听了邢小莉的话,文海既没说行也没说不好,又不知所云地说了几句话,就与邢小莉道别了。

这天晚上,文海失眠了。想想两个女人:一个美丽,知性,性格成熟,在工作前途上能帮助自己;一个漂亮,实诚,事业蒸蒸日上。她们是那般美好,却又那么不同。文海的心里难以平静。虽说与邢小莉旧情尚存,但与刘燕已有婚约。在人生低谷,刘燕对他不离不弃,给予他莫大鼓励。他们未必有多少共同语言,却情深义重,是一对经历了风雨、见证了苦难的情侣。而且刘燕的歌唱事业前程似锦,这是文海的骄傲。脚踩两只船不是他的为人,他也没这个能力。他不愿对邢小莉造成伤害,又不想就此疏远。如何保持纯洁的同学友谊呢?他想起那首陕北民歌《谈不成恋爱交朋友》,心里默默哼了几句:"你在那山来我在那沟，咱拉不上话话咱招一招手。捞不成那捞饭咱焖成粥，咱谈不成那恋爱咱交朋友。"歌词恰合他的心境。想到这里，他又反思，为何不早一点告知邢小莉自己已经订婚呢，是在图个什么吗？一夜辗转反侧，终于在天快亮的时候，才进入梦乡。

　　几天后，文海接到刘燕来信，信中提及赵星星。文海对赵星星有所了解，认为她并无太多心眼，也不坏，便回信道："赵星星本人翻不起大浪，但要提防'赵能人'生事。"他对赵兴国心有余悸，尽管现在不似从前，赵兴国不能把刘燕怎么样，但总觉得不放心，防不胜防的事历历在目，还是留心为好。在信的末尾，文海随笔提到邢小莉，说她妈兴许能帮助自己留校。

　　女人的神经是敏锐的。刘燕寻思，才入学半年，就能谈到留校，而老同学的母亲竟然乐意帮忙，此事不简单，关系不一般。对方是不是在选择乘龙快婿？文海已不是当初那个受苦的潦倒小子了，毕业后好赖是个国家干部，有了资本，事情会不会有变？刘燕端详着来信，没了诗情画意，少了情意绵绵，只是唠叨些生活琐碎。心中不免涌上一股醋意，想得很多，甚至想到有一天二人可能会分开。刘燕是比较自信的。岁寒知松柏，患难见真情。危难中积累起满满的爱，上几天学就生变故？她不大相信文海会负她，但话又说回来，即使文海不另寻所欢，也难保别人不引诱他。即便现在没有，几年后又会怎样？与老同学待在一处，走得近，日后不定发生什么事。她看别人成双成对，整天在一起，下乡演出，行李有人提，座位有人占，互相照应，很是羡慕。而她虽有恋人，却是个异地恋。团里不少人追求她，如果真的退婚，也没准有更好的找上门来。

想到这些，她便提笔写信。写了揉，揉了写。鲁萍爱掺和这种事。她看了文海的来信说道："看不出有什么问题呀，没必要动真格的吧。刺激一下他足矣，以观后效！"经闺蜜这么一点拨，想想也是。俩人趴在桌上动脑筋，你一言我一语，像导演一出戏，颇费了一番心思写完了回信。刘燕看了几遍，压枕头底下，又考虑了两天，才寄出去。

文海接到来信，知道刘燕误会了。吃点醋很正常，说明在意，但误解深了不消除，有了心病就不好了。他后悔提邢小莉，简直自找麻烦。事已至此，他急忙回信解释，还谈到年底快放假了，问她需要什么，告诉她自己放假想到延州待几天，最好能看场演出，然后和刘燕一起回家过年。信寄出后，如石沉大海，没收到回信，文海很担心。元旦临近，得先集中精力抓好节目排练，只能等回到延州当面解释了。

45

1978年12月22日，十一届三中全会在北京胜利闭幕。为了学习贯彻会议精神，学校特意在庆典大会上增加了相关内容。这是学校的一次空前盛会，来了各级领导和社会名流，非常隆重。会后的文艺演出，文海班上的节目大放异彩，获得了一等奖。班主任和校学生处领导对文海的组织才能颇为欣赏，直截了当说："鉴于你的表现，经校学生处研究，拟委任你为学生会主席，想征求一下你的意见。"文海受宠若惊道:"就怕干不好,辜负了您的一片好意!"领导说道:"相信你能干好!我们也是根据你入校以来的表现,经过慎重考虑才决定的。如果你没什么意见,下学期开学,根据学生会主席产生办法,你将作为候选人参选。"文海闻言,欣然接受。

刘燕的信姗姗来迟,态度缓和许多,文海读完,松一口气。但整封信也似清水煮豆腐,淡而无味,毫无嚼头。文海将信塞进裤兜,突然想起演出道具没来得及还,便去找邢小莉。也是巧了,搬动道具时,兜里的信掉在了库房地上。他走后,这封信又鬼使神差被邢小莉捡到了。

信封敞开着,露出一角信纸。邢小莉对文海的一举一动都很在意,一见是文海的信,竟就打开信纸扫了一眼。上面是这么写的:

文海:

你好!

来信收到,我一切都好,什么也不需要。年底演出比较多,你回家路过延州想看演出,应该不难。我放假比较晚,恐怕难以一起回家。

延州歌舞剧团:刘燕

寥寥数语,不疏不亲,邢小莉看得一头雾水。刘燕自然是个女的,可她是谁呢?他们什么关系?妹子?可不同姓;同学?也没听说有谁在延州歌舞剧团工作;女朋友?也不像,语气生硬客套。但二人相约一起回家,可见关系不一般。邢小莉猜想着,回想这段时间和文海接触的点点滴滴，忽然明白了。一个男人到了谈婚论嫁年龄扭扭捏捏的，一点都不主动，反让自己心里着急，原来是心里另有其人！

"为什么不告诉我呢？我像个傻瓜似的热脸贴冷屁股！"想到这里，邢小莉心里愤恨起来。又看落款：延州歌舞剧团。她是干什么的？是演员还是后勤人员？漂亮吗？母亲鼓励她和文海在一起，给了她勇气。文海也确实变得成熟许多，是她心仪的类型。她有意协助文海把文艺活动搞得有声有色，在校学生处领导面前不时美言几句，下一步文海有望成为学生会负责人。前不久学校通知邢小莉明年去音乐学院进修两年，回来从事音乐教育工作。这是喜讯，那时文海也恰好毕业，争取留校应该问题不大。到时俩人便可公开关系，修成正果。没承想，到头来竹篮打水一场空，失望和伤心裹挟着邢小莉，使她一夜未眠，第二天起来眼圈黑黑的。

早晨九点多钟，文海吃过早饭上厕所，迎面碰见冷冰冰的邢小莉，把他视作空气，擦身而过时看都不看一眼。文海一愣：莫名其妙，谁惹她不高兴了？以前都是笑脸相迎，今天连起码的礼貌也没有了。没走几步，邢小莉突然转身，从兜里掏出一封信递给文海道："你的信！库房地上捡的。"文海接过信一看，恍然大悟：她什么都知道了！文海想说点什么，却不知从何说起，迟疑间，邢小莉扭身走了。

都是自己惹的祸，心里究竟在想什么！他叩响邢小莉宿舍的门。邢小莉一开门见是文海，连忙关门，文海用手撑住。邢小莉拗不过，只好进屋坐下。她撩了一下额前的碎发道："你有对象了为什么没告诉我？"

"她是我哥的学生，在家时订了婚，那时……"

"她在剧团是干什么的？"

"演员，唱歌的……"

邢小莉淡淡笑了一下，目光渐渐移向窗外。房间没生火，冰锅冷灶，地上堆着些废纸尚未收拾。文海坐也不是，走也不好，说什么也没用。邢小莉眼睛一红，似有泪水要涌出，她起身打开房门，示意文海离开。文海低头走了出去，门在身后关上了。

一首陕北民谣荡漾在校园上空：

花椒树上落雀雀

一对对丢下个单爪爪

人家成双我成单

好像孤雁落沙滩

46

文博来信，信中说洛水县剧团招人，有意让文博去。他拿不定主意，是继续复习考试还是先去剧团工作回头再考？考试需等半年多。恢复高考已是第三次招考了，难度越来越大。去了剧团，又担心工作忙没时间复习，考上的希望更小。在县剧团干下去，即便转正也是集体工，待遇与计划内国企职工有差别。文博在犹豫中想听听文海的意见。这是好事，文海感到一丝欣慰。他认为文博应该先去剧团，到时争取参加考试，考上更好，考不上起码有事干，既然喜欢文艺，一辈子干喜欢的工作挺好的。至于集体工，也没什么，起码是吃公家饭的，总比在农村受苦强。

文海很想家，想早点回去，带着刘燕探望狱中的父亲，一家人过个团圆年。回家前，他给文博写了回信，打算当天进城寄出，顺便去给刘燕买件衣裳。家里人倒不必客气了，可刘燕不一样，关键时期，送礼物是爱的表达，忽视不得。

雷秉忠来信说年底结婚，邀请文海参加。这对发小，不是亲兄弟胜似亲兄弟，虽然发展道路不同，但心却很近。新娘是之前在宣传队待了几天被赵星星顶替的那个女子。她是赵星星的高中同学，虽然歌唱得一般，但人挺漂亮，配雷秉忠这个大胖子足矣。这女子的父亲还是村支书，她回村不久摇身一变成了民办教师。两家也算门当户对。哥们儿的婚礼必须参加。文海回家的愿望更迫切了。

文艺界穿戴洋气，买啥衣服合适呢？外套贵，买不起，想想只能买件毛衣了。天气冷了，正好用上。文海寻思刘燕人白，穿白色高领毛衣一准好看。他独自转悠半天，几大商场跑遍，挑来挑去，选购了一件白色腈纶毛衣。

下了一夜雪，第二天放晴，太阳斜斜地挂在半空。快放假了，学生陆续回家。下雪不冷消雪冷，大太阳照着，却不起什么作用。尚未离校的学生们畏缩在宿舍火炉旁闲聊。文海坐着发呆。自那天后，他再没见过邢小莉，心里老搁着个事。第二天就要放学回家，应该打个招呼。不管怎样，总不能老死不相往来吧。想到这儿，他拿起黄军帽戴好，打起精神出了门，朝邢小莉宿舍走去。

始料不及的是，邢小莉见到他似乎之前什么也没发生，依旧热情招呼他坐下，递给他一颗苹果。文海接过苹果，蒙蒙的。房间没生火，收拾得干干净净，椅子上放着两个鼓鼓囊囊的大提包。邢小莉穿着厚棉袄，围着大红围巾，好像整装待发。

"你要出门？"

"回陕北，本来想让我妈来这儿过年，又想她年龄大了，天寒地冻，来回坐车不方便，还是我回去吧。"

"票买了吗？"

"没买，坐宋强他爸单位拉货的车，一会儿就到。"

文海点了点头道："噢，那挺好的……我一年多没见宋强了。"

"你啥时候走？直接回交口还是先到延州？"

"明天一早先到延州办点事，办完就回家。"

俩人正说着，有人敲门，邢小莉起身开门，宋强风尘仆仆进来，见到文海愣了一下，伸出一只手："你也在啊！前些天听邢小莉说你在这儿上学。"

"咱们离得不远，以后常来往。"文海握着宋强的手说道。

"那必须的！你放假回吗？要不要货车里挤挤，把你捎上？"

邢小莉也说道："挤一挤，一块儿走吧！"

文海连连摆手道："不用不用，我已经安排好了。"

宋强说道："那就回去再见吧，到时候好好喝两盅！"

文海笑道："行啊！"

宋强转而问邢小莉："收拾好了没？现在就走吧，赶晚上回到交口。"邢小莉指指放在椅子上的大包小包说收拾好了。文海便起身说:"我送送你们!"邢小莉从柜子里取出一袋黄元帅苹果,递给文海道:"你回家带上,地方特产,让家人尝尝。"文海推让,邢小莉又说道:"这是我堂姐自家种的。咱们三人都有,每人一份。"见邢小莉一脸诚恳,文海便不再推辞,收下苹果。

三人一起下楼。邢小莉上车时伸出手,宋强将她拉上了车。伴随着发动机的轰鸣声,货车驶离了文海的视线。他立在残雪中,心中泛起一丝淡淡的忧伤,默默自语:"希望你能有个好的归宿。希望你们幸福……"

47

第二天一早,文海和"瘦猴"等几个同学坐了长途汽车回家。这是进校后第一个假期,又是春节,刚上车大家很兴奋,有说有笑,但为排队买票起得太早,精力不久就熬光了,个个耷拉着脑袋昏昏欲睡。文海眺望着车窗外的冬日景色,回忆着这几年的点点滴滴,心中感慨良多,想着心事,也渐渐地睡着了。

途中驻车时文海被冻醒。有乘客上下车,文海去了趟厕所。再次上车,进入黄土高原,路面崎岖,颠簸不止。摇晃了七个小时,到下午五点多钟,终于抵达延州。有延州的同学约文海到家做客,文海谢绝,只期待尽早见到刘燕。"瘦猴"继续北上回洛水县。文海在延州东关车站下车,道别时,"瘦猴"问:"你准备住哪儿？"文海说打算住东关旅社。

东关旅社是国营老单位，建筑陈旧，木制地板走起路来咚咚响。酒店装修档次不高，官差和有钱人不住，但离汽车站近，东南西北来客不少，地理位置优越。文海登记完床位，洗漱一番，坐在床头琢磨着时间不早了，今天估计见不了刘燕，但又想到搞文艺的往往晚睡晚起，明天上午万一联系不上，又得浪费半天时间，还是先打个电话吧。想到这儿，文海来到服务台拨通了歌舞剧团的电话。

门房老石喊人，稍后，话筒里传来熟悉的声音："哎，你哪位呀？"文海道："是我，文海。我到延州了，学校放假，现在住在东关旅社203房间。"刘燕说道："今晚我们有演出，一会儿就要走。"文海道："那就明天上午见吧。"刘燕还没回话，文海忽而想到又说："今晚我能去看你演出吗？"刘燕想起上次的事，觉得不能轻易放过文海，但不让来看演出就过分了。她犹豫了一下道："好吧，八点开演，在延州大礼堂，你七点以后到后台来找我。我要提前化妆，很忙，没时间接你。你来了以后，找一个叫鲁萍的，她给你安排。"

放下听筒，文海抬头看墙上挂钟，六点整。出去吃个饭，然后步行到大礼堂，时间正好。他熟悉大礼堂，当年文艺调演就在那里。电话打得很及时，正好能看刘燕演出，想想还挺期待的。身为独唱演员的刘燕在延州已小有名气，就是文海还没亲眼见过她在大舞台上是什么样。

他回房照了照镜子，整理衣帽，来到大街上。他心中期盼，大踏步朝着延州大礼堂这座有着光辉历史的建筑走去，内心喜悦，满街的人也都变得可爱起来。

今晚是一场重要的招待演出，有北京来的领导，地方上的领导陪同，十分隆重。延州虽是穷乡僻壤，却是红色圣地，是中华民族获得解放的政治军事摇篮，不少革命老前辈的青春年华都在这里度过。他们故地重游，看看曾经生活战斗过的地方，当年的热血青春历历在目。老干部大都是国家级领导人，什么样的文艺演出没见过？他们只是想重温熟悉的陕北民歌。刘燕进团时间不久，却已参加过多场高规格招待演出。

文海在后台门口找到鲁萍。鲁萍像看大熊猫那样看着文海，对文海说道："刘燕在忙，我给你安排。甲票没了，只搞到一张乙票，有点靠后，不过应该有座位，演出开始后看情况可以往前坐。你先到后台坐一会儿，快开演时我把你送到台下去。"鲁萍说着把票递给文海。文海说道："没关系，我的视力还行，坐哪儿都行。"鲁萍领着文海来到后台僻静的道具室里，搬来一把椅子给他坐。文海道谢不迭。鲁萍又问喝不喝水。文海摆手道："我不渴，你先忙吧。"以前在农村参加劳动，夏天火辣辣的太阳一晒，浑身是汗，老觉得渴。看那些社员，汗不怎么出，水也不见喝，好像旱作物似的。用农村人话说是打熬下了。山里劳动带水不易，后来他就忍着。时间久了，喝水少成了习惯，上学半年，也没改过来。

鲁萍离去，文海独自待着，看着周围各式各样的道具，觉得稀罕。不多时，鲁萍回来说现在可以进场了，文海便跟着她穿过后台，碰见不少演员。沙莎拉住鲁萍凑近耳朵问："这是谁呀？"鲁萍挤眼睛低声道："刘燕男朋友。"

"噢……"沙莎看了文海一眼，笑笑离开。在这帮城里孩子印象中，农村人应该是那种土得掉渣的憨厚模样，可没想到文海文质彬彬还挺帅。这也是低预期带来的惊喜。

　　袁音提着长号从后台走过，撞见文海。他们认出彼此，擦身而过。历经后台男女的审视，文海终于坐进了观众席，如释重负。安顿好文海，节目即将开演，鲁萍进入乐池。台下座无虚席。在一片锣鼓喧天中，大幕徐徐拉开……

　　第一个节目是《军民大生产》。随着《二月里来》和《纺线线》等革命歌曲响起，穿着八路军军装和秧歌服的男女演员先后上场，拿着镰刀，推着纺车，以轻盈欢快的舞姿，展现出革命年代火热的劳动场景，赢得阵阵掌声。主持人用嘹亮的嗓音说道："接下来，由我团青年演员刘燕给大家演唱一首陕北民歌《南泥湾》。请欣赏！"

　　刘燕穿着缀着许多亮片的红色裙子，头戴大红花，玲珑可爱，在两千双眼睛注视下，仙女般地走上舞台，微笑着站在麦克风前，向观众点头示意。她台风稳健，落落大方，文海快要认不出她了。民乐队欢快的前奏过后，甜美的歌声飘荡在灯火灿烂的礼堂上空。"花篮的花儿香，听我来唱一唱……"这首歌曲脍炙人口，家喻户晓，百听不厌。有高水平的乐队伴奏，有好的音响效果加持，有国家领导人莅临，有众多观众捧场，感觉就是不一样，刘燕发挥得更好了。观众的脸上笑盈盈的，陶醉在婉转悠扬的歌声里。人们被深深打动了，一曲结束，掌声经久不息。

　　文海也算文艺爱好者，参加过不少演出，但都是业余演出，真正大型剧团演出见得少。在他的想象里，大舞台的女演员们都好似天宫仙女，颇有神秘感。如今的刘燕，远在天边，近在眼前。他被刘燕的歌声深深吸引，为她的风采倾倒。

刘燕唱完两首歌，观众意犹未尽，主持人拦住刘燕，又让加唱了一首《绣金匾》。整台晚会每个节目都很精彩。演出结束，全体演职人员集体出场谢幕，台下再次响起阵阵掌声。领导们走上台去，同演员们一一握手留影。

领导精神饱满，微笑着握了握刘燕的手，特意问道："你是哪里人？小小年纪唱得不错！"刘燕受宠若惊，急忙回道："谢谢领导鼓励，我是安定县人。"领导亲切点头，走向下一位演员。

直到演员退去，观众逐渐离席，偌大的观众席只剩了文海，文海才走向后台，找到鲁萍。

"刘燕在哪儿？"文海上前问。

"可能回单位了吧。"鲁萍说道。

"她走了？那你怎么没走？"

"她好像身体不大舒服，提前走了。"

文海知道鲁萍这样说肯定是两人商量好的，估计找不到刘燕。即使找到又能怎样？舞台上人多眼杂，让别人知道俩人闹别扭不好。文海想了想道："那好吧，我先走了，请转告她，我明天上午来团里找她。"说罢扭头离开。

鲁萍见他真要走，反倒沉不住气了，改口道："等等，让我再去看看！"说罢就去找刘燕了。舞台工作人员在他身边走来晃去，收拾着各种道具，他却像处于无人之境，只是默默想着见到刘燕该怎么说。

刘燕正在后台等着拍剧照，鲁萍将她拉到一旁说："我把他留住了。我看他挺好的呀。你快去吧！"刘燕扭捏一番，便去道具室门口找文海。由于一会儿要拍剧照，刘燕没卸妆，只能穿着演出服去见文海。文海正在发呆，眼前忽然一亮，一个大美女闪闪发光地出现在他眼前。文海看蒙了，一时竟没认出来。

"怎么，不认得我了？"

文海定睛一瞧，笑道："你变高了！"

"穿着高跟鞋呢！"刘燕说着提起裙子，抬了抬脚。这样的高跟鞋也只有在舞台上能见到。她一本正经道："找我什么事？快说，我还忙着呢。"

文海准备了一堆赞美之词，经她这么一催，话到嘴边卡壳了，只问道："你明天有空吗？"

"你住哪儿？"

"东关旅社203房间。"

"知道了，你回去吧。"

文海寻思：这是啥意思？来还是不来，不给个准话。正要问确切些，只听有人喊："刘燕，快点，就等你了！"刘燕喊道："这就来！"说完便跑掉了。

48

文海只好离开剧场。寒夜里，行人稀疏，路灯昏黄。北风呼呼地刮着，比人心还急，想吹去漫漫长夜，迎来日出东方。当晚文海辗转反侧，脑海中尽是这几年经历的点点滴滴。第二天一早醒来，便觉得头昏脑涨。他睡眼惺忪起床穿衣，站在窗前刷牙，机械的刷牙动作持续了很久，直刷得牙龈流血。

突然，房门打开，服务员伸了一颗头进来说："203房间的，有你的电话！"文海心里一亮：是刘燕来电话了？他赶紧漱口放下牙缸，快步走去，只怕好不容易抓住的鸟儿再飞了，拿起话筒便问："是刘燕吗，你啥时候来呀？"

电话那头却传来一个男人急躁的声音："你也不问问我是谁！"

"'瘦猴'？你怎么这个时候给我打电话，有什么事吗？"

"邢小莉出事了！正在洛水县医院抢救呢！"

文海闻言脑袋嗡地一下："怎么回事，她怎么了？"

"前天晚上坐车回家，在快到交口的那座山坡上，因公路结冰打滑，车翻沟里去了。司机和邢小莉的同学坐在边上，跳车侥幸脱险，伤得轻。邢小莉连人带车栽下去了，伤势很重，不知道能不能救活……她在昏迷的时候喊你的名字。她妈受不了打击晕倒了，也在医院抢救着呢。你们同学一场，尚老师待你也不薄，我觉得你应该去看看……"

文海听罢，泪水在眼眶里打转。邢小莉活泼可爱的样子闪现在眼前，昨日还鲜活的生命，今天却挣扎在死亡线上。巨大的悲痛和内疚袭来，他感到心如刀割，难免想道，如果没有和邢小莉的此番情伤，也许不会发生这样的悲剧。邢小莉并不喜欢宋强，如此突然接受宋强抛出的橄榄枝，多少有点刻意转移情伤和作践自己的成分。想到这里，文海满怀忏悔之心，对"瘦猴"说道："我现在就买票回来！"

打听了一下，恰好有一班将要启程的车。他忽而想到刘燕可能要来找他，便拨通了歌舞剧团电话。

"喂，麻烦找一下刘燕！"

"刘燕刚出大门不久。"门房老石说。

文海站在旅社大门口东张西望，焦急等待着，想和刘燕打声招呼再走，但离班车出发只剩二十分钟了，仍不见刘燕踪影。时间不等人，生命不等人！他实在等不及了，只好急匆匆向车站走去，进站前又再三回望，仍然两眼空空。

客车启程了。路过旅社门口的时候，文海不经意间一抬头，透过朦胧的玻璃窗，看见马路对面出现一个熟悉的人儿，身段轻盈，脸庞清秀，她用手撩开被风吹动的发丝，仰着脸瞅了瞅白底黑字的门头牌匾然后匆匆走进了东关旅社……

是刘燕！文海急忙打开车窗，想喊她。

但刘燕已经消失在旅社大门里。

班车司机挂挡猛踩油门，文海站立不住差点跌倒。

汽车轰隆隆向前驶去……

—终—

后　记

　　写此文时，未携电脑，手里只有纸笔，身处西安碑林博物馆外文昌门城墙根一茶馆，户外高台有茶座，台下步道人流如织，道旁坐一老翁，提笔于展开的白扇上作画写字，游人摸着下巴围观。将目光收回，滤掉茶叶，古树银针汤色淡黄，入口清雅芬芳。当惬意乎？回首十年经观，历历在目，怅然神伤。惬意无从谈起，落得平静，须感恩。

　　我打小爱讲故事。不足十岁，能使小儿围坐，将在座各位即兴编入故事，眉飞色舞，唾沫纷飞，听者唾沫星子粘脸而不觉。"文"亦有基因。父亲凡事求甚解，动则查书寻根底，查书的背影使我触动，无须说教，躬身而行范矣。他名里有个"文"字，兼爱查书，邻人给起个外号"文人"。他携书回家，上中下三册《外国名作家传》，一九八〇年版，定价一块五毛钱。小小的我欣然捧来翻阅，心中冥冥有想法。

　　二〇〇九年，我出版第一部小说，父亲阅毕很有触动，言及年轻时所见所闻亦可为小说材料。我自然鼓动他，半年后，他掷下三十万字草稿。我拜读后，深有感触，也有许多不同意见。

我们一贯有许多不同意见，这似乎是西北父子通例。我自恃有出书经验，父亲抱有生活阅历背手昂头。此情与我们装修房子引发战争如出一辙。房子之事可妥协，稿子之事须坚持。我接力棒上手后，以原有素材为底，将结构和语言重写重塑，三十万字减至二十万字，陆续通篇润色十数次，历五载，终成此书。成书不易，特别感谢韩霁虹、马凤霞老师的点拨指正；谢谢朋友孙辰、孙钊的上善相助。

  书成而自有其命，且看她去往何方。蓦然想起三十多年前那个遥远午后，机场附近，延河岸边，绿草如茵，父亲手握唐诗一卷，他念一句，我学一句，我们发出浓浓的陕北口音，临风酣畅，仿佛一起召唤着一个模糊而殷切的未来……

2024年4月于北京